吕 新作品系列

光线

吕新/著

山西出版传媒集团 北岳文艺出版社
BEIYUE LITERATURE & ART PUBLISHING HOUSE
·太原·

图书在版编目(CIP)数据

光线 / 吕新著. —太原：北岳文艺出版社，2018.1
（吕新作品系列）
ISBN 978-7-5378-5444-3

Ⅰ. ①光… Ⅱ. ①吕… Ⅲ. ①长篇小说—中国—当代
Ⅳ. ①I247.5

中国版本图书馆CIP数据核字(2017)第316588号

书名：光　线
著者：吕　新

策　　划：续小强
责任编辑：庞咏平

项目统筹：马　峻
装帧设计：张永文
印装监制：巩　璠

出版发行：山西出版传媒集团·北岳文艺出版社
地址：山西省太原市并州南路57号
邮编：030012
电话：0351-5628696（发行部）　0351-5628688（总编室）
传真：0351-5628680
网址：http://www.bywy.com　E-mail：bywycbs@163.com
经销商：新华书店　印刷装订：山西人民印刷有限责任公司

开本：890mm×1240mm　1/32　字数：196千字
印张：8.75　版次：2018年1月第1版　印次：2018年1月山西第1次印刷
书号：ISBN 978-7-5378-5444-3
定价：38.00元

第一章

赵　明

他们的汽车在河边熄火了。

他们从车上下来，手里拿着花。我从来没有见过那么多的花。车上还有。吴树枝从我身边经过，我问她闻到花香了吗？“没看见那是假的吗，”她白了我一眼，“都是用纸扎的。”

纸扎的……假花？

几乎所有的花都被拿下来了，堆集在河边。花的墙。流淌的河水被遮住了。我看不见河里的水了。他们当中，有几个人窜来窜去。刚从车上下来，他们正在到处找厕所。

假花。迷雾。我朝他们走过去。

“墓地在山上。”一个戴眼镜的人伸手朝西边的山梁指了一下，对那个又黑又胖的人说道，“汽车根本开不上去。”

“太糟糕了。”黑胖子嘟囔了一句，用眼睛扫着周围的人。他的胸前戴了一个金灿灿的玩意儿。

“你，你，还有你，你们几个，”这会儿，他指手画脚地对他们说道，“把棺材抬下来。注意，不要把花圈弄坏了。开始吧。”

一口鲜红的棺材从汽车上抬下来了。我吃了一惊。棺材的大头前面画着龙啊凤呀什么的，内容比较丰富。小头那面传来一个女人的哭声。两个人扶着她，渐渐向大头这面哭过来。长脸。细眉。我认出这个一身素孝的女人了。

我的弟媳。

“怎么回事？”我走到她的面前。我感到事情有些不妙。我弟弟他们一家在外地过得好好的，如今突然回来……

她抬头看清是我时，哭声加剧了。“天呀——”她哭道。“他死了。”泪水模糊了她的眼睛。我两手空空，没有什么东西能给她擦。棺材抬下来了，也放在河边。那些纸扎的假花簇拥着它。黑胖子对那个戴眼镜的人说道：

“他在老家还有什么人？”

“据说有一个哥哥，是个光棍。”戴眼镜的说道，“不知今天来了没有。”

“来了——”我听见他们在说我，立即向他们走去。“我就是。”

“你是赵亮的哥哥？”他们问我。

“是的，我叫赵明。”我对他们说道，“你们是怎么把他弄死的？”

“你说什么？听着，他不是我们弄死的。是他自己……以身殉职。”

多么熟悉的字眼！我在广播里时常听到。死就死了，为什么还要用这些假花来蒙骗他？我看着河边那堆刺眼的东西，我想放一把火。沿河一带，火烧连营。火光。灰烬。

"不要以为我们不难过，恰恰相反，"戴眼镜的那位走过来，对我说道，"咱们非常悲伤。你看，这么多人，都是送他回来的。"

烈士。抚恤金。埋葬费。一身素孝的女人。转眼之间，这些都归她了。

"我要活的。"我对他们说。

"是的，他并没有死。他难道不是永远活在我们的心中吗?"

是吗?扯谎的人。文质彬彬，衣冠楚楚。

我的弟媳，伸手拍打着棺材的大头，像以往下班回来，敲自己的家门一样。可是，这一次，她的丈夫不会从里面给她开门了，更不会问她路上冷不冷、为什么下班回来得这么晚。活的——她比我更需要。描龙绣凤的大头。

他们不让我打开棺材。我知道赵亮已经身首异处，残缺不全了。死去的矿工都是这样。好端端的一个那么完整齐楚的人，说完就完了，连眼睛都来不及眨一下。从这件倒霉的事情发生以后，我才明白人是最禁不起折腾的一种东西。一个人，脆弱得像一枝花。只需一阵风，就会被轻而易举地拦腰吹折，变得什么都不是。多数时候，人的硬度远不如一块石头。我经常这么说，但他们不信我的话。

胜吧，胜了总比败下来好。送葬的人和花圈开始向西边灰色的山梁上蠕动了。天空又低又暗，西北风呼啸着。街上纸灰飘扬，柴草飞舞。这样的路，汽车当然开不上去。

所有的人都走着涌向山上。

不久以后，我看到赵亮的墓碑了。那是一块三四尺长的青石，近看如同一张打磨得很好的桌面，上面用凿子凿出他的名字。东西是他们带来的。我站在山上。下面有几条明亮的水沟。墓地已经挖开了，潮湿的土堆在一旁。

棺材就要被放进去了。那么潮湿的地气，用不了多久，他和他的棺材都会发霉，腐烂得无影无踪，片甲不留。

“马上就要入土了……”戴眼镜的人说道。

“我知道。”我说。土地张口，等人进去。

“我是说，作为他的哥哥，你不打算哭几声吗？送送他……”

“你怎么知道我不哭？”我从心里不喜欢这个有些装腔作势的人，虽然我瞥见他的胳膊上也人模狗样地箍了一条悼亡的黑纱。“哭不哭是我的事。”我对他说，“一声不吭，我也还是他的哥哥。”

送送他。铁锹。大风。

“那当然。我只是说说，你不想哭，那就算了。”他走到一边，瞧了一下那个深坑，对跟他来的那些人说道：

“埋——”

石碑，插进土里，露出有名字的那半截，竖在那里。花圈，烧了。不是我放的火，是他们自己用打火机点燃的。纸灰啊尘土啊，刮得满山梁都是。我的弟媳，坐上汽车，跟他们一起走了。走就走了吧，我也没什么好招待她的。那边的家里还有两个孩子在等着她回去。可怜的孩子，他们还不知道抚恤金是什么意思。

我站在街上。河水像一条灰色的带子。田野，树林，到处都在滴水。兽医正在喇叭里说话。他激动不已地告诉他的听众：

“乡亲们哪！总而言之，就是这么回事：人的血管像一堆红色的塑料管子，只要其中的一根出了毛病，整个儿那一堆就会全部乱套……”

三　元

鸡叫了。它们站在外面的木杆上，拉长声音，像是一个人手里握着一团绳子，一下扔出去，绳头落到很远。一呼百应。天还没有亮，它们就叫起来了。外面有一种很大的回音，但不是它们的声音，它们没有那么大的声音。

我看着窗户，窗纸还没有发白，这会儿它们灰暗得像一张布。雨天里的雨衣。绒线帽子还在我的头上。戴着帽子睡了一夜，他们没有发现。要是发现了，是不会让我这么干的。糟蹋啊要命呀，什么话难听他们就说什么。

昨天晚上，我睡在他们中间。天还不亮，他们就把我挤醒了。我坐起来的时候，听到外面传来“嘭”的一声，爆玉米花的声音。我像一只木塞，离开瓶口，弹了出去。手上有一种气味。醋糟。他们睡得不省人事。我刚一坐起来，从两边伸过来的手啊腿啊什么的，就把那地方全占满了。关节。指甲。黑毛。我的父母。

能看清窗户上的麻纸了，裁成一条一条的，像街上的标语。

院子里的农具动了起来。风在吹它们，我能听得出来。连枷和锄头倒下去了，铁锹依旧靠墙立着，发出清脆的响声。沉重的家伙，它们的气味也随着风一起在动，生铁和木头的气味。所有的农具都是用铁和木头做成的。

鸡都叫了。用不了多久，天就会完全大亮。早晨的太阳从天宝家的高耸的屋脊后面渐渐显露出来。又红又亮的村庄。

我从炕上下来。我不能再和他们挤了。硬挤是不对的。他们是我的父母。我已经起来了。他们经常对我说，某某家的孩子忤逆不孝，刚一出门，便被雷劈了。又有一个孩子，一觉醒来，鬼把他的头发剃光了。我问他们，那家人住在哪里。他们说，离咱们这里二三十里的一个地方。我又问那个孩子叫什么。他们回答不上来了。他们说，你这能叫孝顺吗，一个劲地追问大人。我向水瓮前走去。我感到口渴了。

窗户这会儿已开始发白了。屋里的东西显出了轮廓。去年的桃符。一束灰白的艾叶。黑黝黝的缸。我来到水缸前，听到一阵滴滴答答的漏水的声音。我的袖筒里湿漉漉的。

水面上冒起一串水泡，水缸的四周挂满了水珠。瓷器也会出汗吗?

……

早晨终于来到了。

他们都醒了，是窗外射进来的光线把他们晃醒的。我的身上很冷。我看着他们。他们在光线的照射下，开始像虫子一样在炕上弯曲，伸展，翻腾。他们都在那样弯曲，伸展，翻腾，好像不愿意起来。太阳晃得他们眯起了眼睛。

我的父亲李毛仁正在四处找他的衣服，他什么也没穿，光着身体坐在那里。拿起一件衣服，不是他的。再拿起一件，又不是他的。他们都在找他们的衣服。炕上够乱的了。

“你小子动作倒快。”李毛仁回头看到了我。他的手里捞到一件衣服，正在努力往身上套。那不是他的。尺寸和颜色都不对。我正要提醒他，他忽然对我说道：

“枪一样戳在那里干什么？猪放出来没有?”那件衣服停留在他的脖子上，像一个脖套。他也发现有些不对劲了。

卑鄙的人。又来这一套。经常总是在天不亮的时候，把自己的猪叫醒，轰到别人的菜地里，吃人家的玉米呀高粱什么的，吃得满嘴白沫。我曾对他说，他们在地里放了耗子药。他根本不信。有人已经开始注意他了。

“水缸里有一条蛇。”我告诉他。

我们站在街上。

钟声响过了，一种褐红色的铁锈气味纷纷扬扬地浮荡在早晨的空气里。铁钟。大树。僵硬的绳子。他们都从各自的门里走出来，街上到处都是人。早晨的阳光像面粉一样。我站在面粉中间。我有点儿像面粉加工厂里的那个保管员，满身粉尘。我十二岁，他四十二岁。说起来，他的身高和我差不多。不过，他比我多一大串钥匙。那么多的麦子和面粉都归他管。

我出来的时候，家里的水缸已经烂了。水缸是他们用斧子砸开的，地上马上流满了水。斧头啊凳子呀鞋啊还有他们的脸，都浸在水中。我看见他们当中有些人的头发湿淋淋地贴在脑门上，像刚生出来不久。我看着眼前的情形，忽然笑出了声。一条蛇，闹得四邻不安，都来了。

“家里来了皮条，你还笑？”一个人对我说，“你们要出事呀。”

我来到街上。几只脚在我的眼前走来走去，反复磨蹭着干燥的土路。远处的山，蓝色的绸缎，那里没有人烟，山间流动着一种水一样的东西。去年夏天我才知道，那种东西叫风水。

远处传来一阵鼓声。这会儿，李毛仁和另外一个人已经把水缸里的那条蛇弄出来了。他们用一块木板抬着它，来到早晨的太阳下面。他们小心翼翼地走着，缓慢沉重得如同出殡。它的浑身上下倒是没有一点儿水，滑溜溜地趴在上面，像一位不能动弹的产妇。一身墨绿，很容易把它看成是自行车上的钢丝锁子。许多人立即围上去，伸长脖子。李毛仁的裤子穿反了，前后颠倒。不过，谁也没有看出来。人人都在看皮条，没人注意他。

他们互相看着，七嘴八舌。从前在河边，我曾经看见它在草滩上吃力地爬行，不知是不是这一条。它的身上长着一些奇形怪状的符号和线条，这就是我对它最初的印象和记忆。那时候，我坐在河边的一块石头上，一粒一粒地剥着葵花籽。马薇薇用茜草花染她的指甲。

人群走散了，他们带着各自的工具，在暗红色的钟声里越走越远。

打谷场。草蒲团。棕黄色的土墙。把蛇放走了，就什么事也没有了。他们巴不得出一件什么事。李毛仁送走蛇以后，大功告成，像是卸下了一个最大的负担。“做梦去吧。”他说。“想让我出事，我能出事？等着看他们一家一家地挨着出事吧。”

有人从山梁那边过来了。七八个人，三四头驴。迎亲的队列，红袄绿裤，黑袄黑裤。灯笼。梳妆盒。新郎戴着一顶草绿色的帽子。仿制的军帽，有棱有角，方方正正。帽子里面垫着报纸，不然不会这么挺括而有模有样。没有报纸的支撑，他马上就不是那么回事了，会软塌塌地趴在他的头上。他们似乎在路上走了很久。这会儿，他的帽子有些歪斜，衬在里面的一圈一圈的报纸从帽子下面显露出来。绷带。伤兵。

棕黄色的土墙。树枝连着屋脊。他们转弯了。骑驴的女人。

张隆真拉着我的手。他刚下班回来，头上的矿灯灭了。

“把我家小燕许给你吧。”他说。

我知道他的女儿小燕和我差不多大小。我不想要他的小燕。

“不要也不行，”他说，“她注定是你的了。”这话他不知说过多少遍了。我像以往那样骂他。他一点儿也不生气。

“这个小女婿真不错。”

他哼着戏曲，向他的家里走去。每年正月里的时候，我常看见他在村里演戏。所有的人都是他召集起来的。他穿戴得整整齐齐，扮演文质彬彬的古代书生。拿着扇子，穿着绿色的长衫，在众目睽睽之下咿咿呀呀。相公呀小姐呀。花园。绣楼。砒霜。公堂。最初的时候，他们不描眉，不抹粉，随随便便地对着天空和人群乱吼一通。后来，张隆真意识到这样瞎鼓捣是不行的。从那以后，他们用木头和帆布搭起了戏台，戏台下面的空地上摆放着一排一排的圆木和砖头。看戏的人坐在那上面。戏台上面有一张木桌，桌子用一块紫红色的毯子蒙起来。毯子是张隆真从自己家里拿来的。《双罗衫》。《佛堂》。《三滴血》。《走雪山》。年代久远，故事模糊。四周的草垛上蒙着积雪。

“张隆真那么有钱，能把他的女儿嫁给你？”李毛仁讥讽地对我说道，“做梦去吧你。他不过是逗逗你罢了。”

“真的。”我说，“他说是真的，他说命中注定……”

“命中注定？”李毛仁说，“命中注定我要发大财，可这么多年过去了，为什么一直连一次小财都发不了？”

他当然发不了财。我和他走在路上，他的眼光一直盯着脚下，盼望能发现点什么，可我从来没见他捡到过一分钱。钱在躲他，看见他过来，就都藏起来了。就像那些鸟躲避我一样，藏在草垛下面，躲避着我的弹弓和铁砂。我希望他是对的：张隆真不过是逗逗我罢了……那样的话，事情就好办了，我就放心了，再也用不着害怕张隆真了。“这个小女婿真不错……”这些话真让我受不了。我知道他在漆黑的矿井里干活儿，全靠头上的那盏灯为他照亮。有一次我说他，“炭砸死你。”他的脸突然变白了。不吉利的话。要不是他经常称我为小女婿，我也不会这么说他。干他们那一行的，最怕听到别人说这种话了。村西的李世民也是干那一行的。上班前，他们两口子吵架。他的女人对他说，你死在外面算了。李世民果然没有回来，死在矿井里了。一句话，判了他的死刑。

巷口那边站着几个人。三个女人，两个男人，他们像扇子一样站在那里。有一个人伸长脖子仰望天上的云彩。天有什么好看的。他们在说话。我隐约听到她们说有一个人死了，追悼会开得很隆重。汽车刚开来那阵子，沿河一带摆满了花圈。白纸，绿纸，把河水都遮住了。

小　燕

放学了。

我背着书包，在那种暗红色的钟声里走了很久。只要学校里的钟声一响起来，我就觉得那种声音是暗红色的。就是暗红的，比朱砂略暗一点。我把它写进一篇作文里。

“声音怎么会是暗红色的？”老师看过后，对我说道，“声音是没有颜色的，懂么？像水一样无色无味。你是不是耳目不分了？”

我看着他，没有说话。他正在往那上面写字，写评语，签注意见。红墨水。血。已阅。感觉不对。语句不够通顺。中心不明确。

“怎么样?”他写完最后一个字。提笔，竖弯钩。“不服气吗?”

服气。不服气。我没有办法让他住进我的耳朵里来。所有的感觉全是错觉，就像睡觉说梦话一样。人人都像你，世界就乱套了。指鹿为马。一个学生，不能为这事与老师计较。书上也从来没有这么说过。回去好好想想。

从学校里出来，四周的树显得稀稀落落的，越往前走树越少。新旧的坟堆，它们像一只只倒扣着的泥碗，我每天都能看到这些。起伏。衔接。连成一片。绿篙。白荆。

街上这会儿非常安静，仿佛全村的人都不在了。敞门。院墙。猪像泥塑的一样，不哼不叫。走过去踢它一下，它才不情愿地往旁边挪挪。懒猪。眼睛都不想睁一下。

从这道棕黄的土墙外面进去，里面就是戏园子了。墙那边有一道门，但从来没人从门里进出。人们来来往往，都走豁口。墙上有无数个豁口。跳墙头，是他们的拿手好戏。男人女人，都不在话下。每年正月，爸爸都在里面。

我沿着墙根走。里面忽然传来了唱戏的声音，这真让人吃惊。我好像听到了爸爸的声音。啊啊啊……啊。他似乎刚刚登场。粉底皂靴。绿色的长衫，白色的袖子。咚咚锵锵的锣鼓声像是从草丛里传出来的。台下人声乱哄哄的……

我来到豁口处，向里面张望，空荡荡的戏台子上堆着干草，几只鸡正在那里刨食。突如其来的整整的一场戏忽然没有了，消失了。我听错了。我怎么会平白无故地听到唱戏的声音？眼下的季节并不是一年一度的正月。而且，爸爸这会儿正在矿井里。戏园子荒废了一年，台下长满了野草。白色的蝴蝶，扇动翅膀，在草丛上面飞来飞去。

我望着眼前的荒草，风从豁口外面吹进来。那么多的白蝴蝶，一下子都不见了。草丛中好像埋伏着吓人的东西。几年来我每天从这一带路过，今天才发现这里荒凉得让人吃惊，破败得让人觉得害怕。我没看到一个人。只有我一个人在这一带东张西望。没有生机的村庄。

我想起了那张脸……

不久前的一天，我被那张脸吓过一次。那是一个人的脸。大元。民兵连长。他的弟弟三元和我差不多大小。在我们班里，他坐在我的后面，不爱学习，成绩一团糟，老师们都不喜欢他。我不知道我为什么会害怕大元。他站在我放学回家的路上，目光像一条蛇……从那以后，噩梦像连环画一样，每天都悬挂在我的脸前。一张张凶险的画面，没有声音地翻动着。一页比一页可怕。人的衣服像纸，轻轻动一下，响声簌簌不断。那是一种很久以前的颜色。每一页上，都有一摊血迹。树叶猩红。身体弯曲。瓦盆里焚烧着呛人的谷糠。

每一回都是硬着头皮从这里路过。在我的印象里，大元不像是一个人，倒像一只毛茸茸的手，潮湿，墨绿，邪气曲张。我一想起这些，就会情不自禁地浑身发抖，哆嗦，流不出眼泪。每次吃饭的时候，大元的那张脸总在我的碗里漂浮，晃动，吃着吃着就觉得恶心了。死人的脸。虚浮浮的脸。我像怀有心事的大人一样坐卧不安，经常从梦里哭喊着惊醒。那只多毛的、潮湿而墨绿色的大手正在我的梦里上下摸索，亮相，展翅欲飞。水龙头。大树。灰色的鸟。一会儿喷水，一会儿将我的两条小辫凌空悬起来，树上坚硬的枯枝插在我的耳朵两侧。

这个位置让我看到一些陈旧破碎的晚霞，它们浮动在我的头顶上面。晚霞。斜纹布。一缕一缕的血丝。死人住过的房子，塌了一半的墙。我看到我的衣衫上的那些小花一瓣一瓣地飘落到地上，又被吹进河里……妈妈总是不相信我的话，即使我眼泪汪汪，她还是不信。我告诉她，大元是一只毛茸茸的手，是一只潮湿的绿手。她说，他是一个人，怎么会是一只手？

是的，他是一个三十多岁还没有结婚的人，据说手里还攒了很多钱。他在等什么？谁知道他在等什么，可能是想结婚成家吧。天天夜里都要出动。背着枪。

……

那天放学以后，我一个人在路上溜溜达达地走了很久。

平日里我并没有觉得那条路有多么漫长无边。走惯了的路，我常常是三蹦两跳就到家了。从没有仔细留意过路上都有些什么，总之，没有我特别喜欢的东西。可那天放学以后，我发现那条路长得没有尽头，仿佛一辈子也走不完。我走走停停。路上好像与几天前有些不大一样了，突然少了一些东西，又多了一些东西，被谁暗中偷偷地换过了？偷梁换柱。釜底抽薪。这条又细又白的路，把沿途许多陈旧的房屋和窑洞串在一起，这样一来，它的负担变得越来越重。这还不算那些杏树李子树，与其说它们长在沿途，不如说它们也在上面。乡村的念珠与链子。所有能串的东西都串起来了。

我看到一座早已废弃了的没用的谷仓和几个熏黑的草垛。从岔路一直往西，是天宝家的豆腐坊，那一带有不少树。不知什么时候，天宝的父亲陈富士在那里人不知鬼不觉地筑起了一道三四尺高的围墙。这样一来，那些树也像那个豆腐坊一样变成了他家的财产。一堵墙，一砌起来，把能圈的都圈进去了。

很多人都喜欢只进不出。

我熟悉沿途这些显眼的或不显眼的标志，参照这些，永远不会迷路，闭着眼睛也能走到路的尽头，听到河水的声音。河边的绿杨树里有一座手工醋坊，还有杨万才的手工陶瓷作坊。还有人端着细筛，在沙子里淘金。

放学的钟声一响，我第一个走出学校。那时候，其他的学生还在整理课本，收拾书包，而我已经从学校里出来了。妈妈遗传给我的精干利落使我及早地收拾完一切，做好了放学回家的准备。设想一下，那天放学后我要是晚回去一会儿，或者与别的同学相跟着一起走，后来的情形就大不一样了，我也就不会在途中遇见大元了……可当时我显得非常焦急匆忙，甚至有些烦躁不安，好像家里出了什么事情。离开学校以后，我才发现整条路上实际上只有我一个人在走。

很多人都说我是一个水晶做成的小人儿，内外晶莹，四肢透明。妈妈说她小的时候也像我一样被人称为水晶人。爸爸经常对别人说，“我闺女，那才是真正用特殊材料制成的。”什么材料？当然是水晶，不是绢人儿。周红颜老师对我说，“你什么都好，就是有点儿像个布娃娃。”我是那样的吗？蜜。阳光。雨露。毛主席的教导。鹅毛般的歌声。好好学习，天天向上。晶莹剔透，每天出现在学习园地里。

路上没有人。秋后的田野空荡寂静，一览无余。一切能吃能用的东西都被人们收拾回去了，剩下来的是不能吃的东西：风，土，低矮的草棚。我不是一个绢人儿。

我看见它们在奔跑。

远处的山间有岚气。绸缎一样的山脉，像舞台上青蓝色的布景，它们远得像外国。苏修。美帝国主义。朝鲜。《看不见的战线》。越南南方。他们从瓶子里放出蜂群，整排整连的美国人全部被蜇死，抱头鼠窜。阿尔巴尼亚。屠夫。他们出产的纸烟是扁的，像是故意压扁的。爸爸爱抽阿尔巴尼亚的那种扁烟。我们家里有两个玻璃罐子，里面都放着古巴红糖。

仓库。水塘。铁匠铺。胡家菜园……都落到我的后面去了。再走一会儿，穿过两道土墙和几孔窑洞以后，我就能看到我们的家了。家门前的榆树和灌木连成一片，红色的绿色的黄色的枝条，上面经常落着一些羽毛或纸条。上课的间隙，几个老师在一起交头接耳。他们说东北边防军。珍宝岛那边又打起来了。苏联人化装成白熊，在那边的雪地上蠕动。四条腿，两行脚印。于庆阳等都牺牲了。县城里抓获了一名隐藏多年的特务—— 一个瘸腿的裁缝，姓贾，很会做衣服。他的假腿里面安装着一部报话机，直接与台湾通话。那条假腿，平日用裤子裹着，谁也看不出什么名堂。这回暴露了。里面的电线、铁片、螺丝什么的一应俱全。多年的裁缝铺关闭了。两台缝纫机，熨斗，布料，衣架，都从里面搬出来了。贾裁缝，一个人同时操作两台缝纫机，技艺是够高超的。其中的一台缝纫机里面安着无线电，难怪从不让别人插手。阶级敌人的尾巴让咱们踩住了。从此以后，那里面的灯光永远算是熄灭了。

我抬起头，突然看见一个人站在路上。大元。他是无声无息地从一道棕黄的土墙后面走出来的，踮着脚尖，站在我的对面。

我看着这个满脸雀斑的人，他脸上的笑容像水中的豆腐。我知道雀斑经常长在一些女人的脸上，特别是爱长在一些性情开化的女人的脸上。爸爸说过，长雀斑的女人，要比没长雀斑的女人开化一百倍。像大元这样长着一脸雀斑的男人其实并不多见，他也是一个像她们一样开化的人吗？他是三元的哥哥，所以，他站在我的对面，我一点儿也不觉得有什么不对头的地方。所有的人都是熟人，熟得像自己手中的牌。先出这张，后出那张，都是一样的。

我在路上站住了。大元站在我的对面，我看见他的眼睛在转动，我以为他有什么话要对我说。我把书包换到另一个肩上。

我等了一会儿之后，始终没有听见大元开口说话。他像从水里捞上来的鱼，正在急促地深呼吸。我猛然看到他的目光……像……蛇……那种滑腻腻的东西似乎正在我的手里蠕动。

我忽然哭出了声。

事情就是这样简单。

我一边哭，一边开始跑。

我跑到河边。透过脸上的泪水，我分辨出杨万才的手工陶瓷作坊，作坊里面传来了哗哗的流水声和叮叮当当的敲击瓷器的声音。杨万才是个老实人，我喊着“救命！”他一直没出来……我从他旁边的制醋作坊前跑过。醋坊里那个四十多岁的身材丰满的女人正在作坊前的空地上搅拌醋糟。一根棍子，插进醋缸里，像在划船。这个浑身发酸、充满醋意的女人，她一点儿也没有注意到我。她的周围排列着二十几口大缸，里面分别盛满了醋糟和醋浆。

我沿着这条发酵的河水跑着。天上有声音。铁器。瓦垅。木头。瓷坛。闪光的丝绸和流水。我看见我们的村庄了，一个歪歪斜斜的窝，虚虚的，旧旧的，清清楚楚的，却又模模糊糊的。村庄上空炊烟袅袅，下面布满鸡声。房子连着房子，分不清你我，也有的单门独户，牛羊像水一样漫过傍晚红色的山岗。我看见人了。戴草帽的人。不是一个，至少有六七个。他们像假人一样站在红色的岗上，四处张望。他们没有看到我。

我的书包跑丢了。

一条直线，从早跑到晚。我回头去望，大元没有追上来。他仍站在最初的那个地方，不偏不倚，像路上的一棵树。一棵枯树。蛇……我又看见那道滑腻的目光了。他在干什么？放长线？套白狼的人。总有一天，它会将我紧紧地缠住，直到我断气……我在空寂的山区里嘤嘤地哭着，风不时将我的辫子吹到脸前。傍晚的天空里流泻着一种密密麻麻的东西。天空像一张网，无数的斑点缀在上面。平日里那些疼我的大婶大妈一个也遇不到。

满脸雀斑。满脸雀斑。天上也长满了雀斑。

天　宝

晌午的时候，那个一病一拐的剃头匠来了。来我们家，他从来用不着摇他手里那个玩意儿。他的头出现在我们的窗外。

我看见窗户黑了一下，一开始我以为是一只黑老鸮，我没想到是剃头匠老宋。他已经将他肩上的挑子放到我们的屋檐下了。

“来了，快出去。”我的母亲推了我一下。她的眼睛不坏，隔着窗户，她已经看见老宋了。她们好像是熟人。

我从屋里出来，剃头匠老宋正在窗外的台阶上吸烟，我听见他咳嗽得很厉害。这会儿，他透过脸前的烟雾打量着我。我看了他一眼，没有对他说话。我没有什么话要对他说。他是来剃头的，拿起刀子嚓嚓嚓就行了。他要是穿着长衫，戴着圆边的礼帽，我或许会对他有点兴趣。我愿意与几十年前的人打交道。旧人旧事。金牙。大刀。花园。城门。王不留。半夏。

我坐在一只凳子上。街门虚掩着。她端着一盆水从里面出来了，水盆里在冒气。她伸手试了一下，嘴里咝的一声。

“让我看看。”老宋说着，从台阶上站起来，走到我的身边。他的手在我的头上摸来摸去，不时地用手指头在我的头皮上弹一下，又弹一下。挑选西瓜。“让我看看这个东西……”他的指甲在我的头上划了一下。

血顺着城门口流出来。我从板凳上跳起来。明晃晃的。杀呀……几丈长的白绫从鼓楼上垂下来，一直拖到护城河边。

“坐下，坐下。”老宋按着我的肩膀，我重新坐到板凳上。木匠不敢过河。教书先生也不敢过河，都挤在桥上。到处都是人，雨伞无法打开。我想从下面偷偷踢他一下。我不怎么喜欢他。试了几次，没有够着。我的身材不够高，刚刚齐到张旅长的胸口。我还没有完全成人。不过，他不笑话我。他说，一年一个样。

这会儿，他开始往我的头上撩水。头发淋湿了，才能好剃。水流到我的脸上，我闭上了眼睛。水流进我的衣领里。是的，再过两年，我就差不多完全成人了。

“我见的头多了，我至少剃过一万个头。”一万个头，大同小异，简直没有什么两样。老宋的声音在我的耳边嗡嗡回响。我感到我的耳朵有些微微发痒。我想咧嘴笑一下，却忽然意想不到地打了一个喷嚏。老宋吓了一跳。小鬼，是你呀？张旅长说。我还以为是那边的小开呢。

我不是那边的小开。我的头发被他全部弄湿了，冒雨回家也没湿成这样。他用他的手在我的头上一下一下地拍着，溅起一片啪叽啪叽的声音。好听吗？一夜急行军，一百二十里。“老宋。”她从里面又出来了。我的母亲。老宋一来，她就把她的头发梳成光亮的圆髻。她站在一边，看我们剃头。我们快开始了。

“今天我正好有空。”老宋对她说道。

“那你就多待一会儿。”她说。光亮的圆髻。河对岸的周妈妈也梳着这样的头。“老爷，我这样子行吗？”周妈妈抿了一下嘴，脸上涂了一点胭脂。白色的府绸衫，胸前的两大坨颤来颤去。“你再帮我看看，哪儿还不合适？”“行了，凑合吧，你陪着她就行了，反正又没人看你。”

老宋取出一把剃头刀，在手上试了一下。明晃晃的。杀呀……他的膝盖顶着我的腰。我的头像一只皮球一样在他粗糙的手里转动着。“我今天正好有空，让我好好修理修理他。”皮多肉少的膝盖。老手。胡子。近视。

“慢慢修理，别把他弄急了。”我的母亲说，“一急了他就又不干了。”她的脸上没搽胭脂，衣服上的扣子也扣得规规矩矩。指甲剪得很齐，不留长指甲。这阵子，没咱们的戏了。

他的剃刀来到我的头上。明晃晃的。杀呀……我听见头上响起一阵沙沙的锄草的声音。我在板凳上有些坐不住了。我想哭，我要下去。张旅长的作风。厉兵秣马。这是你家小姐吗？为什么长得越来越漂亮了？对不起，真没想到她会变成这样。这年头，周围发生的事情常会令你意想不到。

“别动，”老宋按着我的头，对我说，“我的工作，需要你的配合——最有力的配合。明白吗？你要是不配合，或者配合得不好，那就要出乱子。知道什么是乱子吗？”

当然知道，无非就是你把我的头割破了，我流一摊血。流血算不了什么。旧历年一过，咱们就要拿他们一家开刀了，他们的血会流成一条河，这事已不可避免。地形、时间什么的都已齐了。五个丫头片子。一个老鬼。老色鬼。

我伸手摸摸我的头，大部分的头发都已经不在了，堆在凳子下面。黑黢黢的一堆。刚才还在我的头上。我倒要看看，他到底长了个什么。抚摸。转动。他的身上有一种荒草的气息。爹爹，我很头晕。他是不会闹出太大的乱子来的。不至于那样。那不过是一个小疙瘩罢了。

街门开了。一个人走进来。我的父亲，陈富士。他吃惊地注视着凳子下面的头发。那是我的头发。他问老宋：

“已经干开了？”

“马上就干完了。”那一位没有看他，仍然用膝盖顶着我的腰。我非常不舒服。兄弟，替我向他求个情，我能不能不去？昨天晚上，我起来几次，上吐下泻。那个折腾啊。

陈富士过来摸我的头。他的身上也有一种荒草气息。我的头跟着他的手一起转动。我很头晕。粗暴的人，又来了。

“你想把他揉搓死吗？”她在一旁忍不住了，“你就这么一根独苗。”

他不摸我了。谢天谢地。一根独苗。奇数。不祥的数字。过了这个月，丽丽小姐就满六十三岁了。昨天，我问她的时候，她竟然说是六十二。她没觉得有什么不好的兆头，可仍然断不了要天天烧香，每次都需要一大把，简直就是在放火么。我打发小五去安平寺一带为她买香烛。我让他买檀香，小五买回来的却是沉香，价格翻了一倍。丽丽小姐那双小眼睛透过鼻梁上的老花镜盯着我，我最怕她这个样子看我了。她以为我存心跟她过不去。我告诉她，近来情形很不好，安平寺里的尼姑们都跑光了。丽丽小姐马上打断我的话。她说，她们逃跑的时候，把大量的檀香也带走了？

当然不会那样。谁逃跑都是为了活命，谁还能顾得上那个。

老宋揪住我的辫子，一根筷子粗细的小辫。从我三岁的时候开始，辫子就留起来了，一直留到如今，这会儿有一尺多长。中间剪短过几次。不然，它会有一丈长。我不喜欢我的这根辫子。我去学校里上学的时候，班里的孩子们都过来用手揪它。他们一揪它，我就哭了，我感到很疼。他们动不动就揪它，出手很重，使我没办法好好上学。我连续上了四个一年级，三个二年级。要知道，我的成绩并不差。我三番五次留级，只是为了与更小的孩子们一起上学，少受一些欺负。可是，连班里最小的孩子也敢过来揪它。人都喜欢欺软凌弱。我坐在地上哭，放声大哭，谁也不能让我不哭。每次我被他们揪哭以后，我的母亲准会突然出现在我们的学校里。她好像长着一双顺风耳，不管在什么地方，不管距离有多远，她似乎都能听到我的哭声。我一哭，她就来了。她跟我一起哭。还骂他们。我说，谁揪我的辫子，谁就不得善终。她说，什么善终？便宜了他们，他们不得好死。她真的气糊涂了。她没有意识到，她说的意思其实和我是一样的。后来，我开始悄悄地去上学，背着书包，一个人贴着墙根走。我不想让任何人看见我，也不想让他们看到我的辫子。放学的时候，我总是第一个溜出教室。遇到条件不成熟的时候，就等所有的人都走完，我最后一个离开学校。

有一次，我想抢在老师的前面提前溜出教室——因为我听到我后面的几个孩子正在低声议论我的辫子。毫无疑问，他们又要准备揪它了，我又要遭殃了——，没想到却一头撞在老师的身上。我肯定把他撞痛了。他气急败坏地对我说道，“陈天宝，你他妈的每天鬼鬼祟祟地干什么？惶惶不可终日。知道吗，你是一个学生，不是老鼠。想急着回去抢你娘的红鞋？”

我哭着回到家里。我告诉母亲说班里的孩子全都望着我的辫子，他们又在一起密谋策划，打它的主意。老师说我鬼鬼祟祟，是一只老鼠。还说红鞋。啐。她说，让他来抢抢看？他才鬼鬼祟祟，他才是一只老鼠呢。从今天起，咱们不念书了，好不好？我说，好，不念了。这样的好消息真让我高兴。

我不再去学校里上学了。我差不多快成为一个大人了。如今，没有人再打我的主意了，我几乎忘记了那根辫子的存在。这会儿，老宋抓着我的辫子，对他们说道：

“这根猪尾巴还要留多久？”

“就留下吧，就不要剃了吧？”陈富士缓过神来，告诉老宋。“留一天是一天。我和他妈都指望他能活一百岁。”

“一百岁。”我的母亲跟着说道。

“一百岁？”老宋的眼睛眨动了几下，“活那么大干吗呀？”

不干嘛，活着呗。

老宋给我剃了一个光头。我坐在晌午的太阳下，头皮隐隐作痛。晒的。这一回，我的那根小辫子又被保留下来了。老宋说它像一根猪尾巴，我的爹娘都不喜欢他这么说。

我的头上似乎在冒油。我看见它的影子了：圆圆地映在地上，像一个将要成熟的葫芦。我笑了一下。真好看。

妈妈呀，爹爹呀，让我进去吧。我要进那里面去。他们又在村口一带转悠，多高的草也挡不住他们。一人高的白篙，他们藏在里面。站起来。蹲下。露出一双眼睛。

我坐在家门前的青石上。我的面前堆着一捆颜色暗红、黄绿的灌木藤条。我把藤条在手上绕来绕去，我想编一只篓子或篮子。我的祖先们从前都是干这个的，还会做豆腐。陈富士说这是一门手艺，靠它可以吃饭。不过，我可不想学什么手艺，我只是觉得把它们握在手里很舒服，它们的柔软的样子打动了我。

三　元

他们把马赶到山坡上以后，人在附近隐蔽起来。那些枣红色的马散落在他们的四周，个个膘肥体壮，又高又大，比村子里的马威风多了。阳光照在马背上，马背光亮得让人觉得谁骑上去都得滑下来。他们住在树林里。

他们是野战军。

那些汽车也是他们的。每一辆车上都蒙着绿麻与青草，插着密集的树枝。我听人说，他们是路过这里的，在这里住一段时间以后还要走。谁也不知道他们要到哪里去。他们带着自己的医生、管理员、司号员和马夫。

那些天，我经常朝天上看。我只是想看看天上会不会有飞机突然出现。我不知道天上一旦来了飞机，会不会轰炸他们。成千上万的人在树林里走来走去，生火做饭，乌烟瘴气。汽车上蒙着绿麻和青草，插着密集的树枝。那是什么意思？是在躲飞机吗？至少是在隐蔽，伪装。山坡上，树林四周，到处都是哨兵。刺刀。

我觉得他们早晚要出事。

我发现了他们的一个秘密：只要那个小个子的士兵一出现在山坡上，吹响他手里的一只铜号，那就表示他们要吃饭了。军用水壶。白色的搪瓷缸子。在树丛后面排队打饭。几只高大的铁皮水桶，里面盛着脏水和他们吃剩的饭菜。白色的肉块漂浮在上面，游来游去。他们带了足够的粮食。要打仗了，这是大元说的。他们找过他了。

这是我在逃学的时候看到的一些事情。在我不逃学的时候，我就到学校里去上学，“听老师们胡诌”——这话是我爹说的。

我来到学校，周红颜正在往黑板上写字。我慌慌张张地走进来的时候，脚下被门槛绊了一下，立即有人发出一阵笑声。我从地上爬起来。周红颜回头看了我一下，没有理会，又继续写他的字去了。他的字很潦草，没有几个人能认识。东一笔，西一笔。黑板上爬满了蚂蚱。

我来到我的座位上。有两三天没来上课了，我的桌面上布满了灰尘。我用书包擦去上面的灰尘，坐下。我的手上全是土。

我忽然感到一阵刺痛。

我立即站起来，刺痛消失了。刚坐下，疼痛又开始了……我第二次站起来以后，发现了一个东西：有人在我的座位上放了一个图钉。我拿起那个图钉，大声说道：

“谁他妈的给我放了一个钉子？想暗算他三爷？谁放的站出来——”

“住嘴!”

周红颜突然转过身来，将手里的一截粉笔狠狠地向门外扔去。他的字刚写了一半。半只蚂蚱。他愤怒地看着我，压低声音，一字一句地对我说道："住嘴，你。三爷。"

我把那个图钉放到我的桌子上，我要让他瞧个清楚，不是我在有意捣乱，而是他们在暗中使坏。我不吭气了，一心在等他看到那个钉子。可他根本没有注意，只是向我这边瞟了一下后，又看别处去了。他也心不在焉。

周红颜的身上没有酒气。这就是说，他至少有两三天没喝到酒了。这会儿，我明白他为什么朝我发火了，他是由于没有喝到酒而感到不快，并没有打算要对我怎么样。我只是运气不佳，成了这个酒鬼的一个出气筒。

我打开课本，我的眼前红一阵，白一阵。我的书像花卷。再厚一点，就像千层饼了。我望着那个钉子。心不在焉的人。这时，我忽然听到一种十分锐利的嘶喊声。

如果我没弄错的话，那是杀猪的声音。绝望的猪，被人们放倒，捆住手脚，发出无可奈何的叫声。谁让它长了一身肥膘？

这么说，快到杀猪的季节了？我的眼睛从书上移开，望着门外。猪血喷出来了，溅了他们一脸。我看到了我们的另一位老师马薇薇。这阵子没她的课，她正在一棵树下擦皮鞋。两手抻着一根布条，左边哧哧一阵，右边哧哧一阵。一丝不苟。就像士兵上战场前擦枪一样。

这个女人，有不少鬼名堂，经常总是出人意料地穿一些很新很好的衣服到学校里来。曾经戴过两块手表，左手一块，右手一块。去年夏天的一个黄昏，我看见她坐在学校后面的河边，一双很红很薄的脚浸在水里……有一天晚上，她的那双脚像树上的苹果一样出现在我的梦里。我爬起来，不久又重新躺下。她穿着柔软的短袖衫，十分工整地写好一些字条，仔细地贴在她的门后。门后遗留着一种经久不散的脂粉气息。无主的字条，从来没见有人来取过。字条的颜色像她的皮肤一样白。河边的风吹起她身上的丝绸，她的腿裸露在石头上。柔软的手臂。芬芳四溢。她用手指在沙地上写字。“柔情似水”。“鼓舞人心……”

这一节漫长的课，似乎没有尽头。我坐在我的座位上，心神不宁，东张西望。按照时间来推算，再用不了多久，就该放学了。坐在我前面的张小燕已经把书包什么的都收拾好了。周红颜，眯着眼睛，说一句，停顿一下，像是在回忆往事。我在座位上不安分地动来动去，他一直没有说我。我正在寻思，周围突然混乱起来——

周红颜倒下去了。

……校长来了。马薇薇和另外几个老师也来了。校长差人去请医生。不久，派去的人回来了。医生不在，医生也病了，昨天就住进了县里的医院，至今没有苏醒过来。

“兽医。”校长急中生智，想出一个主意。“都一样，反正都是医生。”

立即有人跑着叫兽医去了。

兽医住在山区北边的一座崭新宽敞的院落里。房子新盖不久，十间瓦房，六间耳房，窗明几净。高大的围墙，花栏，下水道什么的一应俱全。在兽医建房的那些日子里，学校里的老师带着我们去兽医家里参加过几次义务劳动。因此，估计他不会不来，尽管他的架子很大。兽医建房，这一带好多的人都去帮过忙。干完之后连水也不喝一口就都走了。即使这样，大家也还是觉得很高兴。毕竟是帮了兽医的忙。兽医是谁？当然不是那些一般的死猫烂狗的人。

天快黑的时候，兽医来了。

兽医告诉大家说他很忙，正陪着郭副部长说话，周庄那边还有二十几头病牛等着他去料理。兽医的手里握着一支粗大的注射器。我见过他的这支注射器，他给村子里的猪和牛打针的时候，用的就是这根玻璃管子。

“这个，合适吗?”尹校长望着注射器，“是不是太大，太粗了一些?”

“没办法，我来得匆忙。”兽医说，“药量小一点就行了。”

这会儿，兽医吩咐人们将周红颜老师的裤子扒下来。

我看见站在一旁的马薇薇听到这话以后，立即红着脸走出去了，站在门外等着。校长极为反感地说道：“装什么正经。”

他们七手八脚地拥上去，开始扒他的裤子。我夹紧了双腿……裤子扒下来了。兽医走过去，在周红颜的屁股上涂了一点唾沫，用手抹开。消毒。准备进入。两个指头夹起一棱肉，一下把针头刺进去。注射。等待。推动。抽出来。

这以后，周红颜一直没闹，安安静静地睡了许久。大家谁也不知道周红颜得的是什么病，更不清楚兽医用的是什么药，但都觉得兽医这个人很有办法。他一来了，周红颜就安静了。

“神医呀。”校长惊讶地说道。

凄厉的风声像一些明亮的斧子，无情无义地砍伐着远处的树木。马车。云彩。一个停留在村庄的下面，一个停留在村庄的上面。我抬起头，空中散发出一只狗的气味。

黄昏的轮廓。车轮在路上奔跑，颠簸。花轱辘。风车一样的花轱辘。转哪，转哪。赶车的人睡在车上，打着呼噜，一路上，全靠驾车的牛辨认方向，平安无事地将它的昏睡的主人送回家里。它要是个新手，他就完了。

就在这样的一个季节里，隐蔽在树林里的野战军开始出发了。大队的人马，川流不息。白毛巾。红马。汽车。汽车后面拖着大炮，它的轮子要比汽车轮子小。他们还带着大炮，隐蔽得真好。这么多天来，我只看见他们在树林里吃饭，走动，从没看见还有大炮。清一色的树枝，绿麻，绿帆布，越野吉普。飞机来了，也不能把他们怎么样，因为人家有大炮。每一辆汽车后面都拖着一门大炮。一路尘土。他们要拐弯了，尘土飞扬地从红色的山岗上漫下来。我渐渐看不见他们了。

我怀疑他们是要去远处打仗。

胡　大

吃过晚饭以后，我忽然听说学校里的周红颜老师病了，一头栽倒以后，一直不省人事。这个消息很让我吃惊。

我得去看看。

无论从哪个方面来说，我都应该去瞧瞧他的病情——估计不要紧，——我是村里的一把手，这种事情当然不能推卸，更不能袖手旁观。再说，谁都知道我与周红颜交情不薄，无话不谈，我读过的所有的书，都是从他那里借来的。可以这样说，书使我们之间的关系变得密切起来。相当密切。本来嘛，一个村支书，一个教员，风马牛毫不相关。我们经常在一起喝酒，当然是在我的家里。我们一边喝酒，一边讨论书中的世界。才子佳人。王孙嫔妃。水榭亭台。花园绣楼。市井。街坊。和尚。尼姑。丝绸。环佩。作乱犯上。谋财害命。杀父之仇。夺妻之恨。引狼入室。放虎归山。生离死别。红颜薄命。战乱。灾荒。流离失所。客死异乡。相思。梦想。嫉妒。失意。淫乱。节制。细水长流。守身如玉……

我知道许多人对我们之间的交情感到摸不着头脑，难以理解。就让他们去胡思乱想好了。这种事情岂是他们能够明白的？有时候连我自己都不免感到惊讶。不识周郎，我恐白过一生。

我刚要出门，赵明来了，穿着他那件山羊皮坎肩，满身膻气，拿着一支粗大的手电筒。他看到我要出门，就问我说，这么黑了，要到哪里去？话里有话。我知道他的意思。我告诉他，学校里的老师周红颜病了，我要去看看他。

我的回答显然出乎他的意料。他眨了几下眼，没表示什么。

这个人，有时候我觉得他也蛮辛苦的。苦命的人。自从成为治保主任以后，他几乎没睡过一个好觉。晓宿夜行，四处巡察。他可能是村里睡得最晚，而又起得最早的一个人。四十大几了，至今还是光棍一条。他的弟弟赵亮以身殉职，成了烈士，上级给他立了碑，开了追悼会。要不是有这块招牌，治保主任这个位置根本轮不上他，还在青纱帐里转悠呢。

赵明坐在我的面前，又抽起了他那自制的卷烟，潮湿的烟丝，用裁成窄条的报纸一卷，再用唾沫一沾，这就吸着了。烟雾在我脸前弥漫不散。我被呛得咳嗽起来，流出了眼泪。我从他的嘴上抢过那支卷烟，扔在地上，用脚踩扁。让他再抽？赵明瞪了我一眼，显得不怎么在意。转眼之间，他像变戏法似的从耳朵后面又摸出一支那样的烟。

“我防着你呢，”他说，“我就知道你会来这一手。”

这个家伙，我有时候真拿他没有一点儿办法。他又把烟点着了，这会儿，他抽着烟，忧心忡忡地说他最近遇到一件难事。

“啥事？”我问他。

“已经很长时间了，连一个坏人也没有抓到，我于心不安啊。”

坏人？

“这话是怎么说的？”我望着他。他看上去的确愁云满面，心不在焉。

“抓不到坏人，不见得是一件坏事。”我开导他。他至少应该明白这个道理。我告诉他说，那就是说，坏人差不多已全部被消灭了，说明我们的形势一派大好。

“不对，不对，你说得不对。”他摇着头，“不能这样看问题。”

“那该怎么看？”我不清楚。难道是我在粉饰太平吗？

“我总觉得，”他阴着脸说道，“我们的火候还不够，功夫也不怎么到家。”

火候？

这又不是煮饭。想烧一两个拿手好菜，看什么火候呀，功夫呀，时间呀……这些事情折磨着他。不难看出来，他在这些方面的确费了一番心思。不过，在我看来，他好像多少有些神经过敏。一个人在某一件事情上，如果投入得过于厉害，总会有一些不正常的举动。周红颜其实也可算是这一类型的人，耽于阅读使他变得想入非非，走火入魔，许多正常而必要的事情都被他糊里糊涂地忽略过去了。有时候，他常常忘记洗脸，整个人陷入那些旧书里，如石沉大海，下落不明，谁也找不到他的踪影。有一个时期，我也是那样的。我是完全受了周红颜的传染与影响。我常常觉得我是京城里的一位挥金如土的王孙，整日沉湎于肉山酒海之中。手里的钱在妓院里花光以后，很快被扫地出门，街上迎面而来的冷风又迅速将我吹醒。四肢酸楚，满脸倦意地回到现实中来……

“我想好了，”赵明忽然狠狠吸了几口烟，然后扔掉烟蒂，对我说道，“最近，我无论如何都得逮他几个。”

逮他几个？一开口就是几个。打击面太大了吧？能逮那么多吗？

“有线索了吗？”我说。

我见他说得果断，干脆，毫不含糊，估计他可能已在暗中掌握了一些什么。我想听听他的打算，我可不想让他胡来。就凭他现在这副猴急的样子，他难保不会做出什么有天没日的事情来。到时候，事情搞糟了，出来收拾残局的还是我。眼下，我只是想听听他的打算，我还不清楚他到底掌握了一些什么玩意儿。

“还没有。”他说，“我只是试试，看着我他妈的是不是干这个的料。”

果然还什么都没有，白纸一张。

“都是乡里乡亲的，一定要看准了才行。”我不能不提醒他，“不够格的千万不要勉强，硬把人家往坏人堆里推。”

“那当然。”赵明笑着说道，“这个我懂。凡事都有个区别，都有三六九等、左中右之分。见人就上，那还叫人吗？”

“那是疯狗。”我接着他的话说道。

“对，那是疯狗。”他说。

我从家里出来。赵明朝村子的西边去了。我看见他的那支手电筒一会儿亮一下，一会儿灭一下。粗壮的光线，在路上跳跃。村西一带房屋众多，人口密集，他当然要往那边去了，那边的可能性相对要大些。大河涨水小河满，只要有耐心，不愁没有机会。我是这么想的。

其实，我也爱往那边去。因为，吴树枝就住在那一带。每当她的丈夫张隆真不在家的时候，我都会提前得到一个信号。秋波。奥秘。夜晚来临，我从院墙上翻进去。吴树枝如一个出色的内线，打开屋里的窗户放我进去。我不便排闼而入。她换上干净芬芳的内衣，接着又褪去——她只是为了让我看看，让我明白她对我们之间的事情看得很重，非同寻常，并非儿戏。良苦用心。我懂——，扔到一边。凌空翘起。湿润。期冀。我想起旧小说里的诸生。诡异的道士。感谢周红颜，他让我看了那么多的书，领略到无限风光。今生若不识周郎，几乎白过一生，碌碌而终。西门。菜市街。随身携带的小包。杯中的酒。莫名其妙的玩意儿。古人比我们更能琢磨。我曾对她说起过。她说，古人真是有意思，不知道成天都琢磨些什么。我对她说，他们想事不多，寥寥几件，琢磨一件成一件。不像这会儿的人，大包大揽，什么事都敢想，什么梦都敢做。敢字当头，耻字断后。不过，我用不着学他们，我的力气还没处使呢。功夫。手段。用不了多久，就会使她魂飞魄散，化成一摊水。在大雾中迷路的女人，不仅眼神散了，心也丢了，身前身后的所有事情都忘得一干二净。要知道，在她们正常的时候，也不乏精明，精力充沛。她说过，人不能永远醒着，一直绷着，那还不得累死。

这是一个星空疏朗的夜晚，安宁，空气微湿。我站在水渠边。学校那边黑灯瞎火，死气沉沉。看情形，估计周红颜没有什么麻烦。否则，那里早就嚷成一片了，绝对不会这么安静。眼前的这条路一直通向河边，伸到村外。

走过胡家菜园，我望见学校里那个简易的球场了。周红颜的房间没有亮灯，像其他房屋一样黑。他睡了吗？最初的危险期过去了？短暂的休克？长时间的昏迷？孤身一人，身体又相当糟，没有人陪伴他。长此下去……

这时，我看到一个人从我的身边走过去了。矮个。心事重重。

借着惨淡的月色，我认出那是大元，我手下的一员干将。昨天，他曾告诉我，郭副部长最近要来。我喊了他一声，他似乎没有听见，一直往前去了。这么晚了，他要到哪里去？手中晃晃悠悠的，拎着一个小学生的书包。

他在搞什么名堂？

小　燕

我回到家里不久，大元随后就来了。我从窗户上看见他摇摇晃晃地走进我们的院里，我急忙用一块毯子将自己蒙起来。我不知道我为什么要这样做，这个念头只是迅速地在我的脑子里闪了那么一下，我就乖乖地照办了。

这会儿，我听见大元已经进来了，是爸爸将他迎进来的。我听见爸爸请他坐下。一只椅子吱吱地响了一下。

“我是来给她送书包的，”大元说，“她的书包丢在路上了。”

我听见大元一边说话，一边用手拍打我的书包，掸去那上面的尘土。

“让我来吧。”是爸爸的声音。他好像从大元的手里接过了我的书包，“这丫头也学野了，连书包也不要了。”

“她怎么了?”大元说，“病了吗?怎么蒙在毯子里?”

“不知道怎么了。”爸爸说，“一回来就钻进去了，好像见了鬼。”

“鬼……”大元顿住了。

我用毯子蒙着头，毯子上的那些绒毛好像飞进我的喉咙里去了，我想咳嗽。我听见爸爸毫无遮拦地对大元说了好多话，我渐渐感到听不懂他的意思了，我不知道他在说什么。我只觉得大元像巫师的皮口袋，将爸爸说的话和爸爸身上的一些很重要的东西全都装走了。

我多想提醒爸爸少说几句，免得让大元带走更多。可爸爸仍然滔滔不绝地说个没完，他似乎一辈子也投有说过这么多话，我不明白他怎么了。这会儿，我提醒他也没用了。因为，大元已经走了，心满意足，满载而去了。

大元离去的时候，我感到他的身上到处都圆鼓鼓的。一个名正言顺、光明正大的窃贼，带走了我们家里的很多昂贵的东西。他的衣服上的纽扣在噼啪作响，他拿走得太多了，喘着气离开我们家，异常沉重地向外面走去。

我从毯子里钻出来。我看见爸爸变得瘦削，单薄，一身憔悴。他是在对大元说完那些话以后忽然变成这样的。我知道其中的奥秘。大元像一个吸血鬼，爸爸身上的所有重要的精粹的东西全部被他带走了。爸爸现在如同一段枯木，他的身上只剩下一些糟粕了，什么都没有了。

“起来吃饭。”爸爸对我说。

我告诉他，我不想吃。“那我可要吃了。吃过饭我还得去上班。”爸爸说着，在一张椅子上坐下，开始吃饭。

我看着他吃饭。我看见他的身架像一个纸扎的假人一样，空洞衰败，没有生气，只有一股木头腐烂后的霉味，随着他的眼神一起转动出来。这气息使我感到恶心、烦躁。

“你要说啥？”爸爸忽然抬起头问我。他的脸上有一片雾气，他自己一点儿也没有发觉。迟钝得惊人。我觉得他距我很远。他坐在那张椅子上，像是坐在几十里以外的一个地方。

我没敢告诉爸爸，我的耳朵好像有点儿不对劲了。在他吃饭的整个过程中，我不时听到一种沉闷的、轰轰隆隆的坍塌的声音，源头似乎就在我们屋里的地下。我怀疑那是一种灾难的开始，就像一台戏的序幕……外面很冷，除了风声，我还听到其他的一些动静，可我叫不出它们的名目。我哭了，我想放声大哭一场。

“燕子，你今天到底怎么了？”爸爸看见我脸上的泪水后，立即放下手里的饭碗。他从那张椅子起来，向我走来。“有人欺负你了吗？告诉爸爸。爸爸找他去。谁敢欺负我的女儿，爸爸都饶不了他。说吧，闺女。”

“爸爸，”我说，“你吃饱了吗？”

“饱了。你瞧。”

“爸爸，你多吃一点吧。”

“不行了。下班回来再说吧。”

我该告诉他吗？就说大元像一颗地雷一样埋伏在我放学回家的路上，目光蹿动得像滑腻腻的蛇……爸爸最痛恨这种事情了，说不定他一气之下会将我打个半死。去年夏天，妈妈正在菜园子里摘黄瓜，有一个人突然从后面将她拦腰抱住了。那个人力气很大，妈妈身上的白色的绸衣也被撕破了……爸爸后来不知怎么听说了这事，他病了很久，天天吃药。

往昔的一些情景在我的眼前跳动，我感到那是某一件事情的颜色，它以墨绿为主，其间还夹杂着别的一些颜色，白色，红色，黑色，我像看电影一样注视着它们。我能看见它们，但爸爸看不见它们。现在，他正在吸烟。

妈妈回来了。

芳香四溢。摘去围巾，一头黑缎子一样的头发披泻下来，闪着光泽。褪去手套。白手。手套上的黄色的小绒花一闪一闪的。解开纽扣，脱去外面的衣服。红毛衣。花领衬衫。

“燕子，想妈妈了吗?”

冰凉的白手，在我的脸上焐了一下，接着拿开。拿起梳子。

“你还没走?”妈妈问爸爸。

“这就走。”爸爸从椅子上站起来。走到镜子前，站在她的身后，很快又折回来。镜子里有一个影子，闪了一下后就不见了。

“看看孩子吧，”爸爸对妈妈说，“她好像中了邪。”

“中邪?”

“她放学回来，我就发现她不那么对劲了。书包也丢了，还是大元送回来的。”

“他?”妈妈吃惊地看着爸爸。

“我该走了。”爸爸对妈妈说道，“再迟了人家会说我的。”

爸爸要上班走了，晚上十点以前必须进入矿井的狭长的坑道里面，在里面干够八个小时，第二天早晨才能出来。满面乌黑，只有瞳仁和牙齿是白的。远看青山绿水，近看一群黑鬼。别人就是这样形容他们的，都这么说。

“我来不及了。”临走前，爸爸吩咐妈妈，在夜深人静的时候，到街上去烧几张纸。“带上她的一件衣服，吆喝一阵。把魂叫回来，她就没事了。最好到十字路口。”

爸爸的话还没有说完，妈妈的脸就变白了。她声音惶恐地说她一个女人夜深人静时不敢出去，一说起招魂这件事，就更加让她头皮发麻。我看见爸爸的脸上升起了一种很急躁的东西，他在心里一定觉得他的女人是一个非常没用的女人。这时，我听见他不耐烦地对妈妈说道：

“要是他在外面等你，你也不敢出去吗？你还怕吗？”

谁？谁在外面等她？

“……算了，既然你不愿去，”爸爸没有看妈妈，看着门，冷冷地说道，“那就等我回来，我去给她叫吧。”

“我不愿去？你当着孩子的面说清楚。”妈妈的脸红了。“张隆真，你见多识广，你见过有女人出去招魂的吗？深更半夜，把孩子一个人留在家里。啥样的女人才自己出去招魂？”

在这件事情上，爸爸对妈妈是有些苛刻了，有些强人所难。深夜招魂这种事在山区里很常见，谁家的孩子病得莫名其妙，找不出原因，家里的大人就要出去叫魂，一次不行两次。所有这些事情都是男人的事，由他们去干。只有那些没有男人的寡妇才会自己亲自出马。

“燕子，待会儿妈给你叫去。”妈妈背朝爸爸，对我说道，“就当咱们家里没有男人，就当我是一个寡妇。”

爸爸吸完烟，摇摇晃晃地站起来。我觉得他快要站不稳了，他有些头重脚轻。“我很头晕。”他用一只手扶住门框，回过头对妈妈说道，“我好像喝醉了一样。”

妈妈似乎没有听到爸爸的话，她把一堆衣服拎过来，扔到爸爸面前。那些衣服都又脏又黑，上面布满了煤灰和汗渍，那是爸爸到矿井里工作的时候穿在身上的一套衣服。平时，它总是又脏又潮，堆在一个不显眼的角落里。

爸爸穿上后，我突然哭出了声。整个晚上以来，这是我第一次放声大哭，不再是以前那种小声的、嘤嘤的抽泣。

我的哭声使他们感到十分刺耳。窗户上发出沙沙的响声。

“怎么啦，燕子？”爸爸走过来，看着我，“不想让爸爸走？”

我知道爸爸是去上班，多少年来一直就是这样，每天都去，只有过年的时候才能休息两天。召集一些人唱唱戏，过过戏瘾，然后又开始上班。可这会儿，我拼命放声大哭，紧紧拽住他的衣服，不让他走。一个人，全部的精华被窃走后，带着一身糟粕，他能干什么呢？

“妈妈不是寡妇。”我对他们说。

“我怎么会是寡妇？那是我的气话，傻闺女。”妈妈听我这么说，忽然笑了起来。她指着站在旁边的爸爸，对我说：

“有他在，我能成了寡妇吗？”

“我闺女长大了。”爸爸轻声说道。我看见他的脸上湿漉漉的。我想起他演戏的时候，脸上抹上油彩以后，也是这么湿漉漉的。他扮演千里投亲的古代书生，村里的另一个人扮演他的嫌贫爱富的岳父。在我看过的好几出戏里，爸爸扮演的角色，最后都被人用毒药毒死了。他穿着绿色的长衫，直挺挺地躺在地上，一动不动，头发纷纷扬扬。我曾问过爸爸，什么叫毒药？爸爸说古代的毒药大都是砒霜，那会儿还没有耗子药。我不知道砒霜是什么东西。爸爸说他也没见过。反正是一种很厉害的药，能使人七窍流血，在很短的时间内气绝身亡。

这会儿，爸爸对我说，只有去上班，才能挣到钱。只有挣了钱，才能给你买许多好看的花衣裳，买许多好吃的东西，还有蝴蝶结呀小圆镜什么的……他的话我一句也听不进去。我觉得那些花衣裳和蝴蝶结上面都溅满了湿漉漉的鲜血——像他脸上的油彩——和煤灰。我对那些东西不感兴趣。我的眼泪流到他的衣服上了。一段枯木。一身糟粕。

“燕子，不哭了，啊?”他说。

“爸爸，你吃饱了吗?”我说。

“饱了。”

“让他走吧。”妈妈对我说。

爸爸站在门口，像一棵葱。这时，妈妈过来抱我了。我感到我如同一片薄薄的葱皮，被轻轻地从爸爸的身上剥了下来。

我们终于分开了。

我的哭声使爸爸看上去手足无措，不知如何是好。他的湿漉漉的脸不时地转过去，又转过来，看着漆黑的窗户。

“你不走还等啥?”妈妈瞪了他一眼，他立即出去了。

外面响起了他的声音：清晰，紊乱，趺趺撞撞，东倒西歪。我想起了电影里的那些逃亡的地主……灯笼。草垛。蓝色的衣衫……时间固定在某一个位置上。铁锈般的暗红色的斑点正在暗中滋生。妈妈将我放在炕上，我听见她的身上传来一种声音，像是某种含糊不清的笑声，又如同阳光下密集的鸟群。那是一些水。水的声音在她的身体里流淌，涌动。啁啾不止。一群刚会跑的，浑身都毛茸茸的小鸡。

天　宝

陈富士站在大铁锅前，嘴里吸吸溜溜的，像是牙疼。他不时地撩起围裙擦着鼻涕。有一阵子，大团大团的湿漉漉的雾气将他罩住了，我看不见他了。我叫了一声“爹”。

“哎，我在呢，我还在这里呢。”他在雾气的包围里回答道。“不要乱跑，好好看你的书。我要露一手给他们瞧瞧。”

我坐在一只凳子上。我的腿上放着二十几本小人书。《地道战》。《敌后武工队》。《桐柏英雄》。《虹南作战史》。《鸡毛信》。《一块银元》。《西沙儿女》。《夺印》。《海岛女民兵》。《小号手》。《收租院的故事》。《刘文学》……我有很多的小人书，都是陈富士用卖干草的钱买来的，光《红色娘子军》和《智取威虎山》就有四种不同的样本。

豆腐坊里灌满了白色的蒸汽，大家谁也看不见谁的脸，都在雾气里大声地说话，石磨日日夜夜隆隆作响，雪白的豆浆从石头槽子里流出来，流进下面的桶里。我看见磨道里一会儿走着一个人，一会儿又变成了一头驴。他们挑着水桶，拎着黄豆，在我的面前走来走去。一个大耳朵的人蹲在我身边的墙角里打盹，不时睁开眼睛朝磨上看一下。终于轮到他了，他从角落里站起来，将口袋里的黄豆倒进磨眼里，推着石磨奔跑起来。“车轮滚滚呀……”

磨坊里点着七八盏油灯，我看着窗户和屋顶。他们的七长八短的影子映在那上面，像一群摩拳擦掌的鬼。

陈富士满头大汗来到我的面前，我看见他的耳朵上夹满了纸烟。我知道是他们送给他的，他们想让他把豆腐做得好一点。他把手伸进胸前的一个大口袋里，掏出许多支零散的纸烟。“我装不下了，”他低声对我说，“把这些先送回家去，你也该回去了。”我知道他身上的那个口袋有多大，可以装十五斤麦子或玉米。

一个女人在我们的后院里发出悲恸的哭声。我在墙上的豁口前停下来。墙上到处是高矮不齐的豁口，从这个位置上能把里面的房子清楚地看到。院里长着一人高的蒿草，草丛里有蛐蛐、萤火虫和蛇，蝴蝶在草尖上面飞来飞去。我说的当然是在夏天的时候，这会儿不是夏天，草里没有萤火虫，也没有蝴蝶，只有一只野猫在那里走来走去。

我看着下面的村子里的灯火，我们的房子距离那里很远。我们住在一个地势很高的土坪上，周围长满了榆树，每一棵树上都有一个又大又黑的鸟巢。这儿没有别人，只有我们一家。一条细白的小路从榆树下开始，一直伸向那边的村庄里。我们和他们没有什么瓜葛，妈妈不让我和他们玩，街上那么多的人都在看我，人人都想动手揪我的辮子。妈妈说这是一个很危险的世道，稍不留心，小命就没了。

我回到家里，我闻不到豆腐坊的气味了。它们蹲在我们的墙头上，用翅膀拍打我们的房檐，把房子上面的泥土弄到院里。院子里的野草在风中摇来摇去，起伏得像河边的蒲草。

我看着它们，它们穿着黑色的大褂，密密麻麻地落在我们的墙头上，鸣叫的时候发出一种布娃娃一样的声音。我把榆木的风门摇得吱吱作响，但它们一点儿也不害怕，它们像是我的朋友一样齐刷刷地望着我，可我不认识它们，我不知道它们是谁，是从哪里来的？……夜很深了，它们仍然不见有离去的意思。

我躺在炕上，屋里有一种焚烧羊皮的气味。翻完一本小人书，又翻完一本，我的鼻子抽搐着，嘴里又干又渴。后院的荒草里传来一声尖叫。我告诉妈妈，我从豆腐坊回来的时候，又听到那个女人在后院里号哭的声音了。

“不管她。”妈妈说。

“她是谁?”

“一个屈死的女人。”

“和咱们沾亲吗?”

“她瘦得像一个鬼,”妈妈对我说,“不要打听她。”

这天夜里,我梦见一个酒糟鼻子的人骑在我们家的墙头上哇哇乱叫,不停地要水喝,要饭吃。陈富士在院子里团团乱转。

“冤家,”陈富士跪下给那个人磕头,“我怕你还不行吗?”

“你怕我吗?”那个人笑着问道。

“我咋能不怕你?”陈富士一边在地上磕头,一边继续哀求道,“祖宗,你快下来吧,他们都看见你了。”

“你手上沾的是什么?”那个人盯着陈富士的手,“白花花的一片。”

“豆腐。”陈富士抬起自己的手看了一下,肯定地说道,

“就是豆腐。”

“去你的,那是豆腐吗?”那个人说,“你以为我没长眼吗?”

“你说是啥?”

“人的脑子。”

那个人说完,又笑了一下。我看见他的牙齿白得令人吃惊。这样雪白无瑕的牙齿,在这一带可真是少见。

“你胡说,”陈富士急躁不安地从地上站起来,对墙头上的那个人说道,“我的手上咋会沾上人的脑浆?我是做豆腐的,我们祖宗三代都是干这个的,手上哪能不沾一点渣子?你无非是想让我吃官司——想看我的笑话。”

“你他妈的。”那个人说。

“你他妈的！”陈富士与那个人相互对骂起来，“你无非就是这样。老一套你。”

“你说你手上沾的是豆腐，就算是豆腐，可是，”那个人转动着眼睛，忽然说道，“你敢放进嘴里尝一下吗？”

陈富士看看墙头上的那个人，又看看自己的手。

“我就知道你不敢。”那个人说道，“因为你是一个软蛋。”

“我咋就不敢？我又不是没尝过豆腐，我尝了一辈子了……”陈富士说着，抬起那只白花花的手放进嘴里，“尝一下就尝一下。”

我听到陈富士呕吐的声音了。哇……啊。

……南边的一片麦地里有一部分麦子倒伏下去了。几个人从青色的麦浪里走出来，他们的手里握着带刺的黄瓜。

我看着他们，他们忽然不见了。寂静的麦田边只有一个巨大的废弃的旧车轮……

我睁开眼。陈富士坐在我的身边，他把豆腐坊里的那种气味带回来了。黑暗中，他的手里发出“哧”的一声，他划了一根火柴。我还没有来得及看清他的脸，火柴突然灭了，四周一片黑暗，陈富士的嘴里发出一阵嘀嘀咕咕的声音。我叫了一声“爹”。他吓了一跳。

“做啥？”他说。

我想告诉他，我听到唱戏的声音了。我听到了往年的锣鼓声和胡琴声，还有一个沙哑的男人的声音，声音来自我们后院的荒草丛中……

陈王氏

今天早上，我告诉天宝说，你不小了，你已经二十岁了。他听了，还是像从前那样一声不吭地笑着。他不信我的话，以为我在骗他，逗他玩儿。他从学堂里退学回来的时候，已经十八岁了，可他自己一点儿也不觉得。不过，我和他爹陈富士也没觉得他已经长大了，我们都觉得他还是个孩子。自从不再上学以后，他每天在家里看小人书，捏泥人。我不让他出去，我知道他出去后是注定要吃亏的，不管从哪儿说，他都不是他们的对手。这年头，狼子野心，啥人没有？稍不留心，小命就没了。

夏天的时候，我在院子里给他洗澡。虽说已经是二十岁的人了，可天宝的小鸡鸡还像小时候那么丁点儿大。小拇指，花生，烟头，怎么比喻都不为过。总之，就那么小。我和他爹早就想给他操办婚事了，可他这个样子……纯粹是一个摆设，一个不怎么能拿得出手的摆设。他这种样子，把媳妇娶回来，肯定什么事也干不成。人家能答应他吗？

从身架上看，他已经是个大人了，可他总是这么软绵绵的，胳膊和腿都很细，脖子也细得叫人吃惊。他的皮肤白得像一个姑娘似的。这一带，像他这样白的男孩子，好像再没有第二个了。这些都不要紧，人长得无论黑一点儿白一点儿，都还不是最当紧的，最让我操心的还是他那个传宗接代的小玩意儿，又小又软，可怜啊。我们也都不知道这是咋回事，按理说他也应该是个正常的人呀，我们不知道得罪了什么，冲撞了什么。这好像也不是一朝一夕能改变的。耐心等着？他已经二十岁了，一年比一年大，这得等到哪年哪月？

我到处打听这方面的偏方，留心搜集。一个老中医给我开过一个方子：附子五钱，干姜三钱，甘草一钱，用水煎煮。他说这个方子是一个热性兴奋剂，专治天宝的病。可不么，天宝缺少的就是这个，我从来没有见他有过刚硬的时候。药方用药不多，花钱又很少，只需配点附子就行了。甘草、干姜、我们有的是。屋后有挖不尽的甘草。我连着给天宝吃了十剂。停了几天后，又开始吃。不见起色，只见上火……我完全泄气了。难道，他真是一个废人吗？

每天起来，天宝坐在窗前看小人书，或者去院子里看喜鹊，剩下的时间就捏泥人。起初，他并不会捏泥人，是我教会他的，那时候他有八九岁了。更多的时候，他一个人坐在屋檐下，呆呆地看喜鹊。虽然他的眼睛望着喜鹊的一举一动和它们在墙上的种种姿态，可我知道，他并不认识它们，叫不出它们的名字。我告诉他说，那种东西叫喜鹊。他反过来问我，喜鹊是什么？我说，就是你看见的那种会飞的雀儿。他出神地望着我。我一直觉得，他的脑子里想着的很可能是另外的一些东西，可陈富士不相信我的话。陈富士对我说，他一个小孩子能想啥？我看真正胡思乱想的是你……这个挨刀的，从来也没说过一句正经话，说我胡思乱想，菩萨作证，我胡思乱想过什么？他们俩的事就够我受的了。

上小学三年级的时候，天宝已经十七岁了。每天从家里走的时候，他的书包里总要装着几个晒干的泥人。除此以外，我还得给他准备一些吃的东西，烤得焦黄焦黄的土豆片，上面洒一些盐，还有烤馒头片、炒黄豆等等，有时还有几粒水果糖。陈富士经常给他的儿子买水果糖吃。书包里所有那些东西，都是我为天宝预备的，我不想让他在外边忍饥受饿。我曾经不客气地——因为他们对我的儿子天宝也同样不怎么客气——对学堂里的老师们说，天宝是我的命根子、眼珠子，是我的心、肝、肺以及其他重要的东西，我活着就是因为有天宝活着，是为了他更好地活着，活得比一般的孩子都强。天宝要是有个三长两短，我一分钟也活不下去了。我对他们说这些的时候，他们显得很不高兴，脸色很难看，但这不关我的事。我要说，我要把丑话说在前头。我告诉天宝，书包里的东西不能随便给人，到了学校里，书包要随时带着。天宝很听我的话，他本来就是个胆小老实的孩子，书包随时都挂在脖子上，即使在上课的时候也不摘下来。他们让他摘下书包，他就在座位上哭，哭得那么伤心。以后，他们就不再说什么了。我告诉天宝说，这就对了。

墙头上长满了荒草。

陈富士出去了，一直没回来。我嘱咐天宝好好看家，我出门去找剃头匠老宋。天宝二十岁了，该娶媳妇了，他脑后的那根辫子也该去掉了，不然谁肯嫁给他。老宋说它像一根猪尾巴，不管是啥，它保佑了天宝二十年，这会儿天宝长大了，不再需要它了，该让它去了。

天　宝

我在门前和好一堆泥。

我刚想捏一个东西，抓起一把泥后才发现水太少了，手里的泥又干又松，根本弄不出什么名堂。我起身关好街门，朝泥堆上尿了一股。这样一来，水分够了。我把和好的泥重新抓起来，我的手里热烘烘的，光滑无比。

有一次，我带的一个泥人在学校里不小心掉出来了。我们的老师傅全生看到后，用一种讥讽的口吻对我说道：

“天宝，你又带着谁来上学来了？是你的兄弟么，刚才摔疼了吧？能让我们看看他么？你有十七八了吧……”他的话引起一场哄堂大笑。他还说我玩尿泥，我说我只玩过一回，他们笑得更厉害了，有人把书都掉到了地上。

这会儿院子里只有我一个人，我感到很孤单。我的眼前浮现出一个画面，我想捏一群泥人，让他们与我为伴。

我把一块温热的湿泥拿在手里。我捏的第一个泥人是一个身材矮小的士兵，捏好以后，他的浑身上下仍然热烘烘的。我知道，没有我的那股尿，他的身上将一片冰凉，不会有这么高的体温。我很高兴，他的身上竟然蕴藏着我的温度。这么说，我也能造人了？这真不简单。

接下来，我捏出一个奴隶，他的身上套着一副沉重的锁链，眼睛里空荡荡的，什么也没有。还有一个锄禾日当午的农民，戴着草帽，提着水罐……这会儿，我的眼前已经有十二三个人了，他们并排站在一起。

我惊讶地注视着他们。起风了，他们当中的几个突然被风吹倒在地上，摔得走了形，变了样，与先前判若两人。那个奴隶的两条胳膊都被折断了，矮胖的身体看上去如同一截树桩。我将他们一个个先后扶起来，我吃了一惊：他们身上没有温度了，四肢一片冰凉。

我感到心里很难过。一条命原来竟然是这样的脆弱，一点儿也禁不起折腾，稍微摔打一下就立即不行了，就完了。我的手艺还不到家吗？人需要有一个很暖和的地方。明白了这个道理以后，我从西边的草房里抱来一些柔软的麦秸，铺在他们周围……他们似乎明白我在干什么，都直挺挺地站着，相互之间挤在一起，像一个大家庭里的兄弟姐妹。按道理说，有了麦秸的包围以后，他们不应该再发抖了，这会儿真正感到天气很冷的应该是我。

一阵尖细的、古怪的笑声传进我的耳朵里，我感到奇怪，我把他们逐个翻看了一遍，也没看出什么名堂。我是说，我从他们当中没看到一丝笑意。我不知道是谁在发笑？难道眼前有什么好笑的事情吗？我浏览着他们，最后，那个戴草帽的、锄禾的农民引起了我的注意。

我拿起他的一条胳膊，仔细观察。我看到他的手臂上有许多凌乱的纹路和缝隙，这当然逃不过我的眼睛。我会给他们相面。

“你命里应该有七个儿子，”我举着他的胳膊，对他说道。“可是你做过两件昧良心的事情，所以你只能有四个儿子，另外的三个都要中途夭折，先后死去，这是上天对你的报应。不服气也不行，你的命就是这样。”

我把他放到麦秸上，又对他说：“吃你的饭吧，你的儿子给你送饭来了。他的手里提了一只罐子，里面全是稀饭。你家里已经没有干粮了，你得好好锄地才能养活一家人。眼下，你看到了吧，他们都饿得够呛。”

我让他们父子站在一起。

“你爹已经劳累一天了，”我对那个小人说，“你替他干一会儿。你已经长大了，不再是一个孩子了。你爹他要是累死了，你娘就得守寡，或者再嫁一个人，那样一来，你们都得受后爹的气，都得喝西北风去。——你得好好锄地，帮他干点儿什么。你要是不听话不好好锄地，老天爷就要罚你，就要送你到学校里去念书，让你每天念，念得你晕头转向。”

我知道我的这番话说得很严厉。他们都呆呆地望着我。

看样子他们很怕我。我在他们的眼里还是蛮有威望的。

门开了。

妈妈回来了。剃头匠老宋跟在她的后面，他们向我走来。

“又在捏小人?”老宋从他们中间穿过，来到我的身边。他的手在我的头上摸了一下，对我说，“我是来收拾你这根猪尾巴的。你长大了，不需要它了，知道吗?”

第二章

三　元

周红颜不省人事地躺在河边的草地上。他的裤兜鼓了起来，看上去硬邦邦的。我踮起脚，朝他走过去，鼓起来的那个东西原来是一瓶酒。这个人，不知什么时候又喝醉了，前几天刚刚治好他的病……我得赶紧离开这里，一旦他睁开眼，我又会被他毫不留情地训斥一顿。难怪整整一个上午没看到他的踪影，学生、校长都在四处找他，谁也没有想到他会醉倒在这里。以往他都是醉倒在桌子底下，或学校后面的树林里，在那里一睡就是一天。这一次，他们仍然按照以往的习惯和经验，在那两个地方仔细搜寻，谁也没有想到他换了地方。因为他的失踪，平静的上午变得混乱起来。我和我周围的人都纷纷收拾好书包，做好了看热闹的准备，只有几个女生还依旧在那里写字。几个老师哼着小调在外面的屋檐下走来走去，双手插在裤兜里，很慢地一点一点地走。对面屋檐下的一只鸡也在慢慢地走，与这边的几个老师平行着走。谁都知道在周红颜很复杂的心中有一些很美好的地方，只要他躲到那里，别人是无法找到他的。听说他读过无数的书，各种各样的、数不清的故事像密集的网络一样藏在他的心里。有一次他在课堂上对我们说，每个人都有一个密室，别人谁也进不去，比如我的那个世界，你们大家就永远也进不去，即使我同意你们进入，也还是不成。因为，你们缺少的是途径。那时候我们都不明白他在说什么，只知道他一天二十四小时中，绝大部分时间处于昏迷或半昏迷的状态中。那种时候，他的声音、脸上的笑容、所说的话，都是不真实的，只有他嘴里的酒气才是实实在在的。

从早上到中午，无影无踪，下落不明。校长在树下团团乱转。一位老师背着手走到校长身边，说："听说过泥牛入海的事吗?"

"去!"校长不耐烦地说道。"离我远点。"

我将书包背到身上，在座位上东张西望，等待事情的进一步发展。学校里出现的这种乱哄哄的局面使我感到十分激动非常兴奋。学校里要是每天都能保持这种状态，那真是再热闹不过了。军阀混战呀，乱世英雄草头王呀。我希望周红颜被什么事情缠住了，我也没有想到他会一个人躺在中午的河湾里……

我轻轻地从他的身边走开。回过头，李毛仁站在我的面前。

"爹。"

我叫了一声。我不知道他是什么时候过来的，刚才我还看到四周一个人也没有。

"爹，你神出鬼没的……"我的话还没有说完，他瞪了我一眼：

"胡扯!"他怀疑地看着我，"你在这儿做啥呢?"

我指了一下睡在旁边的周红颜。李毛仁转过脸去，吃惊地打量着鼾声如雷的周红颜。他向他的身边走近了一些，他闻到周红颜身上散发出的酒气了，我注意到他的鼻子使劲地抽搐了几下。接着，他又向他的身边走了几步，他踮起脚，似乎那一位是一只随时会飞走的鸽子。

“简直不成体统，”李毛仁终于停住了，他认真地从头至脚地打量着周红颜的睡姿，摇着头说，“这哪像个教书的?”

“爹，叫醒他吧?”我说。

“胡说啥!”他瞪了我一眼。我知道我又说错了。李毛仁的头向旁边歪了一下，他的影子也跟着歪了一下。那个影子伸展在河滩上，看上去又粗又黑。“不要打扰他。让他在这里多睡一会儿，学校里的读书声吵得他睡不了一个好觉。”他对我说着。他的头又歪了一下。

这一回，我知道他为什么老要向那边歪头了。从这个方向一歪，可以清楚地看到周红颜裤兜里的那瓶酒。我学着他的姿势也向那边歪了一下头，那瓶酒的上半部分——瓶盖和细长的瓶颈——果然暴露在我的视线里。原来是为了这个。刚才他那么一次一次地歪来歪去，我一直以为他的脖子疼，睡觉时拧出了毛病。我没想到他的精神已在不知不觉中转移到那只玻璃瓶子上了。锐利的眼睛。

“酒，”李毛仁盯着那里。他张开了嘴，“醉成这样，睡觉还搂着一瓶酒……”他转过脸，不认识似的看着我。

“我早就知道了。”我对他说。

“你早看见了？别跟我来这一套。我都没看见，你怎么会看见?”李毛仁看着我，像是要把我咬掉一截。

“我也是刚刚才看见。”他说。

“我比你来得早。”我说。

年过半百，蛮不讲理。

我当然不打算与他一争高下。他的话要是短了，他的胳膊就忽然伸长了，粗糙的拳头会落在我的脸上。说到底，他是我爹，能不冒犯就尽量少冒犯。耗子舔猫，舔对舔不对都要出事……他用那种眼光看着我。猫眼。

“除了你，还有谁看见了？”他朝周围看看，忽然对我说道。

“看见啥？”

“那个瓶子……那瓶酒。”他的手指着地上。周红颜的鼾声一浪高过一浪。

“你是在看你爹的笑话吧？”

“爹，那和咱们没关系。”

“胡扯，”他又瞪了我一下。他看见他的脸上多出了一点东西，像潮湿的地气一样，从脸上的那些褶皱里泛出来。

“当然有关系。”他说，“他醉成这样，不省人事，像一个死人……从这儿路过的人，就不会把他的这瓶酒拿走？顺手牵羊的事。不如我先替他拿着，替他保管一段时间。”

周红颜的身体翻动了一下，那个玻璃瓶子终于从他的裤兜里掉出来了，我和他都看见了。李毛仁“呀”了一声。

“爹——”

李毛仁急忙弯下腰捡起那瓶酒，迅速塞进怀里。低声对我说：

“快走。”

我们从河边离开。

我们的前面跳跃着一长一短两个影子，那是李毛仁的影子和我的影子。临到一条水渠边时，水渠把我们的两个影子拦腰斩断了。我们从水渠上跨过，影子又开始像先前那样一长一短地跳跃在我们的面前。我们又活了。

我们走得很快。

“你也看见了，刚才是它自己掉出来的，不是我抽出来的，”李毛仁对我解释着。他的一只手一会儿伸进怀里——是在摸那瓶酒还在不在，——一会儿又掏出来，垂放在腿边，显得无事可干。“这可怨不得我。”他说，“要不是我眼疾手快，这会儿它早变成一摊水了。”

李毛仁的身上有一种气味，就是木头被雨水泡过后的那种气味。我走在他的旁边，与他保持着一尺左右的距离，他的那种味道使我感到很烦躁。我向前紧走了几步，在李毛仁的那个影子上踩了一下。他没有发觉。

“这事情可真不怨我。”他说。

“没有人怨你。”我对他说。

“摊上这么个老师，你也够倒霉的了。”说完这话，他温和地看了我一眼。我第一次发现，他的眼里也有这种让人喜欢的东西，以前我从没见过，这会儿他突然流露出来了。

一个人向我们迎面走来，是张珍。李毛仁低下头，假装没看见，想不打招呼就走过去。但张珍看见他了。张珍说：

“跑啥？慌慌张张的，后面有鬼吗？”

“我病了，得赶紧回去。”李毛仁说着，仍然想从张珍的身边混过去。他的一只手忽然不容分说地搭在我的肩上，像是我在扶着他走。我看出来了，要不是他怀中的那瓶酒在作怪，他是不会害怕张珍的。张珍有啥好怕的。

“见了我就躲着走？”张珍对李毛仁说，“我想知道这是为啥？”

“我不是躲你，你又不是鬼。”李毛仁看看走不掉了，只好停下来，心神不定地对张珍说道，“我的确有点儿不舒服。”

“我没看出来。”张珍笑着对李毛仁说道，又看了我一眼。

“等你看出来就迟了。”李毛仁说。

“我是说，你的脸色不大好。”张珍看着李毛仁的脸。“又慌里慌张的，好像捡到了一个啥宝贝，想赶快躲开所有的人。”

“你想到哪去了。”李毛仁苦笑了一下，用手指着我，对张珍说道：

“他来叫我，说家里来了客人。他不来叫，我也要回去了，肚子疼得厉害。”

校　长

临近中午的时候，我忽然听说周红颜失踪了，我吓了一跳。

我有一种不好的预感：这件事，十有八九可能与我有关。不过，只要不出人命，那就比什么都好。不至于发生那种事吧。

周红颜手下的一群学生看上去比过年还高兴，

他们乱哄哄的样子实在不成体统。学校里的几个阴阳怪气的教员也在趁风扬土，隔岸观火。他们嘴里哼着一些下流的小调，一遍一遍地在学生们的视线里走来走去。有人伸手拽下一根树枝，还有的把敲钟的绳子握在手里，像是打算要把钟敲响。这是在干什么？趁乱起哄？还嫌知道的人少？这几个人，我当然清楚不过，他们不怀好意，想看热闹，唯恐天下不乱。

任何时候都一样，林子大了，永远什么鸟都有。

混乱的局面必须由我亲自出面制止，平息。我告诉他们要冷静，要沉着，不要草木皆兵，人云亦云，把一颗芝麻看成一个西瓜。任何时候，惊慌失措都是没有什么好下场的。

事情不宜声张。我站在一棵树下。一个教员背着手，悠闲地向我这边走来。一脸讥讽。神秘，知情，自以为了解一切。

“听说过泥牛入海的事吗?”他说。

“去，”我不耐烦地朝他挥了一下手，“离我远点。”一个非常讨厌的人。

事情本来非常简单：

周红颜不知从什么地方搞来一只半死不活的鸡，我和他一起拔毛，放血，煺洗出来，煮熟后喝了两瓶酒……这就出事了，哪里也找不到他了，转眼就无影无踪了。

本来，我们在一起说得好好的，心情愉快。在他的宿舍里，我们一边给鸡拔毛，一边哼着曲子。嘴里说着一些没有正经的趣事，眼睛瞟着柜子上的两瓶烈性烧酒，过一会儿，我们就要动手消灭它了。揭开锅盖，把鸡扔进去。

周红颜说，要么不喝，要喝就得喝烈性酒。烈性就烈性。沧海横流，方显出英雄本色。可是，我没想到周红颜会这么不争气。他只不过比我多喝了一点点，就闹出了这么大的乱子。我喝得其实并不比他少，但我不至于出洋相。

人不但要有一点精神，更重要的还要学会控制自己。

周红颜就是一个不会控制自己的人。当我感到自己不大对劲的时候，我就不会出门了。我当然不能让别人看到我的醉态，给人留下非常恶劣的印象。但周红颜这个小子却趁我不注意跑出去了，一转眼就找不到他了。

……几把火燃过以后，那只不怎么肥的鸡被我们煮熟了。我们把它从汤里捞出来，放进一个盘子里。一只可爱的小鸡，满身鸡皮疙瘩，真正的鸡皮疙瘩。爪子、翅膀什么的都一概不缺。我和周红颜相视而坐。我们是在对饮，又像是在谈判，气氛相当融洽。那两瓶烈性的烧酒放在我们中间，像一道多事而短暂的国境线。

“来——”我率先拿起一瓶酒，去掉塑封与瓶盖，举到周红颜面前。拆掉边界，亲如兄弟。握手。言和。一醉到底。

“来。”周红颜拿起了另一瓶。他也想像我那样一下子将瓶盖磕掉。可是，他的手抖得很厉害，怎么都不听使唤。我知道这是一个人长期狂饮落下的毛病：手抖，眼跳，心律不齐。周红颜试了几次，都没能将瓶盖打开。我接过来，轻轻用牙一碰，他的酒瓶打开了。周红颜探过头，将酒瓶口抵在鼻子下面，嗅了有几分钟，忽然发出一声长叹：

“真不知这玩意儿是怎么造出来的？天下到处是能工巧匠。”

还没有正式开始，他好像就已经醉了。坦诚的言语，感人的情绪，地道，对头。老实说，他的这种情绪也感染了我。

“来，喝他妈的。”我说。

“喝他妈的。”周红颜说。

两只透明的玻璃酒瓶相撞在一起，时间变得澄澈，清脆起来。缸子、杯子一类的器具我们一概不用，从上至下，一灌到底。我看到周红颜的眼睛有些湿润了。和这样的人一起喝酒、共事，痛快。这会儿，他颤抖着说道：

“要是将来有一天，我们相互之间喝得谁也不认识谁了，那该有多好。”

醉了。从他的话里，我发现他已经醉了。他称呼我校长。在这个节骨眼上，我不喜欢这个叫法。我告诉他说，叫我伙计好了，随便叫什么都成，就是不要叫校长。

门前有一片空地。两棵树之间拉起一根绳子，上面晾晒着他的衣服。我晃动酒瓶，里面泛起一层泡沫。校长是个什么？我对这个角色表示怀疑。尽管他一直安详地坐在我的对面，可我始终够不着他。可恶的距离，不过一尺多长。一梦醒来，世界已不再是当初那个样子了。面目全非，偏离，改观，像走了形的门窗。伙计。大人。袖里乾坤。瓶底一样的眼镜片。玉液琼浆。一斤杜康。十两猫尿。直接灌入。

“假如没有酒。”他说，“这个世界该有多么荒凉？就像没有爱一样。”

“注意分寸。”我说。醒者提醒醉者。

“不瞒你说，我对眼下这一行不感兴趣。”他说，“我知道那是怎么回事。我最大的愿望是做一名——酿酒工人。”

“那是很辛苦的。”

“我不在乎。”周红颜说着站起来，伸出两只手，做了一个我不太熟悉的动作。“我要是掌握了它的全套技术和工艺，能够酿出酒来，咱们今后饮酒的问题就会迎刃而解，不成问题。再不用发愁了。那样的日子——神仙的日子。一连灌他八大碗……一醉成一摊泥……”

我知道，他说的这一切我全都知道。多少年来，他一直为没有找到一种适合自己干的事情而苦恼。在他的神态稍微清醒的时候，他和他们一起在办公室里讨论怎样酿酒的问题，那种带有技术性质和幻想色彩的讨论往往在时间上十分冗长，漫无止境，而归根到底又毫无结果，一无所获。我劝过他多次，他充耳不闻。从某种意义上来说，周红颜可算得上是一个忠贞不渝的人——这样的人，如今已不多了，——他执着，冥顽，谁也休想转化他。他是那种一条道跑到底的人。几年前，村里的一个姑娘嫁给了外地的一名酒厂工人。酒厂工人婚后来到村里的消息传到周红颜的耳朵里后，他立即迅速地赶去了。酒厂工人在村里住了三天。三天内，周红颜一直形影不离地跟在他的左右，不断地敬烟，点火。除了每晚要回家睡觉——那是迫于无奈，——周红颜一般都不在家里，也不来学校上课，只是精心陪伴在酒厂工人的身边。那时候周红颜基本上是豁出去了，什么都不顾了，把所有的一切全都抛到了脑后。他要拜那个酒厂工人为师，在最短的时间内掌握酿酒的常识和技术。令人惋惜的是，那个人不会酿酒，只是酒厂里的一名会计，整日面对着的是算盘和账簿。他在厂里工作已经很多年了，可至今仍然不知道酒是怎么弄出来的。这件事对周红颜的打击是可想而知的。他很快就病了。在相当长一段时间内变得形容枯槁，奄奄一息。难道他真的从此将不久于人世？就在我考虑一旦他故去，该不该为他弄个小型的追悼会的时候，他奇迹般地来到了学校里，谈笑风生地出现在人们的面前。我不知道他用了什么灵丹妙药。几天以后，有人告诉我，周红颜与新调来的化学教员搞到了一起。据说他们常在一起喝酒，吃饭，窃窃私语，好得像一个人。他们在一起搞什么名堂？

他们想在化学教科书里找到酒的配方。

我很快就清楚了，这主要是周红颜的意思。周红颜与化学教员亲热得不同寻常，无非是为了借助对方的知识与力量，在书中找到一种或数种酒的配方，然后将它配制出来。

“只要能配出酒来，即使酒的成色差一点也没关系。”周红颜经常这样勉励化学教员。他说，“任何事情开头的时候都不会太顺利，都不太先进。第一个总是最丑的。但是，只要能配出酒来，那就是一个了不起的进步，一个很大的贡献。剩下的就是工艺和质量了，那需要慢慢地改进和提高，让它逐渐先进起来。世界上任何一种名酒开始的时候都不怎么样，都是在经过不断失败，不断提高的十分漫长的岁月中脱颖而出的。我相信通过我们的合作和探索，酒一定会配出来的。一种新的名酒将要从我们的手里诞生。当我们老了，当我们要死的时候，我们就会问心无愧地发现，这一生没有白白虚度，它充满了意义。”

在那些日子里，化学教员披星戴月，昼夜伏案，一些书籍在他的手中像落叶一样翻来覆去，哗哗作响。那些书，每一册他都翻过不下几十遍。在他的旁边，周红颜像一个勤勉的学徒一样瞪大眼睛望着他，不断地为他沏茶，点烟，之后便轻手轻脚地走到一旁坐下，耐心地等待着。这种时候，周红颜满面通红，闪烁着某种不知疲倦的光泽，他把自己置身于幸福的期待中。他相信化学教员一定能找到一种妙不可言的配方。

“你困了，先回去睡吧。”化学教员伸开酸胀的两臂，打了一哈欠，对坐在一旁的周红颜说道，“让我再找找。”

“不，我不困，”周红颜摇着头说，“等待使我激动。”

“今晚看来希望不大了。”

“那边的都找过了吗？我是说，靠近窗户的那一堆——”

“我们要找的东西不在那里面。那不是书，那只不过是一堆废纸。”

“不要这样说，伙计。”周红颜翻身从炕上坐起来，给化学教员的杯子里加满水，耐心地拍着他的肩膀说道：

“千万不敢这样自暴自弃，气馁是要不得的。在一些教义里，这甚至是一种罪恶。不是还有很大一部分资料尚未涉及吗？我们慢慢来，最重要的东西也许正在后面，大人物往往是最后才出场的。你看过《太祖东征》吗？锣鼓一响，最先出来的是那些走过场的兵丁士卒。其次二等兵、一等兵、副手、先锋、文臣武将，最后出来的才是太祖本人。伙计，历史的经验值得我们注意，值得我们参考。”

“我们已经找了好多天了。”化学教员忧心忡忡地说道，“就算它是太祖，就算天王老子，到了这个时候，他也该出场了。”

“不能这样说，伙计，”周红颜向对方安慰道，“这只能说明我们的功夫还不到，功夫一到，它必然会露面的。牛头不烂大火煮。”

“功夫……”

“好啦，咱们不要耽误工夫了，你继续翻书，做实验。”周红颜穿好衣服，走到门口，回头对化学教员说道：

“夜深了，我出去看看能不能找点什么吃的东西回来。”

……

一天夜里，化学教员愁云满面地叹了一口气，合上书本。

照目前的情形来看，实验绝对不能再做了，因为它看上去无比危险，充满了极大的恐惧。滚滚的白烟从玻璃试管里冒出来，呈直线上升，之后又形成蘑菇云的样子。硫酸和氨水的气味充斥在这间空间不大的校舍里，使在场的他们两个人感到头晕，窒息，天旋地转。当蓝色的酒精灯发出哧哧的响声时，化学教员看到周红颜在一旁瞪大了恐惧不安的眼睛。所有的一切看起来都似乎是一种不祥之兆。周红颜不断地咳嗽，作呕，这样的反常现象引起了化学教员的注意和警觉。

他打开试管，释放出白烟。又关掉加热灯，果断地结束了这场危险的试验。

“不做了？”周红颜一边咳嗽，一边关切地询问道。他的面孔涨得通红，像是受了风寒的侵袭，他感到有些恶心。

“伙计，不能再这么瞎鼓捣了。”化学教员擦去脸上的汗。“我们得想想其他办法，再这么鼓捣下去是要出乱子的。”

“我们的试验……”

“去他的吧，”化学教员长吁了一口气，如释重负地说道：

“该结束了。还是考虑用粮食来酿造吧。”

“什么味道这么难闻？”周红颜的鼻子抽搐了几下。到这时，他才突然意识到这间狭小的校舍里有一种陌生而刺鼻的怪味。

“伙计，我们没有配出酒，却意外地配成一种令人不安的气味。”化学教员环顾了一下这间烟雾缭绕的屋子，心情沉重地对周红颜说道。“总的来说，它是可怕的。我没有告诉你，一来是怕你感到失望，二来怕吓着你。”

“瞧你说的，我的胆子就那么小吗？我既非女人，又不是孩子。”周红颜看着满面烟尘的化学教员。他嘴角向上，努力向他显示出一种笑容。这会儿，他多少感到刚才的恶心的感觉似乎已经过去，身上舒服多了。他的眼睛转动了几下，放出一种光泽，对化学教员建议道：

“要不，咱们再来一次？”

“什么？”

“再试试看——”

“我说过不能再这么鼓捣了，得想想其他的办法。照现在这样，永远弄不出酒来。”

“舍不得孩子套不住狼，不能再来一次吗？最后一次——”

“我真惭愧，我一无是处。”化学教员十分羞愧地告诉周红颜，这些日子以来，他差不多将搜集到的每一本书都看了一百遍，类似今天这样的危险的试验做了无数次，每一次都将生命置之度外。可结果……那些书里压根就没有酒的配方，连提都没有提过一下。他从头至尾仔细回忆了一遍自己所有的知识，发现自己从来没有学过怎样配酒。

“天要灭你，你不得不灭。”化学教员沮丧地说道。

“那些书上，到底在讲些什么？”周红颜不甘心地打听道。

“讲些什么？统统与你无关，与咱们正在干的事情无关。”

化学教员惴惴不安地将那些使他蒙受了耻辱的书放到一边。他看着周红颜，对他说道，“不瞒你说，化学书里到处都是酒精灯，几乎每一页里都有试管和酒精灯。”

“酒精灯？”周红颜张大嘴，目光迅速地从化学教员的身上移开，来到靠近窗户下的桌子前。他飞快地朝那里瞥了一下。“你说的，就是这种冒着蓝火苗的小灯盏？”

“是的，除了能做试验以外，它还能消毒，烧开水，煮粥。”

“移情别恋。难怪我们没有出路，原来都挪作他用了。——那么，酒精呢？酒精是谁发明的？怎么配出来的？”

“酒精也有配方？”

“任何东西都有配方。连人都是用精卵配出来的，酒精怎么会没有配方？只要找到酒精的配方，离酒就不太远了。”周红颜盯着对方的脸。盯了片刻，忽然换了一种声音：

“配方肯定有，但我们都不知道，是吧？”

傍晚，我在村口遇到了胡大。

周红颜已经找到了。他跑出去后，在河湾里睡了一个中午，醒过来以后就没事了。胡大披着崭新的呢子制服，倒背着手，似乎在想什么心事。我们在村口相遇，我没有多说什么。我不善于和他说话。说说周红颜平安无事，这就足够了。我知道他们之间的关系非同寻常。

我注意到了胡大的雪白的衬衫领子。他刚刚刮过胡子，看上去红光满面，精力充沛。天这么晚了，他这样精心修饰后出来……他喜欢在傍晚的时候到处走动。名正言顺的工作。白天，他在家里睡觉，养精蓄锐。天一黑，他就出来了。由表及里，开始在村子里逐渐深入……

天　宝

陈富士躺在地上，两只手捂着身体下面，在地上左右翻滚。他翻到这面来的时候，我看见他的胸前有一只很大的脚，脚上穿着皮鞋，那是赵明的脚。赵明的脚不时地抬起来，又用力踩下去。陈富士的叫声使我感到浑身发冷，他的那种喑哑的嘶喊像是从土里传出来的。

我站在满地凌乱的麦秸中间。

陈富士忽然不再嘶喊了。我看见一股很红很亮的东西从他的嘴里喷射出来，我吓了一跳。那种东西溅到了赵明的脸上。赵明意识到以后，立即抬起一只手在脸上擦了一下。赵明的脸前没有镜子，所以他擦得很不准确。那种东西并没有去掉，反而在他的脸上抹开了，范围越来越大，成了一个花脸。我想，赵明的脸前要是挂着一面镜子，他就不会把自己抹成这样了。

我笑了一下。

“你还笑？你这个没用的东西。”陈富士躺在地上，眼睛望着我。他说，“你爹就要被人打死了，你还站在一边傻笑。你就不懂得过来帮帮我吗？我要是死了，你要倒霉的，倒大霉。你会有受不完的罪，吃不尽的苦。”

“你是不是把你这个傻瓜儿子抬举得过高了？”赵明笑着对陈富士说道，“你问问他，他懂得啥叫死吗？他要是懂得几分，我先碰死让他瞧瞧。你问问他，他懂吗？他连上下软硬都分不清。废物，他是一个废物。”

“天要灭我啊。”陈富士终于哭出了声。他的哭声很刺耳。

我踢开脚下的凌乱的麦秸，一步一步地朝他们走过去。

“这个傻瓜真过来了……”赵明警觉地看着我，口里却对陈富士说，“你告诉他，他要是敢过来，我先弄死他。”

我离他们越来越近了。

“快对他说，不要让他过来。”赵明对陈富士说道，“他要是再往前走一步，我就要动手了。我并不想动手。”

“祖宗，你快回去，”陈富士向我喊道。“不要过来，千万不要过来，我不要你帮我，就当我已经死了。”

我在他们的喊声中停住了。我的脚下仍是一些凌乱的麦秸。

“兄弟，饶了我吧。我一辈子老老实实，夹着尾巴做人，从没做过啥亏心的事。”陈富士伸出两手抱着赵明的脚说道。这会儿，赵明的那只脚仍然搁在陈富士的胸上。陈富士紧紧地抱着它，像是要用嘴亲吻那只皮鞋。

“你说你没做过亏心事，那么，你的身上为啥要缝着那么样的一个大口袋?”赵明说着，将那只脚从陈富士的胸前移开，又换上另一只脚，像是在轮班休息。

“我听说你身上的这个大口袋能装一百多斤粮食，主要是麦子。有这回事吗?”赵明看着陈富士的脸。翻毛皮鞋。

“别听他们胡说，他们总是千方百计要害我。谁的衣裳上能有那么大的口袋?”陈富士说着，想从地上翻起来，但没有成功，赵明的皮鞋仍然放在他的身上。

“不信你试试，”陈富士对赵明说，“它最多只不过装十多斤……稗子。”

“稗子?”

“当然是稗子。除了我，没有人会把它看成是粮食。”

“你是我发现的第一个坏人。”

“我是坏人?”

“你以为你是啥?你不是坏人，难道，我是坏人?”

我站在满地凌乱的麦秸中间，它们看上去像是秋天里枯黄的野草。远处的一片房顶上站着一个人，手里举着一根长长的竿子。附近的一个草垛上的霉味不时吹到我的脸前……

两天以后，陈富士从医院里回来了，我站在家门口望着他。他从一辆马车上下来，手里拄着一根棍子，走得很慢。仅仅过去两天，我发现他的脸比原来白多了。他一开口说话，我吓了一跳，他的声音又尖又细，像一个女人的声音。这可是从来没有过的事情，我感到很奇怪。

有人来家里看他了。我听到他们问他“疼不疼”，他说他没感到很疼，麻醉药使他昏迷了很久。我很快就知道了，赵明把他身上的某些东西打坏了，医生给他做了一种手术。不这样，他将会全身瘫痪。做完手术以后，他就不会瘫痪了，奇怪的是他的声音也变得又尖又细了。不过，我知道瘫痪是一种很难受的姿势，与改变声音相比，还是现在这样更好些。我见过一个瘫痪了很多年的人，她是珠儿的妈妈。一年四季躺在那里一动不动，像一个假人。

现在的陈富士已经不是从前的那个陈富士了，他什么重活也不能干了，连豆腐也不能做了，每天在街上捡干草。干草是一种很轻的东西，干这些不需要多大的力气。

我问陈富士，他为什么老是出汗？他说，我只是觉得没劲，浑身没力气。

有人告诉我说，知道吗，你爹在医院里被阉割了，他成了一个名副其实的废物，你知道这些吗？你这个傻瓜。

我回去问陈富士，啥叫废物？

“我知道。”他说，“废物就是那种光会喘气，啥都不能干的人，他们都和我一样。”

陈王氏

剃头匠老宋干完活儿以后就走了，我把他送到街门外，我一直看着门前的那条发白的小路把老宋的那个一瘸一拐的身影送进远处的一片树林里。他从我的眼里走出去了。老不正经的东西，还像从前那样喜欢动手动脚。

回到院里，我把老宋刚才剪下来的那根辫子用一张纸包好，琢磨着该把它藏在哪里更为合适，这种东西当然是不能随随便便就扔掉的，不把它弄个位置供起来，就已经够作孽的了。它在天宝的头上留了十几年，这中间，我看着它的日子或许比这个时间还要长。这会儿想起来，那些日子完全可以像房上的瓦一样叠摞起来。近几年来，它看上去尤其不一样了。老宋说它像一根猪尾巴……那是说它很细。我不知道他是咋看的。在我的眼里，它却变得越来越粗了，粗得……

天宝正在台阶上晒太阳。辫子没有了，他还像往常一样，似乎一点儿也没觉得身上少了啥，无动于衷，一声不吭。他的身架长得比他爹都高了，可他的心仍然还是一个孩子，从前的那个孩子。白净，斯文，比村里有些姑娘还要怕羞和安静。没事的时候便坐在院子里看云彩，看树叶，看地上的蚂蚁扛着米粒、夹着菜叶，排着队进洞，回家。

我在屋里收拾停当以后，把天宝喊进来。他离开那些蚂蚁进来了，像一个高大的影子一样站在我的面前。不管他长得多么大，哪怕像一座铁塔，他仍然还是我身上掉下来的那块肉，我的一部分。我瞅了他几眼，没看出他脸上有啥不高兴的地方。仔细看过后，我放心了。

我走上前去开始脱他的衣服，他略微有些意外。他身上的所有的那些带子、扣子啥的，都是我亲手缝缀的，我自然再熟悉不过了。所以，我在给他脱衣服的时候，又轻又快，没费一点儿力气，比剥一头蒜还要容易。蒜皮还有揭不下来的时候，紧紧地贴在上面，怎么都抠不下来，倒是常常能把指甲缝浸染得又辣又疼，里面火辣辣的。

这样，我很快就把他身上的衣服全都脱完了，这会儿，他白晃晃地站在我的眼前。他换下来的那些衣服都被我扔到一边去了，我另给他预备了一套新的衣服，完整的一套，新里新面，长的短的都有，连扣子都是新的。

老天呀！我差一点叫起来，又吃惊又难过。

无论从哪个方面来说，站在我面前的都不像是一个二十多岁的男人的身体。我不知道他的身上啥时候变得这么白，肌肤细腻得像一个女人，柔软得似乎能掐出水来。村里的人都说吴树枝的皮肤好，水色好，那是他们没见过我们天宝的身体。我就不相信吴树枝的身上会没有一根汗毛。天宝的身上就没有，一根都看不到。我也知道这样的男人注定不会有多大的力气，或许连坏脾气也没有。不懂得发火，不知道愤怒。他是水做的吗？水还有发怒发狂，波涛滚滚的时候呢。

我特别留意了一下他两腿之间的那个最让我放心不下的小玩意儿，一看到它那可怜的小样儿，我就忍不住想哭。——我的命根子……天呀！这么多年过去了，它看上去几乎没一点长进，还像小的时候那样。我曾经问过他爹，这是咋的了，这事咋就叫咱们摊上了？听了我的话，他比我更糊涂，更说不出个道理来。陈家的香火从此可就要断了……

这事可能也有些怨我，是我从心里就从来没有把他看成是一个大人？确确实实，他在我的眼里，从来就是一个孩子，还是我的那个孩子，一直都是。

他缩了一下脖子。

“这是要干啥？”天宝问我。

“想让你变得更像一个人。”我说着，开始动手帮他穿衣裳。它还像先前那样无动于衷，我不知道它究竟怎么了。

“我不像人？”天宝又问我。

看样子，他根本没有明白我的意思。

他从来就是这样，根本看不出我的一片苦心。他书念了不少，可懂得的东西并不多。不过，这也不能全怪他，世上差不多所有的孩子都是这样的，他们从来都不知道他们的爹娘明里暗里地为他们操了多少心。

小 燕

一路奔跑，气喘如云……我听见门被撞开，门环哗啦啦地响了起来，有人进来了，停在门口看着外面，身上散发出傍晚的寒气。

我坐在窗前，我以为是爸爸回来了。这会儿我还在生他的气，所以我没有回头，没有理睬他，继续像先前那样望着外面的那些黑色和黄色的树枝。其实这会儿天早已经黑了，能够看清的东西已经不多了。我这样面向窗户坐着，只是为了做出一种样子，说明我还记着不久前的事，还在生他的气。我知道，用不了多久，爸爸身上的寒意还没有完全散尽以后，他就会过来向我道歉，然后说许多好听的话——直到把我逗笑为止。这就是我的爸爸张隆真。以前我们经常这样，在经过了一次又一次的事情以后，我开始懂得了什么叫破涕为笑，什么叫云开雾散和皆大欢喜。

我坐在窗前等待着，却半天不见他过来，只听见身后传来一阵又一阵的喘息声。难道他是一路跑回来的吗？不然怎么会喘成这样？我心里不禁有些想笑，这么大的人了，下了班不好好走路，哪有一路奔跑着回来的，还跑得上气不接下气。

我听不见他说话，也许这会儿他正在看着我的背影，但我不打算先转过脸去，那样的话，我就输了。我不想先输给他。

屋里的灯光使我们这间房子显得很陈旧，但是其实不是的，其实我们的房子是新的，是两年前才盖起来的。房子盖好以后，爸爸很高兴，他每天都要兴致勃勃地绕着房子的四周看几遍，伸出手抚摸墙上的某一块石头或者某一扇窗户。“够了，这一辈子够住了。”每次望着灰蓝色的屋瓦时，他都会这样说。前街上的陈秃子说，这么宽敞的房子和院子，再娶两个老婆也没问题，都能住开，各干各的，谁也不影响谁。爸爸说，你还想三妻四妾，一个还不够受的么？陈秃子说，愣子！趁年轻的时候不抓紧干，等将来老了以后会后悔的。我这会儿后悔也迟了，兔子早跑过八道梁去了。

他终于开口说话了。

“我是保卫科的，领导让我先来通知张隆真同志的家属……”

我听到他的声音了，不是爸爸的声音，这真让我感到吃惊，这么生疏的口音我从来没有听到过。我转过脸，看见一个身上穿着蓝衣服的人正站在门口，两只手比画来比画去，正在与我的妈妈说话。他果然不是我的爸爸，而是一个生人。这个人其实看上去其实并不很脏，只是脸上有煤灰，说话时露出一排白牙，嘴唇很厚，黑紫色的。

“你是他的家属吧？”他看着我的妈妈，在证实着什么。

“我是他的家属，”妈妈对他说，“我叫吴树枝。”

“吴树枝……好，这就好了。”他喃喃地说道，“我放心了。”

“他到底咋了？”妈妈说着，眼睛望着那个人，顺手把一缕垂到脸前的头发撩了上去。今晚她的头发看上去又黑又亮，像是绸缎一样。我的头发好像不如她的好，有些黄。

“够呛，好像已经不行了。”那个人说。

“你看见他了么？”

“看见了，好多人都看见了。”他说着，瞥了我一眼，继续对妈妈说，却有些吞吞吐吐的。“实在是很难说出口，怕把你和你们的孩子吓着，可是不说又不行，领导交代过的……脑浆都流出来了，白糊糊的一堆，一大堆呢。”

“啥东西一大堆？”妈妈问。

“这还用问么，当然是脑子，当然是他的脑浆。”

他的声音里有一种明显的非常不耐烦的情绪，似乎想早一点把要说的话赶紧说完，然后迅速走人，仿佛有鬼在催促着他。“他们都看见了，都说像……一盘……搅碎了的……豆腐。”

“豆腐？哪来的豆腐？怎么又出来了豆腐？”

妈妈还在等着他的下文，他却突然一转身跑出去了，我听到了他的脚步声，就像不久前来的时候那样，那是一种很紧密的接连不断的声音。不久以后，他好像忽然停下来了，站在墙边。昏昏沉沉中，我听见他发出了一种声音。

他在呕吐。

我竖着耳朵听了一阵，然后告诉妈妈：“他吐了。”

她的头发又落下来了，盖住了脸。她抬起一只手，又把它撩了上去。

“你听见了吗，”我对妈妈说，“他吐了，吐得很厉害，哇哇的。”

灯光使我们的房子显得很陈旧，像是学校里那架年久的旧风琴。

他吐完了，却再也没进来，朝远处走了。房子外面有我们的两棵杨树。

“他怎么了？”

妈妈站在地上，眼睛望着外面，不知她在看什么。那个冒失鬼刚才跑出去的时候，没来得及把门关好，这会儿，从外面刮进来的冷风又一次把妈妈的头发吹乱了，黑缎子一样的头发散开，流下来，披下来，遮住了她的眼睛和鼻子。我看不见她的脸了，她看上去像极了一个传说中的女鬼。

“快走！”

她催促我赶快下地，穿上衣服。她自己也在找衣服。

三　元

红指甲，黑色长裤，裹着她的两条长腿。马薇薇。窗外的阳光射进来，照在她的手表上。她的手里好像握着一道亮光，她抬起手写字或说话的时候，亮光在我们的脸前飞快地闪来闪去。箭一样的反光，谁也抓不到手里。

她的声音听上去有些嘶哑，不像以前那么清脆了。脸上罩着一种雾一样的东西，似乎连日来一直没有睡好。疲倦的女人，写出一手懒散的字，个个东倒西歪，像秋后的茄子。听说从前的学生们动不动就要挨先生的板子，现在不兴打板子了，但学校仍然是一个令人头疼的地方。鸟笼子。关在里面的东西都是有数的。

这个女人，有一次她走近我的旁边时，我在她的身上清晰地闻到了一种睡觉时才有的气息。在那种气息的笼罩下，我好像看见她正在安静地沉睡——苏醒——翻身——眼睛望着红色的窗户——伸着懒腰——如云的黑发披泻在枕边——抓起身边的一件衣服——扔掉——两条腿合上——不久又分开……我不知道她在干什么。这个多少有些虚实不定的情景把我吓了一跳……我从座位上突然滑落下去了。

周围传来一阵哄堂大笑。

她从上面走下来的时候，我已经扶着凳子从地上站起来了，我感到十分头晕。美丽的女人。两只鸽子藏在里面，不能再在天上飞了。站在我面前，两根细细的散发着脂粉气息的小手指按在我的书上。我看见那两根手指因充血而变得微微发红。她的手洗得多么干净，只有指甲上沾着一小片白色的粉笔末。我抬起头，发现她正看着我，别人都在看着我和她。

她的头发从后面挽上去了，看上去像一个三十七八岁的女人。这样一来，她比原来显得老多了。不知她为什么要这样？

我告诉她，我很头晕。

她看着我，用眼睛示意我：说下去。

说下去？我已经说过了，我感到很头晕，在座位上坐着坐着就滑下去了，这会儿我还有什么要说的，好像已经没有了。我低下头，看着她的那两根发红的手指。

“要不要派两个人把你送回去？”

她终于开口说话了。我飞快地瞥了她一眼，我看到了她的嘴……好像破了一个细细的竖着的口子。我想起她曾经对我们说，我口干舌燥的图什么？

“不要，”我急忙对她说，“我能行，我自己能走回去。”

“那就这样吧。”她说。

她的那两根手指从我的眼前消失了。我合上书，来到外面。

周红颜坐在一棵树下，他的脚边放着一只茶杯，眼睛却望着天空。我从他的旁边经过时，他毫无察觉。清醒了的人，这阵子没他的课，他这样安安静静地坐着。我爹还欠他一瓶酒呢。这会儿他目中无人，他的眼里只有天。

天上空荡荡的，一丝云彩也没有。有什么东西值得他注意呢？……快要接近那片树林了，我开始奔跑起来。

不久以后，我坐在一间临街的草房里，嘴里叼着一支纸烟。外面的光线透过后墙上一个又高又窄的窗户射进来，照在我的腿上。草房里充满了草的气息，还有草根腐烂后的气息。墙上挂着明亮的镰刀和金黄的草绳，还有网眼的筛子和筐子。后墙上的那个窗户又高又小，竖着钉了几根木棍，看上去很像监狱里的牢房。所以，每次走进这间草房里以后，我都有一种押赴刑场、英勇就义的感觉。我常觉得我是一个秘密的联络员，由于一时的疏忽大意——贪杯或贪睡——而不幸落入魔掌之中。

那些出卖我的人是什么人？他当然是个叛徒，只是这会儿我还不清楚他是谁，有些底细需要我认真地摸一摸，好好想一想。

周红颜如果生活在过去的年代里，如果也是一个肩负重任而又隐姓埋名的人，照他那样喝酒，他非出事不可。

我从学校回到家里，家里没人。几只鸡都在院里吃食，只有其中的一只不知什么时候飞进了家里。我走进屋里的时候，那家伙正人模狗样、趾高气扬地在我们的炕上走来走去。我朝它大喊一声，喊声把它吓坏了，它咕咕地叫着，扇动翅膀，从窗户上飞了出去。窗前留下它的一根羽毛，飘落到炕上。我没有去捡它。

我叼着一支纸烟，向临街的草房里走去。纸烟是大元的纸烟，是“海河”牌的。大元有时候像一只忘性大于记性、到处下蛋的鸡，下过以后就再也想不起来了。

我知道他的上衣口袋里时常装着纸烟，有时他掏烟的时候，常会无意中掉出一个气球，我趁机捡起来。那些柔软而透明的气球，后来都被我一个一个地吹破了。

李毛仁经常对我说，在草房里吸烟是极其危险的，就像把手榴弹绑在身上一样令人不安。他说，你他妈的要是想弄出一场冲天的大火来，你就好好在那里吸吧。

我把吸剩的烟头在地上踩灭。这时，我听到草房外面有两个人在说话，他们像是在合计一个阴谋——在某一个人的饭里投毒。我听到他们当中的一个人说道：

“今天不行，今天晚上他（她）不在家。”

我竖起耳朵。我觉得我听到了一个很复杂的故事，事情的整个过程很是黑暗，却又比较死白，像冬天的街道，萧瑟冷清。

我想看看这两个策划阴谋诡计的人，说不定我会认识他们……我这样想着，打开草房的门，来到外面。上午的阳光里有一种很湿的雾气，一个八十多岁的老头在墙边睡觉，一只猪哼哼叽叽地在他的身边拱来拱去，他一动不动。

那两个人不见了。

那一瞬间，我觉得他们很有可能是两个鬼。如果是人，他们不可能跑得这么快，像风一样。他们能跑到哪里去呢？

远处的河边有一些粗糙而弯曲的身体。牛和羊像石头一样固定在四周的山上，也有的站在空荡荡的河川里。

我来到街上，碰到九孩，我告诉九孩说：

“知道不知道，马上就要出人命了。”

天　宝

“到这边来，”她说，“往亮堂处站站。”

她手里拿着一件衣裳，在我的身上比画来比画去。我从柜子前离开，站到屋子中央那道又雾又亮的光线里，我看见还有几件衣服。

这些崭新而陌生的衣服，我不知道它们是从哪里来的，是属于谁的。冬天已经到了，大部分士兵的棉衣还仍然没有着落。有人开始四处偷棉花了，状告到了大队长那里。

她放下手里的那件衣服，又拿起一件深蓝的，先在光线里仔细看了一下，接着又开始在我的身上比画。这件是深蓝色的，扣子也是深蓝色的。刚才那件是土黄的，她好像不喜欢土黄的。不过，大队长很喜欢土黄色的衣服，他们夫妻俩都穿着那样的衣服。他们好几个月才能在一起住一夜，那已经很了不得了，别人谁能有他们那样的福气？

“站过来一点，”她说，“把你的胳膊抬起来。”

“把胳膊抬起来做啥？”我说。

“穿衣裳，”她说，“把这新衣裳穿上。”

这一回，我又听她的话了。从小我就听她的话，有她保护我，我才不至于觉得害怕。我和她站得很近，尽量能让她够着。我的身体比她高出许多，她踮起脚也没有我高。

“把腰挺起来，”她说，“别窝着。好衣裳也穿不出个好来。”

她的手很暖和，我又开始感到不害怕了，仿佛有一股清亮的水从我的身上流过。我看见她把一件崭新的白衣裳展开。

我睁大眼睛。

“闭上眼，”她说，“小心晃着。”她不让我看。

我闭上眼了。她的呼吸吹到我的胸脯上，我感到很痒。

我笑出了声。不瞒你说，我很想放声大笑一场，秦医官这样对大队长说。大队长说，你还有脸笑？奎宁你有么，酒精和绷带你有么？你他妈的什么都没有，要甚没甚，你还有脸笑？

“不要笑。”她说。

我不笑了，可身上仍然很痒。

“这是要做啥？”我说。

“做啥？”她喘着气对我说，“还不是为了让你变得更像个人。”

“我现在不像人吗？”我说。

她没有说话。她鼻孔里的气又吹到我的胸脯上了，还有她嘴里的气。我低头看了一下，她的嘴张得很大。

光线其实一直都在移动，我们只是看不见罢了。有一大块云彩飘过来，秦医官的脸色变了，他对大队长说，这能怨我么，我能变出来还是怎么的？你的意思是让我出去偷去，不管到哪里抢去，是不是？大队长说，你别跟我来这一套，我不管你怎么办。要是到了今天晚上，你他妈的那个破箱子里要是还是空的，还是要甚没甚，看我怎么收拾你！

“这都是谁的衣服？”我说，“怎么总是一个劲地在我身上试来试去？”

“当然是你的，谁的能让你这么试。”她说，“别人谁能有这么多衣裳？你快赶上从前的那些少爷们了。事实上，他们也不见得能有你这么多。”

这都是我的衣服？我的胳膊酸了，我把它放下来，她又让我抬起来。我又看见那些书了，它们都整整齐齐地码在窗户下面。李福义悄悄地告诉大家说，大队长他们夫妻俩每次见面的时候，总是晚上，两个人躺在床上，一人手里捧着一本书看，背对着背。等到过了夜里十二点以后，他们就都不看书了。

她把那件白衬衣给我穿上。“别人为了表面上好看，都是拿一个假领子衬在里面，你这可是真正的白衬衣。”

她说她给我准备了一套崭新的衣裳，一会儿都得穿上。

我朝炕上望了一眼，那边果然还有几件叠得整整齐齐的我从未穿过的新衣服。我放心了。她是对的，任何事情我都应该听她的。她纯粹是为了我好，因为她是我的母亲。

“为什么想起要给我穿新衣服?”我对她说，“我们要去哪儿?”

“不是我们，是你，你一个人去。”她说，“你已经不小了，二十多岁了，你该成亲了，这事当然得你去。”

“让我去哪儿?”我说。’

“周庄。”她说。

“去那儿做啥，是去走亲戚吗?”我说。

“这会儿还不能说是亲戚，”她说，“不过，以后就是我们的亲戚了。”

“为啥?”

“因为这主要得看最后的结果，主要就看你的了，看你能不能降住她。”

“降住谁?”

“一个和你差不多大的姑娘。”

“我为什么要降住她?”

“因为……你要娶她，这是一辈子的事，长期打算，必须得降住。”

“就算是，那也不一定非要把人家降住了，让人家怕你。”

“就得那样。”

“我不想那样。一个人活得好好的，为什么非要让别人怕你？”

“因为你是男人，要是没有人怕你，你就很难活得很好，懂得吗？”

“我不敢去。”

“要去。”

“他们都想揪我的辫子。”

“你已经没有那东西了，老宋不是已经把它剃掉了么，你再也用不着害怕他们了。你浑身没有一根毛，他们揪不着啥了。”

这个世界上，究竟谁怕谁？那个姓王的说，不是东风压倒西风，就是西风压倒东风。

“我去周庄做啥？”我说。天地间的光线在不断地变幻着。有一个时期，我们一直都搞不清我们的任务，无论干什么都不得要领，每天在山里转来转去，有的人快疯了。

“听着，那里有一个姑娘，跟你差不多大小，命相八字都合适，你先去看看她。然后，我们把她娶回来——”

“娶回来做啥？”

“住嘴！”

她嘴里说着，手上又把一件黄色的毛背心从我的头上套下来，穿在我的身上，前面拽一拽，后面拉一拉。我感到很难受。

我对她说我不想穿这个，我希望她能帮我再脱下来。她说不行。她说："冤家，你是成心要我的命哪。"

新裤子，新鞋，也都穿上了。

接着，她又拿来一件蓝色的上衣，哗哗地抖了两下，我一看是那种四个兜的制服，顿时就喜欢上了，我见过不少人都穿着这样的衣服，很神气。她帮我把扣子扣好，领子揪正，然后上下打量了一阵后说："果然不一样了。这一下，你看上去像是个公社的干部了。就算不像公社的干部，最起码也像个教书的了。"

我穿好衣服，从那灰蒙蒙的光线里走出来。形势越来越复杂了。河边的树林子里有一间造型古怪的房子，不知什么人住在那里，从远处望去，像一口棺材。黑墙，黑瓦，数不清的露水像陷阱一样遍布在那一带。

不过我们不准备过河。

青纱帐是一个整体，一个严肃而又有些荒凉的整体，只有在透明而宁静的夕照里才能比较全面地显示出它的最清晰的轮廓和一部分面目。我记得那条通往周庄的路，我好像在很久以前去过那里……青绿的麦子在风中荡漾，玫瑰开在不远处的园子里，有的腐烂在路边。在高高的河堤上，一老一少两个人短暂地歇息了一下后，那个老的对那个小的说，快走，天黑前要是还到不了那里，咱们就都完了。

三　元

午后。

人们像受了惊的牛群一样向北边的矿井前跑去。我跟在他们的后面，一路上吃尽了苦头，沿途的灰尘把我染出来了。

我知道那里出事了，不然他们不会这样没命地疯跑。两边的山谷发出阵阵空空的闷声闷气的响动。他们要去那里看热闹，看稀奇，我当然不能放过这个机会。好久没有热闹过了，人人都闷得很，自从过完年以后，再没有一件让人振奋的事。现在，他们想振奋一下，我也想振奋一下。

天气已经很冷了，我穿着李毛仁的一件大棉袄。来到路上以后，我才发现事情有些不妙。这件又厚又大的破棉袄一路上把我拖累得够呛。我吃惊地看到，几乎所有的人都比我跑得快。他们的脸上挂着着急的神色，相继从我的身边跑过，追赶着前面的人。我终于落在最后了。

身上越来越热了。我脱下大棉袄把它抱在胸前，窝囊地走着。我当然不敢随手将这件破棉袄扔到路边，那样的话，李毛仁是不会有什么好果子给我吃的。他会收拾我，说不定还会因此对我下毒手。虽然他是我的亲爹，我是他的儿子，可这种可能性也还是有的。我不能让他抓住我的把柄。大王庄的马小春不就是让他的爹用斧头劈死的吗？当然，那个劈他的人不是他的亲爹，只是他的后爹。

穿过一条黑色的河水以后，矿井到了，漆黑的窑口像一个吃人的洞，电线上挂着麻雀翅膀。我跟在他们后面，我们的周围是用炭堆起来的一座座黑山，许多漆黑的机器和工具遍布在其中，东一个，西一个。这会儿，所有的机器和工具都哑了，不再像平日那样轰隆隆地响个不停了。一只狗在一道铁丝网里汪汪地叫着。

“人已经抬出来了，”我前面的一个大个子对他身边的一个小个子的人说道，“看见没有，机器都停下来不转了。”

“真出事了？”小个子向四周看着，“已经到了太平房里了？”

“赶快往前挤，看看是谁。”大个子说。

在这片熏黑的景色里，礼貌什么的都用不着。他们推推搡搡，挤成一团。附近有一间矮小的红砖的房子，红砖上面没有挂灰，因而，这房子成了这里唯一还在发红的一个地方。它看上去非常醒目，打老远的时候就能望得清清楚楚，它如同矿上的一轮红彤彤的太阳。

现在，人们都在矮小的红房子前停住了，我站在他们的后面，不知道他们要干什么。我闻到一种很浓的布满了松油的木头的气味，就是粗大的圆木被锯子锯开以后散发出来的那种不祥的气味，这种气味把我吓了一跳。

我的眼前浮现出一具棺材。

一具刚刚做好的，还没有来得及上油的白茬棺材，我无意中瞥见棱角处一颗冒出来的钉子……前面的人突然混乱起来，乱七八糟的声音响成一片。场面越来越乱了，像是在打架斗殴。这会儿，我开始明白眼前的情形不像是要唱戏的样子——上路的时候，我一直以为他们那样拼命往前跑，只是为了赶着看戏，——却原来并不是一件好事，而是井下出事了，有人被打死了。不然，说什么太平房？太平房就是专门停放死人的地方。于是，我开始在拥挤的人群中寻找一些狭小的缝隙，努力向前面钻行。他们的身体太硬了，我被挡住了。不断有人用他们的大手在我的头上拍来拍去，像是在挑选西瓜，我的头被他们拍得很痛。

每个人看上去都很不好惹，很难说话。我看准了一个面相善良的人，也许他会让我过去。我走过去，想从他的身边挤进去。

“让我也看看。”

他回过头来，猛地一下把我推到一边，我知道我找错地方了。我还知道不能再指望从这个人的身边想办法了，要是把他惹火了，拳头巴掌一齐落下来，也并不是一件多么稀罕的事。虽然我们家里也有的是人，不缺少能打架的人，可这会儿好像也不是打架的时候。

我在人群后面到处寻找着缝隙。

“来，从这里钻过去，钻过去你就看见了。”有一个人忽然说。

他说着，忽然将两腿分开，坑洼不平的脸上露出一片不怀好意的笑容。

他让我从他的胯下钻过去。

我离开他向旁边走去，我当然不能从他的下面钻。我要是钻过去，我就再也长不大了，会变成一个小矮子。

一个高大的女人站在那里，也在朝前面看。我站在她的后面，她的两条腿分得很开，肥大的胯部看上去像一座弯曲的桥。

我终于来到红房子的前面了。

几个人面无表情地从那间矮小的红房子里面走出来，另一些人又接着走进去，他们像是在这里轮流走动。

我也走进去了。

小小的红房子里阴暗，潮湿，冷森森的，与那个红彤彤的外表正好相反。有什么东西在里面霉烂了，强烈的霉味泛涌得到处都是。房子里的四壁上一个窗户也没有。如果不是房梁上有一盏昏暗的电灯，这里会一点亮光也没有。房子里三四张空床，只有靠墙的那张木床上躺着一个人。那个人只露出一双脚，身上和脸上都用一种绿色的绸缎蒙着。他安安静静地躺在那里，一动不动，像是在午睡。

有人把那块蒙在他脸上的绿缎子撩起来了。我探过头去，什么也没有看到。另一个人的背影把我的眼睛挡住了。

他们在低声说话。

“少了一个耳朵。”

“让耗子吃了？”

“那哪是耗子咬的，一看就是被砸烂的。”

“张隆真。”

“可惜了。”

谁死了？我想。

“以后再也看不上他唱戏了。”

张隆真死了？

张隆真死了？那个头上蒙着绿缎子的人是他？

“可怜哩。”

有两个人轻手轻脚地站在他的头前。

又有人从外面进来了，他们很快又把他脸上的那块绿缎子揭起来了。我走过去，我看到了一个巨大的墨绿色的头。

我觉得那不可能是张隆真，张隆真没有那样的一个膨胀的头。在我的记忆里，有一些斑斑驳驳的门和风吹雨打的窗户，一种十分粗老的声音喑哑无边地叫着。那些黄白的灯笼正在忽明忽暗地飘走，像手套上的小绒花一样闪闪烁烁。张隆真正在追赶那些飘忽不定的黄白的光斑，他乌黑的头发上沾满了灰尘和血水。黑色的机器和工具死气沉沉。他的头上顶着灯，手里握着小黄花。跑着跑着，他头上的那盏灯忽然呼的一下灭了。

他往嘴里含一点盐以后，那些死气沉沉的机器和工具就又都轰隆隆地转起来了……

我从矮小的红房子里出来，围观的人群差不多都走散了。我又闻到那种刺鼻的布满松油的木头气味了。我感到附近什么地方一定隐藏着一口棺材，一口没来得及上油的白色的棺材。

那些漆黑的机器和工具还像不久前样喑哑无声，它们看起来好像坏了。等待驮炭的人排成一溜长蛇，一天又一天地等着，好半天才能往前面挪动一下。

一个亮闪闪的东西在远处发光。我向那里走去，我很快就看清那是一枚像章。这时，不知从哪里突然冒出一个罗锅，他抢在我的前面将那枚像章捡到手里，然后恶狠狠地对我说道：

“我先看见的。”

校　长

晌午的时候，我在回家的路上看到他们穿过那条黑色的河水，纷纷向北边的矿上跑去。我停下来向别人打听发生了什么事，一个人告诉我，看样子那边好像要唱戏了。

这个消息把我吓了一跳。

对我来说，这个消息不啻是一种灾难，我最怕发生这样的事情了，我甚至都不想回家去了。我在路边坐下来休息。

在乡村里，一年一度的唱戏意味着什么？意味着我的那些穷亲戚很快就会闻讯而来。他们拖儿带女，穿戴一新，像一群疲倦而又好动的旅客一样住在我的家里。戏演到什么时候，他们就会在我的家里住到什么时候，直到全部结束以后，他们才会恋恋不舍地离去。临走时还说，明年的这个时候还要再来。

天哪！这群人。

每逢那个时候，家里的一切就全都紊乱了。我得拿出全部的精力和财力，招待他们吃喝，安排他们睡觉。我的那些穷亲戚，他们当中也不乏那些挑三拣四的讨厌鬼。我不但要让他们吃好，看好，还要不定期地给他们的孩子们发放一些零用钱。尽管这部分钱是象征性的，可来的人多了，时间久了，性质也就变了。从某种意义上来说，我等于给他们发薪水，等于养活他们。最可恶的是我的老婆，她乐此不疲。事实上那些人大都是她的亲戚，都是她的娘家人。如果没有她的勾引，他们也未必敢来。我很少有什么好脸色给他们看，这种事情每年都要发生一两次。——我烦了。

就是那些穷亲戚，就是那些从方圆十几里以外闻讯赶来的文盲和半文盲，每天夜里看戏回来以后，他们仍然不睡。每个人都显得精力充沛，急于表达。他们喋喋不休，彻夜不眠地讨论戏台上的故事情节，发表对人物命运的看法。随着剧情的发展，他们开始流泪，发笑，忧心忡忡，咬牙切齿……他们有时相互讨论，争得面红耳赤。有时纠缠我，要与我攀谈，我当然没有那样的耐心。几场戏看下来以后，他们身上穿得那些平日里从来不舍得穿的新衣服上便会布满了许多的尘土，有时会弄得很脏，但他们没有一个人会因此而生气，他们都觉得无所谓，都不把那种事情当回事。

那些傻蛋，我从心里害怕他们。

每年这个时候，我都过着一种提心吊胆的日子，吃睡无味，坐卧不宁。我害怕他们会在某一天里突然破门而入。我知道他们都对我很不满，常在背地里议论我，说我薄情寡义，说我吝啬小气。随他们怎么说去吧，他们越这样认为越好。我倒希望他们把我看作是一个瘟神，那样的话，相信他们今后谁也不会再登我的门了。问题是他们不这样看，他们对我显得很尊敬，他们把我看作是一个识大体、明事理的知识分子，国家干部。这样一来，反倒把我给束缚住了，使我感到事情非常棘手，走投无路。

有一年冬天，这里唱戏的时候，他们大队人马又来了，至少有七八个人，都住在我的家里。因为人多，所有的人都挤在一起睡觉。那时候天气已经很冷了，我们躺在炕上，听着外面的风声呼啸而过。那天晚上，我的小姨子睡在我的旁边。半夜里的时候，我发现她身上的被子滑落下去了。我在给她重新盖被子的时候，突然触到了她的胸前。她本来是闭着眼睛的，那时候却突然跳起来，大声叫嚷，说我把她怎么了。一屋子的人全都惊醒了，他们大眼瞪小眼，都在虎视眈眈地看着我——那真是一个令人难堪的时刻。——我想，事情已经是这样了，所有的解释都是徒劳无益的，一点用处都没有，我还是什么都不说了吧，随他们去吧。

这时，靠墙睡着的一位年老的亲戚突然开口说话了。他说，姐夫小姨子，这种事情听说得多了，古来就有，已经不新鲜了，没什么大不了的。都睡吧，睡吧，不要吵了，明天还要继续看戏呢。这种事情，戏里也有。

这以后，他们不再看着我了，都重新躺下了。有人咳嗽，有人叹了一口气。不久以后，他们就全都睡着了。

我睡不着。黑暗中，我望着那个率先进入梦乡的老人。

他刚才的那番话是什么意思？什么叫没什么大不了的？

几天以后，他们都看戏去了。我从外面回来，家里只有我的那个小姨子一个人在。她对我说，你要是提前告诉我，我当时就不会那么叫喊了。

我说，我应该提前到什么时候，一个月前？告诉你一个月以后，你身上盖着的被子将要滑落下去？

周红颜

放学以后不久，我正在学校后面的树林子里看书，他们来了。

他们是我的几个学生。

他们好像一路跑来的，都喘着气，刚从河对面回来。

“那边听上去乱哄哄的，”我对他们说，“是在唱戏吗？”

“没有唱戏，”他们异口同声地回答道。“那里出事了。”

“出了什么事？”我放下手里的书，看着眼前这几个孩子。

“张小燕的爸爸死了。”他们说道。“放在那边的停尸房里。”

张隆真？戏子。矿工。

到这时，我才突然想起来，张小燕已经有两天没来上学了。那是一个很不错的小姑娘，家里有钱，她常常穿得花枝招展，她大约是这一带第一个穿丝绸衣服的小姑娘，看上去就和别的孩子不一样。她的成绩也不错。我从来没有说过她。学校里只有两个人常穿丝绸衣服。教员中是马薇薇，学生中就是张小燕了。

“停尸房是一间矮小的红房子，”他们说，“像童话里的那种房子。”

我合上手里的书，放到旁边的一个树墩上。他们坐在枯荒的草地上。

他们告诉我说，在那间矮小的红房子里，他们看到了一个巨大的墨绿色的头。

“有那样的头吗?”我说。

“真的，有哩。”他们说。

“是张小燕她爸爸的头吗?”我说。

“张小燕她爸爸的头已经被砸烂了,”他们说。“现在的那个头只是一个假头，是用绿缎子包出来的，像戏里的一颗大印。”

戏里的一颗大印……有一年正月，我看过张隆真演的一出戏，他在戏里扮演一位古代的高风亮节的宰相。那时候，他的案头上就放着那样的一颗方方正正的朝廷大印，只是那颗大印是用一块杏黄色的绸缎包裹起来的。而现在，他的并不存在的头被包成了那样的一种形状……从某种意义上来说，生活中的某些细节事实上是十分狰狞的，常常令人不寒而栗。

我曾经去过张隆真工作的矿上，它就坐落在河的对面。

那是一个黑色的世界。他们挖出来的炭是黑的，所有的房屋是黑的，所有的机器和工具也是黑的，人和空中的一切都是黑的。

但是，在那中间，劳动应该是最黑的部分，尽管它有时也会释放出某种瓷器一样的幽晕。那是一种世上最为原始和古老的开采制度。成千上万的黑色的花朵在他们的视线内一遍又一遍地重复盛开，凋落。黑色的机器和工具相互错落，胡乱地堆放着。劳动的要素漫不经心，蓬松得如同闺中怨女的云鬓。多少年以来，那种漆黑一团的颜色一直随意地泼洒，袒露在外，像宣纸上大量堆砌的写意。

那些前来驮炭的人，常常在那里构成一种麻木的、无限苍凉的现象。

粗糙的炭，使劳动的质感变得过于强烈，使劳动者的生命黑暗幽闭，无边无际。而他们的亲属，一直以为他们生活在光明之中。事实上，在那漆黑一片的劳动过程中，死人的事是经常发生的，劳动者的白眼珠闪烁其间，漆黑如铁的大手常常出其不意地栽倒，永不再起来。

张隆真只是其中的一个。

在我看来，这是他的造化。因为，他是一个不幸的人。

去年秋天的一个晚上，我在胡大的引见下，第一次认识了张隆真的妻子吴树枝。初次见面，她给我的印象比较好。这个高大丰满、皮肤白皙的女人，由于丈夫的收入较高，基本上什么也不干，穿着也非常漂亮。无论从哪个方面来说，她都和一般的乡村妇女不同，她的热情，她的礼貌都恰到好处。不难看出来，她很知道什么叫分寸。那时候正是一年中秋高气爽的季节，她从那边走来时，我吃了一惊。

那几天，胡大刚刚读完《清平山堂话本》，他约我出来，在村边僻静的打谷场上讨论一些有关的事情。胡大这个人就是这样，对于他所感兴趣的事情，百折不挠，无论费多大的周折，最后都要一竿子插到底，水落石出。

我们在打谷场上坐下，我们的背景是一些相互错落的草垛。那些草垛，有的刚从地里回来，依然金黄新鲜，有的微微发红，有的已经完全变黑了。在这样的背景里，我常感到我像过去年代里的那些百无一用的私塾先生，骑着瘦小的毛驴，驮着线装的书籍，背井离乡，穿州过县。眼前这样的一种半学半农、宁静安详的生活背景很适合我的生存。

我不想再移动了。

我们刚坐下，胡大就开口了。几天前，他从我那里借走一本薄薄的小册子。两天以后，他就还给我了。这会儿，他告诉我说，那本小书写得不好，他不明白一个心如止水、颇有闲情逸致的前人怎么会写出那样浮躁恶劣的文字？“你倒说说看，它好在哪里？”

“你敢说它不好？”我说。“连鲁迅先生都没说它写得不好。”

“我说错了吗？”他瞪大眼睛，似乎被吓了一跳。“鲁迅也认为它好？据我看，他老人家说得也不一定对。”

“萝卜青菜，各有所好。”我说。

“不对，你说得不对。一本书，好就是好，不好就是不好，绝没有第三条路。”他说，“我们都长着眼睛呢，识别一个坏人不那么容易，识别一本书还是差不多的。”

我想，他现在是可以这样说了，他已不再是当初的那个胡大了。这些年来，他不知道先后从我的手里借阅了多少书，每一本书他都看得极其认真仔细。三天两头找我，谈他的某些看法。从他的身上，我清晰而直接地看到了阅读的教化作用。胡大，这个土生土长的、颇有心计的农民，从一个粗鲁、狭隘、残暴无礼的人，正在日复一日地向着相反的方向发生着惊人的变化。勤勉的阅读使他戒掉了吸烟的习惯，酒也比过去喝得少了。他开始实践一系列的内容：善良，礼义，温情，信义……某种时候，他娴静起来，甚至像一位恪守妇道的良家妇女。

我想，书应该借给喜欢书的人看。我甚至想，有一天我死后，我会将我的所有的藏书全部留给胡大，因为他喜欢它们，不会使它们难堪。如果我是那些书籍的父亲，胡大就是一位令人放心的继父。他不会对它们心存芥蒂，行暴施虐。当然，这只是我的一种愿望。实际的情形是，胡大的年龄要比我大，他已是四个孩子的父亲。也许，他死了的时候，我还依旧活在这个世上。提前死去的继父，抢在生父的前面早早作古了，那样的话，当我最终死了，我就无处托孤了。我的那些陪伴了我一生的书将毫无着落，流落街头。别人会折磨它们，用各种方法羞辱它们，无情地践踏它们，将它们拆散得七零八落，撕成碎片，扔进厕所里和火炉里，像出殡时扬起的纸钱一样纷纷扬扬，四散飘零……这样灰暗的前景简直不堪设想。每次想到这些，我都像误食了断肠草一样万念俱灰。

对于那些暗无天日的旧书的阅读，使胡大在另一些方面变本加厉。追香逐艳，事实上已成为他的一种职业。我指的是那些看上去很有姿色的人，她们才是胡大猎取的对象。“把千百万生活在水深火热中的姐妹们解放出来。”这不仅仅是他的口头禅。我知道他和一个叫吴树枝的女人情深意笃，他只有对她是真的，需要不断付出情感。其余的那些，大都是逢场作戏，解饥解渴而已。就相貌与收入来说，吴树枝的丈夫张隆真绝不在胡大之下。然而，吴树枝却醉心于胡大。一边倒。这是为什么？在我面前，胡大不是一个隐讳的人，有什么说什么。他说，读书给我最大的教益是，使我懂得要尊重别人，尊重每一个人。

真是这样吗？“那么，”我对他说道，“你也尊重张隆真吗？”

他的脸红了。“你说的那是特殊的情况。”他停顿了一下。人的一生能有多少特殊情况？粗看起来，似乎不少。这个特殊，那个例外，还有偶然。仔细思量，事实上也并没有多少。能让我特殊一下吗？因为她是一个不可多得的女人。群芳之间，以糨糊脑子的女人居多。她想要的东西，张隆真没有。并不是人人都有。

“……就在这个青黄不接的时候，我来了。”胡大轻咳一声，目光平视，陷入往事的回忆之中。“我有。全副武装，应有尽有。各种各样的盒子，五花八门的袋子，里面全是你想要的东西，缺什么尽管吭气。只要她开口，我会倾囊而出，倾其所有……”倾其所有，在某一部书里，有那么一个使万物为刍狗的人，就怀着沉痛的心情，说过这样的话。“从这个意义上来说，我是尊重张隆真的。我尊重他，又帮助了他，弥补了他的不足。”

头头是道，坚不可摧。撑开你的袋子，放我进去。不再打算出来了。

我们坐在村边僻静的打谷场上。再过一会儿，天就要黑了。

吴树枝从那边走过来的时候，我的眼前突然亮了一下。

照耀我的不是她身上的那件红色的毛衣，而是她的那种笑容。这真是一个迷人的女人。夕照里，她的身上有一种光泽，珠圆玉润。“纵然我已经成仙，为了她，我也不惜毁掉千年修行的道行。”这是胡大曾经对我说过的。现在看起来，或许他是对的。一骑红尘妃子笑。

“认识一下周老师。”胡大对她说。

她站在我们的面前。她的身后是一个微微发红的草垛，再远处是一排一排的紫红色、灰褐色的栅栏。层层叠叠的栅栏，将村里的人家一户户分割开来，人们都住在那些格子里。他们当中，有些人我认识，有些不认识。有些人需要通过时间和机会去认识，然后再决定远之或近之。有些人永远也不需要认识。

我看着吴树枝。我当然不能像胡大那样将她从头至脚浏览一遍，抚摸一遍。教书，这个为人师表的职业不允许我那样做——这真是一个作茧自缚的行当。——吴树枝说她早就认识我了，她的女儿张小燕是我的学生。我想起了那个穿着柔软的丝绸衣服的小女孩。今天，我认识了她的母亲。以后，无论她再穿什么，我都不感到意外和奇怪了。

“能遇上您，是她们的福气。”她莞尔一笑。

什么意思？

胡大拉了一下她的手，让她坐下。她的脸立即红了。“讨厌。”她说。的确讨厌。从前，我拉过一位女同学的手，她说我，你真讨厌。我确实讨厌，再没有比我更糟更不懂事的人了。

吴树枝在场边站了一小会儿就走了。胡大望着她的背影，对我说：

“怎么样，还可以吧？”

“真不错。”我由衷地说道。

“别看她现在一本正经的，”胡大收回目光，“等到发起疯来的时候，那就不是你现在看到的她了……很多女人都是那样的，心里想的是一，可嘴里说出来的却是二，甚至九，甚至一百。”

多年以前的胡大所能懂得的东西确实也没有多少，也不过就是比他周围那些头脑迟钝的人略为聪明一些，心眼儿更活泛一些。不过，自从读过一些旧书以后，他觉得自己和所有的人都不一样了，明白了很多道理，似乎已完全知道世界和人生是怎么回事了。有时会常常频繁地使用某一个刚刚学到的词，到处都用，甚至已接近于一种泛滥的程度了。

比如，有一个人砍掉了村里的一棵树，他就对他说，你以为砍掉的真的是一棵树？其实是你们的风水，修炼上十年，也未必能再换回来。

比如，有毛手毛脚的年轻人要求入党，他就告诉他，还早着呢，回去好好修炼去吧，等修炼好了再来。

有人病了，卧床不起。他就说，报应啊，你还记不记得那头黄犍牛是咋死的？你要是尽点心，它能把腿跌断？它的腿要是没断了，它能被杀掉，肉还让人们分了？

有一个时期，他腰酸腿疼，眼前直冒金星，还常看见许多一寸多高的小人在周围一带走来走去。他偷偷地找到我，对我说，这是不是也是报应？我是不是适当的时候也应该收敛一下？

我告诉他，你看着办。

天　宝

上路之前，我先把他们一个一个地安排妥当。我不想让他们有什么闪失或三长两短，我让他们并排着躺在院里的台阶上，他们的身上盖着金黄的麦秸——麦秸上散发出田野的气息，——像十几个手足情深的亲兄弟一样躺在那里。这样一来，刮风的时候，他们就没事了，就不至于被风吹倒了。我不想看到他们毁坏在风中的惨状，那样的情形太让我伤心了。

做完这些以后，我就放心了。

我换上新衣服。我的身上至少穿了好几件衣服。这都是她的意思，我不愿意穿这么多。穿这么多衣服，我感到身上很不舒服。但她非让我穿。她说什么人是衣裳马是鞍，必须得穿，还要穿出一种样子来，给他们瞧瞧。

穿好所有的衣服后，我来到镜子前面。我感到很滑稽。

我看到镜子里的那个人一点儿也不像我，那分明是一个不知深浅的傻瓜。我看他的时候，他不住地冲我笑着。

我不知道他有什么好笑的。我想打他一下，我的手伸出去以后，却一下子碰到了那块玻璃上。玻璃发出一声脆响，突如其来的响声把我吓了一跳。我缩回手，看着他。

响声把她也吓了一跳。她立即从那边跑来，看看镜子，又看看我。镜子和我都没事，哪个也没有打碎。她忽然乐了。

“你怎么能和镜子动手呢?”她说。

“我不喜欢他。”我看着镜子里那个滑稽的人，老老实实地告诉她，“我想打他，我看不惯他那个样子。”

“天哪!”她笑着说道，“你连你自己都不认得了吗?”

“自己?”

“对了。”她说，“那就是你。”

“那就是我?”我看着她，她的脸上突然抽搐了一下。我有些不相信她的话。一段时间以来，她有点莫名其妙。

“是的，那就是你。”她说，“你很快就要娶媳妇儿了，当然不能像从前那样了。以后，还要生孩子，正儿八经地当爹。”

她站在我的身边，眼睛望着镜子，将我的那些衣领不同程度地向上拽了拽。这样一来，一个领子压着另一个领子，另一个又同样压着另一个，次序井然，使得每一个领子都齐刷刷地层次分明地裸露在外面，像台阶。

“好了，这就齐了，”她说，“让他们一看，就明白你有不少衣服，就知道你是一个不愁吃穿的富裕人家的子弟。”

该上路了。

此去周庄，有三十里路程。沿途有树、石灰窑和一条河。这都是她告诉我的。她说她去过周庄。那是一个很好的地方，村里村外长满了花椒树和枣树。每到傍晚，有风吹来的时候，村里村外的空气就会变得又麻又甜。

我要出门了。

“放心地去吧，”她对我说道，“我让菩萨一路保佑你。”

我停住了。我问她：

“菩萨也跟我一起去周庄？”

“当然。”她说，“不过，你看不见他，他能看见你。”

“他能为我做啥？驮着我走？”

“你已经是大人了，不是小孩子，用不着这个了。”她说道，“我是说，要是有人欺负你，他就会立刻站出来。”

这就足够了。我想。

临出门前，我来到屋檐下的台阶前。他们盖着金黄的麦秸睡得很香。

“我要出门了，去周庄。”我对他们说，“那里有一个姑娘，等着我去看她，她也顺便要看看我。我不怕她看，因为我有很多衣服。另外，从各方面来说，我都像一个不愁吃穿的富裕人家的子弟了，不怕她们看不上我。看完以后，我就很快把她娶回来。我向你们保证，她也会像我一样喜欢你们，保护你们……”

我的话没有说完，院里起风了，盖在他们上面的麦秸被吹得动了起来，七零八落地旋转在我的眼前。草秸到处飘散。麦浪滚滚。混乱的世道。墙上的几根绳子也飘扬起来了。我抓住它们的一头，几个来回，将它们盘起来，像蛇一样蜷曲成一堆，然后用木头将它们压住。它们不动了。要不是小子发狂，我也不会这样。

“你终于像个人了，越来越懂事了，越来越有条理了……”

我挎着一个包袱，出了街门，听到她还在后面说着。

赵　明

我站在一道残垣断壁后面，远远地注视着那边的粮食仓库。

近来，这一带多少有些不大太平。仓里的粮食是够新鲜的，刚从场上运回来没几天。那种成熟的、丰收的气味，要多好闻就有多好闻。还没有吃上新粮，我就先有些陶醉了。这样新鲜的粮食，连我看着都有些动心，别人难道不会打它们的主意吗？要说没有人在算计它们，那才是鬼话。阶级敌人，反革命分子，到处都有。他们隐藏在暗处，瞪着贼一样的眼睛。

最让我感到困难的是，他们看上去都和好人一样，脸上没有记号，说话没有口音，这样一来，给我的工作造成了极大的混乱和麻烦。除非捉贼拿赃，否则你根本不知道谁是好人谁是坏人。这种情形，我有些吃不消了。

昨天晚上，我去找胡大。在这样的季节里，我觉得那个粮食仓库迟早要出事……我对胡大说了我的想法。他不耐烦地看了我一眼，说我有些神经过敏。他就是这么说的。

我过敏吗？

我进去的时候，他正躺在那里看着一本书。我站在他的面前，他连起都没有起来。他那种懒洋洋的样子很让我反感。我猜想，他看的那本书也不会是一本什么好书。他和学校里那个痨病鬼老师走得很近。听说那家伙有不少书，胡大看的书都是从他那里来的。我知道他们。他们王八绿豆，臭鱼烂虾，能干出什么好事来？

有一次，痨病鬼周红颜说我是一只狗。

“我就是一只狗。”我明确告诉他。“我是上级领导喂养的一只狗，他们让我咬谁，我就扑上去咬谁。他们不让我咬谁，我就不咬谁。让我朝谁摇尾巴，我就朝谁摇尾巴。”

“你想咬我一口？”他说。

“我这会儿先不咬你。”我说。“我知道有人——那个人当然是胡大——给你撑腰，可你也别让我逮着你。”

我对胡大很有看法。

冬去春来，春去冬来，他如今好像什么事情都不干了，一门心思与女人睡觉。白天，他在家里睡觉，看书，养精蓄锐。天一黑，他就出来了，到处乱窜。这一带稍微有些姿色的女人，差不多都让他睡遍了。总有一天，我要在上面参他一本，让他吃不了兜着走。

没有人知道我在干什么。夏天的时候，我像当年的游击队员一样出没在一望无际的青纱帐里。冬天，我穿着皮袄，打着手电，仔细地辨认雪地上留下的那些可疑的脚印，追踪他们的去向。他们理解也好，不理解也罢。总而言之，我的任务是重大的，神圣的。我最爱看的电影是《熊迹》和《秘密图纸》。漫天风雪，倾盆大雨常使我激动不安，不能自已。我熟悉这一带的院落和每一个孩子的哭声。从他们的哭声中，可以大致估计到他们的父母在干什么。那些身材肥胖的女人，高挑细腰的女人，她们的脸色最能表明她们的心迹。在她们的眼里，我就是判官的化身。有一天晚上，我从一户院落外面经过，听到里面的一个女人正在训斥一个不肯回家的孩子。她说，“赵明来了！”那个孩子立即被吓得大声号哭起来，向屋里跑去。女人继续在院里说，“别以为我们都镇不住你，有那能镇得住你的东西。”

我什么时候成了一件镇物？

……

我听到一阵脚步声。

有人从那边过来了，停留在粮仓前。我听到我的心跳得像敲鼓一样，一段时间以来的守候没有白费，终于有人要浮出水面了。

我从断墙口望去，我看到了陈富士的那个傻瓜儿子。晦气。惊动这样一个傻小子，不但于事无益，弄不好还会闹出人命来。今天看来又白等了。

我在一块石头上坐下，掏出烟。

天　宝

出了街门以后，我专拣那些偏僻的小路走。小路上很少有人，这样走着，我感到四周很暖和，很安全。我的肩上挎着一个蓝布做成的包袱，别人一看，就知道我是去走亲戚的。

我看到村里的粮食仓库了。那是一溜颜色灰暗的房屋，我不知道它们是什么时候盖起来的。每一间房子的门上都挂着一把大铁锁，四周钉着黑皮子，上面落满了厚厚的灰尘。我知道眼前的这些房子里面装满了粮食。

现在，这里显得很空寂，死气沉沉，情形有些阴森瘆人。不过，我不感到有什么害怕的。我就要去相亲了，有一个名叫陈红的姑娘在周庄那个地方等着我，等着我去看她，我还有什么好怕的。她也姓陈，看起来，我们原本就是一家人。以前，我总以为男人是最厉害的，我从来没有想到一个从未见过面的姑娘会在我上路的时候，为我壮行色，鼓舞我的胆略，这真是一件奇怪的事情。一想到她在那里等着我，我就什么都不怕了，这可是从来没有过的怪现象。

我和陈红不认识，她住在周庄，我住在这里。现在，我就要去看她了，她也要顺便看看我。我们见过面以后，从此就算认识了。然后，选择一个好日子，我就把她领回来。她也姓陈，这让我很高兴。如果她的年龄比我大，她就是我的姐姐——我从来没有过姐姐——，如果她的年龄比我小，她就是我的妹妹——我也从来没有过妹妹——，因为我们都姓陈。

张旅长与梅小姐的爱情。他们常在桥上见面。看上去那是一种很了不起的东西。是的，爱情……我已经想好了：我先去周庄，然后把那个叫陈红的姑娘领回来，慢慢培养我们的爱情。这种东西需要培养，更容易毁坏。褚秀才与华姑娘的爱情就是让别人破坏了的。本来，他们已经差不多了，万事俱备，只欠东风。东风没来，来了一个不义之人。王世贞。不欢而散。他和袁小姐的爱情也完了。那倒没有人破坏，是他们自己弄坏的，要怪只能怪他们自己。

粮仓附近，残垣断壁。黑猫，黄眼，慢腾腾地走来走去。

僻静的小路。人烟稀少。能少见一个人就尽量少见一个人。令人亲切的路，走在它的上面，就像要回家一样。身体躺在帐子里，灵魂出窍，游荡到很远的地方，接连干了无数件事情。拜师，贾货，定亲，联姻。街上到处是陌生人，口音也不对。村中的旧庙。江边的小船。笙管萧瑟，鼓吹至夜半。结发人。金钗。客舍青青。这场雪下来，三五日之内，他们别想动了。大雪封门。船舱里的人不见了，只剩下一盏灯。村妪老叟，遥望天晴。

我要去投奔谁？肩上挽着包袱，让人一看就知道是去走亲戚的。从来没有出过什么远门，表情里流露出破绽，常出门的人不是那种样子。奔丧？探亲？古怪的感觉，像盐水一样刺激着全身。一路上，我一直想哭，我想放声大哭一场，可是，我不敢开口。地点不对，时间上又充满了误差，时间地点都不对。所有的门都关着，锁子挂在里面。你的手伸不进去。

此去周庄，一路顺风。顺风。顺风会将我的哭声传到那个叫陈红的姑娘的耳中。我一哭，我们的那种还没有成形的爱情就会被泡软，像春天的雪水一样流失得干干净净。刘备哭荆州。王世贞与袁小姐的爱情。没有人破坏，纯粹是自己，自己弄坏的……我不哭了。

我不想把自己的爱情弄坏。

高夫人，拿着扇子，对着屏风，强作欢颜。人生在世，先不用说去寻找美好幸福的地方，即使想先找那么一个能够让你痛痛快快哭一场的地方，也几乎是不可能的。千金易得，一室难求。很少有人能够找到那样的地方和时间，把心中的愿望和秘密演变成泪水，演变成断线的珠子。夫人，请多保重。世上根本没有那样的地方和机会，能够让你一吐为快。要是真有，那就是传说中的乐土了。等您去了，那里早已挤满了人。门庭若市，人山人海，挤不进去的，也甘愿在外面等一辈子。我来迟了。比我早来的人多得是。求求您，行个好，能让我先进去一下吗？待不了多久，一会儿就出来。瞧您说的，我在这里排队等候了好几年了，至今没轮到。您是打哪儿来的，说话这样冲？理直气壮。进去十几拨了，里面的人还没有出来。只见进不见出。您先到那边的树荫下凉快一会儿再说。

我闭上嘴，在风中走着。

灰色的路。飞机的白烟停留在空中，像变了颜色的彩虹。

这会儿，我感到我的头离天已经很近了，似乎稍微一用力，我的帽子就可以抛到天上去了。庄稼。沟谷。树。茅草。这些东西都堆集在我的眼前，我走到哪里，它们就跟到哪里。看上去，它们移动起来比我更快。

我闻到土里有一种锄头的气味，焚烧小麦的焦煳气味。

现在，我不想白白浪费力气。“力气得攒着，”她告诫我。“就像钱一样，会越攒越多。尽管这样，无论你攒了多少，婚后你就会发现，你历年来积攒下来的那些存货，根本不够用。”为什么？为什么会这样？后来，她又说，“因为，女人是一个无底洞。”枯井，深不见底。奥秘莫测。阴大于阳。就是这样。

荒败的山坡。黑碑，白字，坟头稍微比平地高出一点，上面长满了野草。千万根枝条装扮成一棵大树。这会儿，它们也在那里，一字排开，站在石碑上。我朝它们扬起一只手，但它们好像没有看见。一群双目失明的家伙，它们身上的毛要比那块墓碑黑得多。我扬起另一只手，朝它们晃了晃。再见。

不久以后，我忽然看见她了——一个四十多岁的女人，夹着一捆崭新的白布，在我前面的路上走着。粗腰。圆髻。

难道是周妈妈吗？久居河对岸，不常出来。太太生病。家里的鹦鹉啊花坛什么的，都得她管。难得有休闲的时候。不过，她的气色一直不错，多少匀一点出来给太太就好了。每到夏天，两只大奶在白色的府绸衫里颤来颤去。

老爷的心里很不是滋味。多么迷人的一对丰乳……相当感人，相当鼓舞人心……只可惜，长得不是地方，长错了身体。这要是长在太太的身上，一切不就齐了吗？完美无缺。一个女人，能有这样一对宝贝，自然不会一年到头病病歪歪，自然会禁得起抚弄与揉搓。健康的标志。精力的流露。我辈在世，欲求何所？

周妈妈，银盘大脸，不似先前的刘氏那么尖刻，老爷对她的工作相当满意。晚来天欲雪，能饮一杯否？当然没问题，瞧您说的，该预备的都给您预备好了。还缺什么？

一壶酒。两只手。三朵花。

坐过来，到我这边来。牡丹芍药，可以入药。汤婆子。火炉。狐皮。圆领。屏风。杯盏。芙蓉锦鸡——中国的屏风。

什么声音这么刺耳？

有人将一只乌盆打碎了。

第三章

吴树枝

早上起来，外面冰天雪地。

梳妆完毕以后，我把他的遗像从墙上取下来，蘸着清水擦了一遍，然后又重新挂起来。这是他二十五六岁的时候拍下的一张照片，所以，他看起来永远那么年轻。

今天是正月初五。他的生日。

这个正月过得冷冷清清的，街上似乎一点儿声色也没有，这是他死后我和孩子过的第一个正月。他要是还活着，这个正月就不会这么冷清。他会像以往的任何一年一样，召集人们唱戏，穿戴一新，粉墨登场。每次演出，他都要扮演那些受尽苦难的角色，或者背井离乡，或者被人谋害致死。我曾对他说过，这不吉利。我想让他演那些春风得意、飞黄腾达的角色。即便演一个放荡成性的花花公子，演一个奸臣，也总比被人害死要好些，可他不以为然。他对我说，这是演戏，为的是让大家看了高兴，你演得意的人，不得意的让谁演？我说不过他。

在《白帝城》里，他演刘备，守着孤灯，噩梦接连不断。关、张已死。看的人都流了泪……可是现在，他已经不在了，别人也好像把演戏的事给忘了。街上很少有人，到处都是一堆一堆的年前留下的积雪。太阳出来，它们也不见融化，只能看到一些冰冷的反光。

十几年前，他和我结婚的时候，我的母亲曾经仔细盘问过他的生辰八字。他说他生在正月初五那一天，我的母亲闻听后，立即蹙起了眉头。私下里，她对我说，正月初五可不是个什么好日子，生在这一天的人，命里主凶。母亲并没有能够左右我，倒是他首先把我打动了。他是一个长相很清秀的男人，从见第一面的时候起，我就开始喜欢他了。

母亲对我说，再找一个吧，你是怕自己没人要，嫁不出去吗？我当然不会听她的。他是我看中的人，我不会再找别人。

“这会儿我先跟你说清楚，”母亲对我说，“日后，他要是有个什么三长两短，你要是做了寡妇，可不要怪我。”

“我不怪你。”我说。

“住嘴！”父亲对母亲说道，“有这样的妈吗？盼着自己的女儿作寡妇？”

我对她说，如果我天生是一个寡妇，无论嫁给谁，这事都不可避免……十多年很快过去了。临去世前，母亲对我说，她当年的预言看来是错了。紧接着又说，错了好呀。她是前年冬天去世的。她没有料到，我也没有想到，一年后的同一个季节里，张隆真突然死了。这一下，我真的成了她所说的寡妇。她不会知道了。她当然不希望事情会这样。

我把院里的积雪扫起来——以前这都是他的事情，用不着我动手——，堆在门外。太阳出来了，街上的光线雾蒙蒙的。

两个花枝招展的女人正在那边的街口里说话，她们看上去显得无事可干，而实际情形也正是这样。过年了，好多的气氛都和平日不一样了。她们的脚上穿起了铿亮的皮鞋。——那些在箱子里锁了一年的皮鞋，随着节日的到来，它们也纷纷出笼了，出现在太阳下面，放射出羞涩而迟疑的光泽。

我把扫出来的积雪在门口堆起来，弄得像一个小小的坟堆。她们转过脸来，朝我这边看着。我把周围的浮土扫到那个雪堆上，我没有和她们打招呼。家家户户的门前都贴着鲜红的楹联，只有我们的门前没有。他死了，这样一来，至少有三年时间，我们用不着贴那玩意儿。

我关上街门，回到家里。走过镜子前时，我看到我的眼睛下面有两道阴影。昨天夜里，他来过了，我们一宵没合眼。小燕曾经起来过一次，要水喝。我和他都被吓了一跳。不久以后，喝过水，小燕又睡着了。他喘着气对我说："这太不安全了，我非弄出毛病来不可。"

"既然这样，"我对他说，"你以后就不要来了。"我说的是真话。

"你不要我了?"他瞪大眼睛，看样子他有些吃惊。

我坐起来。他的一只手从我的胸前滑落下去了。他看着它，终于无力地缩了回去。他把一件衣服披到我的身上。

我和他都没有从前的那种紧张和高兴劲了，我不知道这是怎么回事，这真是一件怪事。事情来得非常突然。以前，张隆真活着的时候，我们彼此相思，日夜渴望，不分时间和地点，寻找一切机会。家里的炕上，光线黯淡的堂屋，打谷场上的草垛旁，凳子上，车上，学校后面的树林里。有时来不及躺下，就那么站着……无论从哪个方面来说，都令人魂不附体。可是现在，张隆真不在了，没有人妨碍我们了，我们也再用不着提心吊胆了，但以前的那种劲头也随着没有了。……昨天夜里，我并没有感到有多大的意思，他看上去也有些力不从心。虽然他努力撑着，但我还是看出来了。在那张宽大的炕上，我清清楚楚地想到了今天是什么日子，以前却不是这样的。他说："算了，以后再说吧，咱们的日子长着呢。"

我巴不得他这样说，我想睡觉了，闭上眼睛，什么也不想，什么也不干。我似乎已经看到我和他之间的那道裂缝了。我不忘情，他不激动，这就说明事情快要结束了。我不明白事情为什么会发展到这种地步？发展得像一种开始恶化的病情。——是什么在暗中作祟？

除夕那天夜里，外面的爆竹声响成一片。我和小燕正在吃晚饭，他来了。我看到他的雪白的衬衫领子干干净净，一尘不染，我高兴了。他肯听我的话，这让我很高兴。他现在变得这样爱注意仪表，全是我督促的结果。我不喜欢一个蓬头垢面的男人，更不喜欢他们身上的汗味。我要让他变得像我一样洁净，芬芳。

吃过晚饭以后，小燕与邻居的孩子一起出去了。他拿出一条围巾，是送给我的。腊月二十三，他进城的时候，就已买好了，这些天来一直藏在他办公室的抽屉里，他当然不便将围巾放在家里。他有四个孩子，他的老婆是个闲不住的人，没事就爱这儿翻翻，那儿看看，鼓捣个没完。围巾放在家里，十有八九能让她给翻出来。

除夕之夜事实上是一个多少有些透明的夜晚，无论谁家，都没有拉窗帘和插门的习惯。几乎所有的人，都爱在这个晚上到处乱窜，消磨时光。这是一年里最为敞开的一天，漫长的一年里仅此一天，无论谁来到家里，都得笑脸相迎。

我和他来到堂屋。这样，从外面进来的人，就不会直接透过玻璃窗户看到我们了。堂屋里很黑，我点了一支蜡烛。这个时候不需要多少亮光，只要稍微有一点光线，我们彼此能看清对方就行了。太多的亮光反而会使我们感到担心，感到不自在，感到无处藏身，惶恐不安。

他的手伸进我的毛衣里。低声在我的耳边问道："拢旺火了没有?"

"你从外面进来的时候没看到吗?"我对他说。他喝酒了。

"我真的没有注意。"他说。他说他只想赶快把那天围巾送给我，正月里有风雪，他希望我能用得上。

我告诉他，我们没有拢旺火。我们孤儿寡母的，拢什么旺火。

"拢一个吧，总得有点儿过年的气氛。"他对我说。"家家户户都有，就你没有。我给你拢一个吧，让我来。"

我们来到院里。我在门前点了一盏灯，为他照亮。我在一旁看着他干活儿。他挽起袖子，搬炭，劈柴……隔壁的一个女人忽然出现在墙头上，对他说："胡支书，大过年的，你专门垒旺火来了？树枝的面子可真不小。"

"关心群众嘛。"他说道，手里依旧干着，并没有抬头。"你来不来？给你也来一个?"

周红颜

我正在学校后面的树林里散步，远远地就看见吴树枝朝这边来了。

她踩着树林里的积雪和落叶，离我越来越近了。我站在一棵树下，注视着这个体态丰满、浑身散发着芬芳的女人。一条长长的、雪白的围巾在她的身后飘动着，跳跃着，看上去像一只正在奔跑的狐狸。——真是一个迷人的女人。胡大难道不应该算一个非常幸福的人吗？有这样的一个女人倾心于他，那是他的福气与造化。青梅煮酒论英雄。论洪福，胡大算一个。

吴树杖站在我的面前，树林里飘动着清冽的空气。因而，我能闻到她头发上的芳香。她的围巾在我的脸前扫了一下。

“有什么事吗?”我说。

她回头朝后面望了一眼，略显惊慌地对我说：“那边有一个人。”

听她这么一说，我向树林那边望去。有个人影闪了一下不见了。很显然，那个人刚才一直在朝我们这里看。

“不管他。”我说。

“这里不好。”她把围巾重新围好。对我说，“到你屋里说吧。”

我想也是，她说得不无道理。树林，这是一个多么敏感而广泛的生活场景。一片不大的树林，足以翻腾出无数个热闹的故事。任何时候，任何地方，这都是一片令人无法陈述清楚的区域。随着你的表白，它会变得越来越晦暗，越来越幽深。这中间，复杂的不仅仅是那些攀缘的枝桠和遍地的落叶，而是另外的一些东西。

学校里没有人，一年一度的寒假使它变得像一座清冷颓败的庙宇。大部分的窗纸都破了，呼喇呼喇地在风中扇动着。从我的住处到后面的树林里，雪地上只有一行脚印——那是我的脚印。现在，又多了吴树枝的一行脚印。

我和吴树枝离开那片不祥的树林，向我的住处走去。有时候她走在我的前面，我注意到她的皮鞋的印迹，中间一部分是菱形的。我放慢脚步，走在她的后面，这使我有机会打量她的高挑柔软的腰身。没有太阳，天又是阴的，寒冷的冬天里好像总是这样的天气。走在我前面的女人显得高挑而苗条，不是那种糟糕的下坠型。如果那样的话，她就和村里别的那些松松垮垮的女人没有什么两样了。有时候她发现自己走得快了，就慢下来，与我并排着走。这样走着，我们的身体常常会不时地撞在一起，立即又分开。我偷眼瞧她，她显得若无其事。我多虑了。——这样寒冷的天气，她来找我有什么事呢？

“想看看你的那些书。”

快到我的门前时，她忽然笑着对我说道。我的门前有两棵杏树，现在我已经看到它们的紫色的枝干了。树下堆着年前的积雪。两棵树之间的一根绳子上，晾着我的一件大衣。

“哪些书？”我说。黑大衣。

“我也不懂。”她说道。脚下突然滑了一下。“你觉得好的就行。随便，只要是好的就行。”

随便？“其实我也没有什么书，我也并不比别人更多地知道什么。”我告诉她说。她没有说话。想借鉴一下他人的经验，明白如何生活？各人有各人的活法。另外，关于书，什么才叫好的？这个问题我可是越来越糊涂了。

“那是你的衣服吧？”她抬起手指了一下那根绳子，向那边看着。

“是我的。”

“从远处看，好像一只大雁。”她说。“刚才，我以为它在绳子上落着。”

问题是我不知道什么样的书才适合她，适合她这样的人，以及她目前的情况。我碰了一下紫褐色的树干，枝条上的积雪落下来。我打开房门，走进去。

“进来吧——”我在里面说道。

她没有回答。屋里的光线不怎么好，黯淡得像一个雨前的傍晚。从屋里望出去，外面的天气是灰白的，像一种瓷器的颜色。

我匆匆洗过手，来到门口。我看到吴树枝正站在其中的一棵杏树下，望着我。我朝她笑了一下，我感到我的笑容如同消融的雪水。她把围巾取下来了，拿在手里。

“不进来了吗？”我说。

她进来了，外面的黢青的光线随同她一起流泻进来，我感到屋里暖和起来，像是有了火，有了光了。我刚想到光，光就有了。

“没想到你竟也喜欢看书。”

我在地上转来转去，我不知道该怎样对她说。胡大和我在一起的时候，经常提到她，经常说起她。有些事情我半信半疑。她进来以后，就那样站着。我把一只椅子搬到她的身边，请她坐下，她坐下了。

“刚才，在树林里的那阵，”我对她说道，“你的围巾被风吹起来的时候，我以为是一只狐狸，一只奔跑的……”

“都是一个腔调，”她说，“还有人也这样说。”

“谁？是老胡吗？”我说。

她没有说话。我搬开靠墙的一张桌子。墙上有一扇小门——它与《拍案惊奇》里的那些诡秘的禅房是多么类似，——里面的一个小间里放着我所有的书。我推开那扇小门。

“你要干啥?”吴树枝问道。

“我要进那里面去——给你找书。”我说。

“等等,”她说着,从椅子上站起来。“我也能进那里面去看看么?”

“真是抱歉!”我说。“我那个小世界,一次只能一个人进去,容不下两个人。”

赵　明

如果我没记错的话,这已经是我第十次看到她了,这一回我看得比前几次更为清楚一些。我站在一座草垛旁边,这个位置是我经过多次观察和定夺后发现的,非常僻静。站在这里,树林里发生的一切都会一览无余。

我站在草垛旁,啃着一块发硬的干馍。今天是正月初五,又叫“破五”。这会儿,家家户户都在放鞭炮,吃午饭,只有我没有吃饭,一个人站在这里。没有人给我做饭,我自己也懒得动手。当然,主要是我太忙了。做饭不是一件轻松的事情,除了技术,还要耗去许多的时间。我没有技术,更没有那种耐心。我的要求很低,能填饱肚子就行了。我不像胡大,胡大不但要吃好,而且更多考虑的是营养,因为他要养精蓄锐,去对付很多的人和事情。如果他精力不济,他就会成为一个软蛋。那样的话,那些女人们也不会买他的账。

我的工作很忙,因而,我强烈要求尽快找一个女人,把她娶回来,给我做饭。去年腊月里的时候,有人给我介绍了一个女人,是王官屯的一个寡妇,男人死去很多年了。事情稍有眉目之后,我捎话到王官屯,让她来一趟。

一天上午，她来了。是一个白白胖胖的女人——我就喜欢这样的女人，我不喜欢那些又黑又瘦的女人，一把骨头，有什么意思，——头发还依然很黑。我看了她一会儿，我感到很满意。她的那两只手也肉乎乎的。

就是她了。

我在心里这样对自己说。

她不是一个人来的，还有一个女人跟着她，她说是她的妹子。

她的妹子不放心她一个人来——一派胡言，——所以也跟来了。中午，我花了几块钱，招待她们姐妹吃饭。我注意到她不断地用眼睛瞟我。我望着这个守寡多年的女人，盼着天快一点黑下来。我想让她留下来，在我这里住一夜，明天再回去。她也想留下来。可是，她的那个妹子却说不行。好事的女人。棒打鸳鸯。

"还没正式过门，"她说，"先就住下来，别人要说闲话的。再说，她住下了，我咋办？我要到哪里去住？"

"你也住在这里。"我说。

我觉得我这个主意还不错。我不是那种斤斤计较的人，家里多一两个人有什么关系呢？不妨事。再说，用不了多久，我们就是亲戚了，谁和谁呀。我娶了她的姐姐，等于与她也有了牵连和瓜葛。沾亲带故。添人添事。一揽子事情。"咱们一起住不就行了吗？"我对她说。"你也看到了，我这里宽敞得很，打滚都行。"

"让我也住在这里？"她的妹子尖声说道，"那不乱套了吗？"

"那怎么会乱套呢？"乱啥套？我不明白。把亲亲热热理解成乱套。这个看似聪明的女人，嗓子尖细，一脸糊涂。我向她解释：

“咱们各睡各的。”

“各睡各的？”她的妹子，不断地眨动着眼睛，仔细思量。看得出来，她对我提出的这种再好不过的睡觉方式表示极大的怀疑。闪失。稳妥性。万一。三长两短。她把自己的身价看得有些太重了。她担心我会在睡梦中浑水摸鱼，顺手牵羊，或者错把她当成她的姐姐？事实上，她的年龄看上并不比她的姐姐小，各方面都较为逊色。我总不会放着桃子不吃，而去啃一块发霉的干馍吧？短路的女人，都说她聪明。

“不行。我们得回去。”

她最终还是拗不过她的那个妹子，没有住下来，一道回王官屯去了。临走前，我把她叫到一边，低声交代她说：

“下次来的时候，你自己来，不要让你这个妹子再来了。”

“万一她还要来，我该咋办呢？她也是为我好。”她看着我，显得那样软弱无力。我最喜欢这样的女人了：柔弱，温顺，遇事无主见，楚楚动人，需要人帮助她……我被她打动了。

“那好办。”我给她出主意。“你就说你已经认识路了。或者说，这里正闹瘟疫，驴啊马呀的死得到处都是。”

“好吧，我来的时候，尽量不让她知道。”她快要哭了。

她们走了。一对中年的姐妹，我一直把她们送到村口。我看到风把她的头发吹得有些凌乱的时候，我的心里感到很难过。人真是怪物，有的女人天天见面，天天不以为然。有的只见过一面，却终生难忘。起风了。她的妹子罩着头巾，她没有罩头巾。早知这样，我该先买一块头巾送给她。我哪会料到这些，再说吧。再过些日子，等她嫁过来以后，我要好好待她，不让她受一点罪。每天夜里搂着她睡觉。别的女人所有的，我都要想办法给她。因为，她已经是我的人了，我不给谁给。

我在家里等着她的消息。

几天以后，有人从王官屯捎话来，说她不来了，让我另打主意。确切地说，她来不了啦，她的儿女们不让她外嫁。从中作梗的，还有她的那个妹子。她的儿女们还放出话来，说我要是再纠缠，打算要收拾我。他们把她看管得很紧，滴水不漏。

“一点儿希望都没有了吗？”我问捎话的人。

“绝对没有，这会儿她插翅难飞。”

这件事情就这样过去了。她被人剪掉羽毛，关进笼子，喜讯当然不会再来。我那样喜欢她，可最终连她的手都没有摸过一下。

我站在草垛边。手里的一个干馍不知不觉已经吃完了。我感到非常口渴，可眼前没有水。我从地上抓起一把还算干净的雪，剔除上面的柴草，放进嘴里。我不渴了。

我抬起头。

她又出现了。穿着一件红衣服，削肩，水蛇腰，二十出头的样子，在学校后面的那片树林转来转去。这是我第十次看到她了，都是在同一个地方——学校后面的树林里。

我敢肯定，她不是村里的某一个姑娘。我熟悉村里的那些姑娘，我闭着眼睛都能说出她们的名字和长相，她们当中有不少是我看着她们长大的。可是，眼前的这个飘来飘去的姑娘，她是从哪里冒出来的呢？每天的这个时候，她都会准时出现在这片僻静的树林里。

眼下正是假期，整座学校里都空荡荡的，只有那个痨病鬼周红颜一个人住在里面。脸色苍白的人。钟不响，呼哨不吹……

我看到一种现象：周红颜每天都要在学校后面的树林里看书——天知道他在看些什么。——可是，当那个水蛇腰的姑娘出现在树林里以后，周红颜就离开树林，起身回去了。用不了多久，那个姑娘也会消失得无影无踪，不知去向。一来一去，看似松紧，说明了什么？偶然的巧合？

我不是一个迷信的人，从不相信有什么鬼神。可这个姑娘的来历……无论从哪个方面来看，都有些蹊跷。我甚至有些怕她。

一次又一次的闪现与消失，她给我留下几种我并不想接受的印象。其他的一切先搁到一边，姑且不论，只说最基本的一个事实：

她吃住在哪里？

谁能替我解开这个谜团？剩下的一切都会不攻自破，开门见山。最让人不安的东西是那些来历不明的东西。真相不足为患。弄清来历，疑云尽散，哪怕她吃人摄魂，哪怕她……

我有一种不祥的预感：

她像一种来历不明的邪气。

不是么，那些天，当学校里琅琅的书声在树林里飘荡的时候，我从未见过她的影子，连一丝一毫都没有。现在，放寒假了，整个学校寂静得像一座青草密布的古墓，连鸟都很少见，她却天天出现，比学生们上学还要准时……这说明了个甚？

周红颜。苍白的脸。一截耗干了油的灯捻。

太阳照进了寂静晦暗的树林里。林中的积雪在闪光——

胡　大

今天是正月初五，也算是一个重要的日子，睡到上午九点多的时候，从窗户上射进来的一缕阳光把我晃醒了。我睁开眼，听到从远处传来一阵零星的鞭炮声。附近一带噼噼啪啪的，也有人在放炮，可能是一些捣蛋的孩子们。

我点了一支烟，继续躺着，拿起枕边的一本书看了起来。是一本叫作《赌徒》的书，书中的那些人的名字都是成串的，像鞭炮，又像是一嘟噜一嘟噜的葡萄。周红颜曾经告诉过我，那些大块头的俄国人，说起话来也是那么一嘟噜一嘟噜的，似乎嘴里还有别的东西。

我对于书中写到的那种赌博的方式很感兴趣，看来，轮盘赌还是比较公正的，输赢全取决于一个人的运气。红色——黑色——双数——单数，轮番出现。这中间，最让人感到战栗的是那个0，事实上它更像是一个鬼魂，一个难以捉摸的幽灵，神出鬼没。有时候整整一个晚上，它只出来一次，有时则不可思议地连续出现，使庄家都感到目瞪口呆。从彼得堡赶来的那位坐着轮椅的老祖母，她最感兴趣的也是那个使她战栗不已的0，因为它不同寻常，具有三十倍的利润，三十倍！老祖母盯着它，孤注一掷，0连续数次垂青于老祖母，但之后便不再露面，最终使她输光所有的现金和期票。老祖母沮丧地离去了……睡意又重新覆盖了我。

第二次醒来以后，时间已快中午了，家家户户的烟囱里都在冒烟。

我想，该起来了，无论如何都不能再睡了。洗脸，刮胡子，换一身干净的衣服，让自己变得整洁，体面。

做完这些以后，我打发一个孩子到学校里去，请周红颜来家里吃饭。过年了，所有的人都在团圆，只有他一个人住在那个空荡荡静悄悄的学校里，像一个守庙的和尚，冷清和凄凉是可想而知的。我告诉我的女人，准备两瓶酒，多加两个菜，有人要来。

“谁要来？”她说，两手沾满面粉。

“学校里的周老师。”我说。

“谁来都行，就怕他来，我可不想让他来。”她的脸拉长了。“上次他来家里喝醉了，一头把我的穿衣镜撞了个粉碎，你忘了么？”

“妇人之见！一面镜子能值多少钱？”我对她说。“不是又买了么。”

她要是不提起镜子的事，我还真忘记了。女人们也真能记事，那已经是过去很久的事了……已经喝醉了的周红颜，忽然看到镜子里有一个人正在嘲笑他，他愤怒了，摇摇晃晃地站起来，走过去。

“别动，”我说。我虽然也喝多了，但是比他要清醒一些，我觉得事情有些不妙，就赶快劝阻他。我对他说：

“你看看那是谁？那不是你么？”

“我？那是我？”他回头看看我，又注视着镜子里的人。

“真的是你，当然是你。”

“那是我？”他忽然很是轻蔑地笑了一下。“想骗我？门儿也没有。”

听见他这样说，我就知道事情要坏了，我还没有来得及站起来，他就已经像一头狮子一样朝镜子里的那个人扑了过去。

很快，我就听到一阵稀里哗啦的粉碎声音，镜子不见了，地上光芒万丈。

事后，周红颜知道撞碎了我家的镜子，感到十分过意不去，一再说自己是驴，甚至说猪狗不如。这又何必呢，这么一点儿小事，有什么必要放在心上。我告诉他，我的老婆已经把那事忘了。他听了，也没再表示什么。

……

孩子很快就从学校里回来了，他告诉我说，周红颜的门从里面插着，根本推不动。他在门外站了一会儿，听见里面传来周红颜的说话声，还有另外一个人的声音。

“是一个女人。”他说。

“不许胡说！”

“谁胡说了？”这小子白了我一眼，转身走了。

有一个女人在他那里？这可是从来没有过的事情啊，此事不亚于铁树开花……会是谁呢？马薇薇？如果不是她，我就再也想不出能是谁了。

除夕夜里，我让家里准备了几样现成的酒菜，带到学校里去送给周红颜，他一个人势必懒得动手。本来，我邀他来我家与我们一起过年，可他坚决不肯。他还在为上次的镜子的事自责么？按他的性格，应该不会。如果是，那只说明知识分子们的心性还不够宽敞，确实也该需要好好锻炼，甚至改造。

除夕之夜的学校漆黑一片，只有他住的那间房子里亮着灯。我推门进去以后，他正在灯下看书，屋子里看不到丝毫的过年的迹象。都已经这时候了，恐怕他还尚未吃晚饭，更别提什么年夜饭了。

我把带来的酒菜摆到他的桌子上，他盯着看了一会儿。

“这是干什么？”他说。

“快吃吧。”我对他说。

“不要以为我过不去这个年，”他说。“我什么都不缺。”

还嘴硬呢。准确的说法应该是，他什么都没有，什么都缺。

离开学校以后，我向吴树枝家里走去。这个时候，家家都在团圆，她尤其需要我。

她和她的女儿小燕正在吃饭。我得说，她们吃得够不上丰盛，因为这毕竟是一年一度的除夕之夜，就连那些平时节省惯了的贫苦人家，也会千方百计地想办法让自己好好吃一顿，再紧也不在这一顿上。更何况，她们要比一般的人家更好一些。但是，眼前的景象表明，这的确已经不再是一个完整的家了。张隆真不在了，其中的一半就坍塌了。

我的身上揣着一条围巾，很多年来，这也是我第一次送东西给她。

外面接连不断的爆竹声似乎远在很多年前，远在一个兵荒马乱的古老王朝里。

晚饭结束了，小燕和邻居的两个孩子出去了。我们来到堂屋里。

“太黑了。”我说。

她点起一根蜡烛，堂屋里比刚才亮了，但光线仍然是黯淡的，我看见她的脸上和身上闪烁着一种细碎的光泽。像以往任何时候一样，我伸开双臂抱住了她。

她呻吟了一声，低声说道：“这真是一个冷清的年。”

“拢旺火了没有？”我问她。

“你从外面进来的时候没看到么?”

“我真的没有注意到。”

“我们没有拢旺火。我们孤儿寡母的，拢什么旺火。”

“拢一个吧，总得有点儿过年的气氛。”我对她说。“家家户户都有，就你们没有，我给你拢一个吧。”张隆真去世不久，鲜红的对联不能贴，拢一个旺火还是可以的。

我们来到院子里，她在门前点了一盏灯，为我照亮。我脱去外衣，挽起袖子，开始搬炭，劈柴，她在一旁看我干活儿。说实话，这种活儿我早已不干了，也用不着我干了，手还真是生了不少。因为，每逢过年的时候，那些想巴结我的人便会来替我干，我家里的这种活儿，他们抢还抢不到手呢。年前的头几天，他们就来打听了，一个接着一个。我从不过问，也不管他们谁干谁不干。一切全由我的老婆支配、吩咐他们，那也是她最神气的时候，像是从前的那种女管家，得意，神气。女人们最喜欢这个了，说话有风，抬手有力，一大群男人被她掌握着，像她自己的手指一样，任凭她随意地扒拉，曲张。

而现在，我是在为自己喜欢的女人干，这没什么说的。拢个旺火，让我也享受享受劳动的乐趣。十几年不动手，干这类粗活儿，我已感到有些手生了，找着东找不着西，顾了上头，忘了下面。不过，我要想办法干好，我干好了，她就高兴了，这就比什么都好。

手忙脚乱。炭。木柴。把这些垒到一起，就能变成一堆火，一座燃烧着的小型的塔。节日的火光，驱邪，喜庆，映红夜空。实际的意义，象征性的火光，除夕之夜的标志。灶神回天复命，述职，好话多说。

隔壁院子里的一个女人的一张脸忽然出现在墙头上，叽叽喳喳地不知在说些什么。无论乡村还是市井，到处都会有这样的女人。

一块炭忽然砸到我的手指上，我的嘴里咝了一声。她听见了，急忙走过来，对我说："我看看——"

"没事。"

"算了，要不别拢了。"她说。"再过一会儿，天就要亮了，拢好了也……"

"马上就好了。"我把旺火垒成一座小塔的形状，下面当然是空的，把木柴、桦树皮顺进去。一切都齐了，万事俱备，只欠点火。

"把火柴给我。"我对她说。

陈富士

我站在他们的窗户外面。

天快黑了，附近的一棵树上落满了喜鹊。我在这里已经站了很久了。我从窗户上看到胡大穿好毛衣，他的老婆这会儿正在给他系扣子。她的身材要比他矮得多。可看上去，胡大倒像一个不能自理的孩子，扬着头，挺着胸，站在那里，等着她把他的扣子全部系好。看样子，他又要出去了。天一黑，他就坐不住了。

他抬起头以后，忽然透过窗户看到我站在外面，他的脸变得很僵硬。这么一阵工夫以来，他一定以为我早已走了，没想到我没走，还站在他们的窗户外面。吃惊归吃惊，他还是穿好衣服出来了。他的老婆也跟出来了。

"你这人咋这样？我不是跟你说过了么。"他没好气地对我说道。

“我哪样了?”我说。

“你为啥不干活儿?”他说，“你也一把年纪了，总不能老这么游手好闲的。”

“我游手好闲?”我日他祖宗的，日他胡大的祖宗！他的话真让我伤心。我告诉他说，我也想干活儿，可是我连喘气都觉得吃力。

“你咋了?”他说。

我咋了?瞧他说的，还问我咋了。我刚要开口——

“还不是让赵明打的么。”他的老婆忽然说道。这个女人还算有点儿良心。

“赵明?”他的眼睛眨动了几下，望着我。“他为啥要打你?”

“我哪知道?最好问他去。”我说道。“去年秋天，在磨坊里……”

“哦。”这会儿，他看上去似乎想起来了。他刚刚洗过脸，有一股很浓的香皂味飘到我的脸前。越到晚上，他把自己收拾得越精心，据说连里面穿的都要换上新的。

“你也不要怪他，都是乡里乡亲的。”他说，“那是他的工作。你肯定也有不对的地方。”

工作?打人——那是他的工作?我吃惊得差一点跳起来。

“有那样的工作吗?给我也找一份。”我说，“不给计工分我也干。”

“你觉得你能干得了么?”

“没干咋知道干不了。再说了，打人谁不会?”

“你打算要怎么样?”他说。

“你是支书，”我说，“我听你的，我找你就是为了这。”

“干脆，”他说，“找个机会，找一个没人的时候，你把他也打一顿算了。这样一来，你们就两清了，扯平了，谁也不欠谁了。”

主意不错，简单明了，只是有点儿馊味。

“你看这个办法怎么样？考虑考虑，不要说出去。主意还得你自己拿。”他说。“我还有事，我得先走了。”

“夜里要不要给你留门？”他的老婆在后面大声问道。

“不用了。”

他口里应着，人早已出了大门，到了街上。

我不想回家，却又觉得无处可去。

街上到处丢弃着金黄的干草。

昨天，也是这些遍地的干草，它们那种金黄金黄的颜色把我牢牢地吸引住了，让我哪里也不想去了。我像狗熊掰玉米那样，忙得不可开交。捡到一捆干草以后就寄放到一个没人去的偏僻的地方，然后再去捡。整整捡了一天的干草，到头来我的手里却只有最后捡到的那一捆干草，先前寄放到那些偏僻地方的干草竟一根也找不到了，我想不起我把它们放到了哪里。可恶的医院，可恶的手术！让我的体力和记性一落千丈，一天不如一天了。以前的好多事情我都忘记了，后来的一些事情则边经历边忘，不知什么东西不允许我记住更多的事情了。秋天的地里和路上到处都散发着成熟和收获的气息，本应该暖烘烘的，可我的身上却时时感到很冷。村里的人本应该也都是熟人，可这会儿却突然都生疏得让人可怕，原因可能和我自己的变化也有关，我的那种手术后忽然变得十分尖细的女人似的嗓音，使我自己和别人都觉得很别扭，很不舒服。他们渐渐地都很少和我说话了，我也总是尽量能躲就躲着他们，我知道我的那种倒霉的声音很是对不起他们。我更愿意一个人在路上走，看山，看树，看人们晾晒在房顶上的南瓜和辣椒，看他们院子里的铁丝上晾晒出来的大花的棉被和洗过的衣裳，看街上的小孩子和坐在墙头下打盹的老人。我脸色灰白，浑身无力，对于好多事情，原来在乎的，这会儿也都不在乎了。夏天里的时候，我有时还穿着冬天时的棉袄和棉裤，因为，我一点儿没觉得天气很热。别人都说很热，我真没觉得。

我想，我可能是不行了。

去年秋天，病好以后，我能下地走路了，我缓慢吃力地爬上西边的黄澄澄的山梁，想看看能不能在那些地方捡到一点什么。人们正在那里收割庄稼，他们架起火烘烤土豆和黑豆，整个山梁上浓烟滚滚。最显眼的是女人们的各种颜色的头巾，使那种陈旧的景色里多了一种生机。他们都看见我了，但是却没有一个人和我说话。看到他们以后，我身上好像突然有了一种力气。他们中间的不少年轻人都和我的儿子天宝差不多大小，现在都长大成人了，又高又壮，还长出了黑魆魆的胡须。可是我们的天宝，却单薄得像是一个没长开的姑娘，脸色永远像一种青白的瓷器。

从那片山梁上下来以后，我又走进了车马店里。

这里经常有很多人，大多数是生人。我常来，我在这里感到很自在，因为我不认得他们，他们也不认得我，不知道我是谁。我站在他们中间，碰到价钱便宜一些的东西就顺手买一些回去。这里很少有人注意并嘲笑我的声音，他们都很忙，没有那个闲心。

这里的通铺大炕有十几丈长，宽也有两三丈，上面铺着青砖，大炕把整个一个店都快要占满了，只有靠近门和窗户的地方有一条窄窄的过道，那是供人们走动和上下炕用的。过道与炕的中间有二三十个灶火，火上时常蒸着东西，热气腾腾。

我站在那条狭窄的过道里，我看到炕上至少有一百个人，一卷一卷的散发着污秽气味的行李像是无数纵横交错的水渠一样把通铺大炕分割成无数个不同的部分，每个人就睡在各自的那个范围里。高筒的毡靴，狗皮帽子，羊皮袄以及众多的皮口袋、面口袋、装着羊肉和葵花籽的口袋、鞭子、马鞍等等的杂物堆得满炕上都是。这会儿，他们都在炕上，有的在吃饭，有的在算账，有的在睡觉，有的在互相说话，还有的光着膀子在店里昏昏沉沉的灯光下认真地捉虱子，捉到一个后便举到亮处，啪地一挤，接着再捉，也顾不得擦一下溅在脸上的血。

我把捡到的那一捆干草放到过道里，坐在灶边烤火，红黄的火苗欢快地舔着我的干硬黑瘦的手，让我感到身上很暖和很舒服。我真想在这里睡一觉，睡在温暖明亮的火边，永不再醒来。

我看着炕上的他们，他们都是赶车的，大多是从后草地那边来的，那里更加寒冷，他们住在这里的目的就是为了要把这里的炭用他们的马车拉回去，过冬过年。每次来的时候，顺便再把他们那边的羊肉和葵花籽带来，大多数都能卖了。这样，等到要回去的时候，过年的钱也有了。

天黑了。

我该起身回家了，我哪能在这里一睡不起呢。这里的火炕再暖和再宽敞，可毕竟不是我的家。我现在常常对打过我的赵明有点儿眼红，光棍一条，一人吃饱，全家不饿，要多自在有多自在。可是近来，忽然听说他想要娶一个寡妇，我想好啊，他这不是在找绳子勒他自己的脖子么？我想勒他还勒不成呢，他自己倒先动手了，这是多好的事啊。一个人想倒霉还不容易么，太容易了。我真盼望他把那个寡妇娶到手，接下来就看他的了。这么些年，他也该出点儿事了。

走出大店以后，我明显地觉得周围的东西发生了一些悄悄密密的变化，可是究竟哪儿不一样了，一下又说不上来，总觉得好多东西和原来不一样了。那时候，我忽然觉得我的头有些木木的，又好像变得很大。

四周一片漆黑。这么一会儿工夫，这个我活了一辈子的村子就变得让我有些不认识了，我忽然想不起了回家的方向。

我开始试着按照以往的习惯往家里走，从几棵树中间转出来以后，我惊讶地发现又回到大店前了。我觉得我走了很久，可是没想到兜了一个圈子以后，又从头回来了。这一下就让我懵了，这可是以前从来没有过的事，这要是传出去，人们能笑话死。

店里的灯已经熄灭了，他们都睡了，他们不知道我还没有回去，没有人知道我还在这个漆黑一片的大店外面孤零零地站着。

我站在一截墙头下，这种忽然发生的事情让我觉得心虚，害怕，浑身无力。我给自己打气，我对自己说，不要怕。

我记得我们的房子和院子坐落在一个山坡上，地势很高。站在我们的院子里，能看见整个村子，能看到很多的路和河，院子的四周和里外都栽着榆树和杨树。回家的那条弯曲而灰白的路就隐藏在那些树木中间，先是和村里的路摞在一起，分不清你我，走上一会儿以后就渐渐地分开了，成为单独的一条路。尤其快到家门口前的那条路，明显地升高了，像是在半山腰里，白白的一条。平时除了割草的，放羊的，去地里干活儿的和那些野不嗖嗖的到处乱跑的孩子们，几乎很少有人出现在那条路上……一年前，在这一带拉练的野战军的一位首长看过我们的院子后，对我说，要是打起仗来，我们就把你的这个院子作为前敌指挥部。野战军首长的话让我感到很激动，又很不安。他走了以后，我的腿肚子抖了好半天。

野战军首长的话说明了什么？说明我们的那个院子不同寻常，和任何人家的院子都不一样，不但能安居乐业，而且还具有战略意义，弄不好还会成为兵家必争之地。

可是，就是这样的一个地方，我如今却怎么也找不到它的方向和位置了，我不知道怎样才能回到它的中间去。

在这个漆黑的夜里，我一遍一遍地走着，一遍一遍地回到车马大店前，所有的努力和希望都白费了。从始至终，我没有看到过一棵榆树，一片灌木，这也就是说，我离我们那个用野战军首长所说的具有战略意义的院子好像越来越远了，我已经完全不知道它在哪里。我这么走来走去，我觉得我更像是一个鬼，一个不知道从哪儿来又要去哪儿的鬼。这个时候，有人要是出来，一定会被我吓个半死。

大店院内马棚里的马都醒了，开始在槽边吃草，那是那些外地人的马。在这之前的半个夜晚里，它们一直站在马棚里睡觉，这会儿，它们咔嚓咔嚓吃草的声音引起了我的注意。

马棚里散发着热烘烘的马粪的气味和浓浓的草料的气味。我想，我要是也进去，站在它们的中间，我就不会这么冷了。等到天亮以后，我就能找到我的家了。这么想着，我开始朝那些马棚前走去。

就在这时，我忽然看到一线亮光。

在无边无际的黑暗中，那片圆形的亮光很像是别人遗失的一面镜子，我远远地注视着它……我忽然有了一个主意：我先不准备去马棚里与那些马匹一起共同度过这剩下的少半个夜晚了，因为，眼前忽然出现的那片圆乎乎的亮光很像已经让我暖和过来，不再像先前那样觉得冷了。我迈着小步朝它跑过去——很多年了，几乎是从小我就不止一次地听说过那种传说和讲述，说一些由于战乱和动荡而流失在民间的稀世珍宝，常常会在漆黑的夜晚里化作某种不同颜色的光亮出现，谁有幸碰上了，那就是谁的福气。那无疑是一种百年不遇的现象，大多数的人一生都与那样的事无缘。而如今，它却让我撞上了，不是我贪心，也不是我成心要这样，而实在是一种躲不过去的缘分。我已经看见它了，它跑不了啦，好像也没打算要跑……我深一脚浅一脚，跌跌撞撞地向它跑去。那时候，我感到自己好像一头初生的牛犊，又像是早晨八九点钟的太阳，浑身又有了力气。我想着，那会是一种什么样的珍宝呢？银元？玉器？宝石？金砖？不，不，绝不会是银元，那玩意儿太普通了，几乎一般人的家里没多没少也都会有那么几块，根本够不上稀奇，更何况它无论如何也不会发出那么明亮的光。对，肯定不是银元。那么，不是银元是什么呢？至少是一堆元宝，或者一块金砖？要不就是一只金猪或者金骆驼？那才能算得上是真正的宝贝。甚至，或者，也说不定是某一个王朝留下的一颗夜明珠。

啊，夜明珠！

我离它越来越近了——四周什么东西有没有，只有那么一小片地方亮着，它像一小片没有源头的水，的确也有些来历不明。

我终于看到它了——在那明亮的光环里，有一堆白纸。

地上的风把那堆凌乱的白纸吹起来的时候，我看见白纸上画着一些黑色的人的头像，还画着一些小巧的黑色的鞋，就是小脚的老太太们常穿的那种船形的小鞋。三寸金莲。

我笑了一下，这哪是什么稀世之宝？看上去倒像一种新式的小人书。我想起我的天宝了。他平日里最喜欢看小人书了，没事就看。天宝看小人书的时候显得很乖，很懂事，一句话也不说。看完一页后，就把手指含进嘴里湿一下，将那一页翻过去，接着再看，再翻，一声不吭。

我蹲下来，我想挑几张带回去给天宝看。

就在那时候，我忽然听到刺耳的一声——有人把我推倒了。

三　元

那辆红色的拖拉机是傍晚的时候开到这里来的，不久以后就坏了。它停在那里，它的那种颜色像血一样红。

我从街上回来的时候，看见司机还在修车。不久前我路过这里的时候，他就在修，这会儿他还在修。我停下来看他修车。

“哪儿出毛病了？”我说。

司机看了我一眼，没有说话。大约他看我是个孩子，不愿意理睬我。我好心问他，他却一点儿也不当回事。

司机的脸上和手上都沾满了明亮亮的黑色油污，手里同时握着好几种修车的工具。一会儿钻到车下面去，仰面朝天地在那里鼓捣。一会儿又爬出来，在驾驶室里鼓捣一阵。我看了半天，也到底不明白哪儿出了毛病。

司机阴沉着脸，看上去很恼火。

我看着他修。他一直修不好。笨货。

“小心点儿，”我对他说，“前两天，也有一辆像你这样的拖拉机，也是外地的，在这里压死了一个人。”

“去你妈的。”他终于发火了。

他满脸晦气，一副倒霉蛋的样子。我估计他这车一时半晌是不会修好的，或许永远也修不好了。天气很冷，我该回家了。

我走的时候，天已黑了。他又钻到车下面去了，一双脚露在外面。

司　机

工具箱里没有千斤顶，座位下面也没有。天就要黑了，看来我只能用石头对付一下了。于是，我从路旁搬来两块石头，用石头代替千斤顶。果然，这个办法很管用。

我钻到车下。

我仰面朝天躺在地上，我想弄清楚到底哪儿出了毛病。这辆拖拉机坏在这里有一阵子了，没有一个人肯过来帮帮我。不过，话说回来，这毕竟不是在本地。谁都不认识我。因此，想让人家帮忙，是我的不对，我的要求过分了。

天气很冷。我的手摸到哪里，那里就有一片冰凉和油污。不用照镜子，我也知道这会儿我已经不成样子了。他们想看笑话就让他们看吧，我对这事已不怎么在乎了，只要能把机器弄响，发动起来，我就有救了。我来到车前，摇了几下，它无动于衷，像是死了。我闻到柴油的气味了，我的鼻子使劲抽搐了儿下。我喜欢这种味道，正因为喜欢，我才想方设法干上了这一行，我没想到它会这么不好干。

我重新爬到车下面，我觉得问题可能就出在下面。就像人一样，不少人的问题也出在他们的下半部分。我躺在地上，沙石将我的脊梁硌得很疼。我动了一下牵引器，它松了。

有人过来了，停在我的车前，我从下面看到一双脚。

“哪儿出毛病了？”

我从车下探出头。问话的是一个十二三岁的孩子，看上去很顽劣。他煞有介事地问我哪儿出了毛病，神态像我的师傅。他懂得修理吗？我都弄不明白问题出在哪里，他不过是寻开心，跟我捣乱罢了。我没有理他，继续修我的车。车下面的风很大，我越来越冷了。

我从车下钻出来，想去驾驶室里找一副手套。那个孩子还没走，站在一旁，看我修车。他忽然笑着对我说：

“你成了大花脸了。”

这还用说么，我早就知道我成了大花脸了，所有修车的人都会把自己弄成这样，这一点儿也不奇怪。我的师傅经常也是这样，只是他的技术要比我好。他只要用耳朵一听，就知道哪儿出了毛病。我不行，所以我是他的徒弟。

驾驶室里只有一只手套，我把它戴到手上，这总比一只也没有要好，至少这只手不再那么冷了。那个孩子的一双眼睛跟着我转，好像我的身上有什么吸引他的东西。

“小心点儿，”他忽然对我说道，“前两天，也有一辆你这样的拖拉机，也是外地的，在这里压死了一个人。”

什么意思？这个糟糕的孩子。我最不爱听这种话了，什么死啊，血呀的。上午的时候，我的车还没有坏，我开着它走在路上。有人在路边指点着说，“这车的颜色像血一样，比棺材还红……”我听了这话，在驾驶室里情不自禁地打了一个冷战。不管怎么说，这类话太不吉利了，我一个字也不愿意听到它。他们说这话的时候是上午，到了下午，我的车就突然坏了。

都是让他们说的。他们要是不说那种恶毒的、不祥的话，我的车也不会坏在这里，这会儿，我早就回家了……晚间的冷风吹疼了我的脸，我冲着眼前这个孩子大声说道：

“去你妈的。”

到底是个孩子，我的话似乎把他吓了一跳，他向后退了几步。我的气消了。我也不想把他怎么样，只是想吓唬吓唬他而已，不想让他干扰我修车，果然，他走开了。

我重新钻到车下，用戴手套的那只手寻找着毛病。今天一天不顺利，上路的时候，我的车灯就坏了一只，只剩下另一只了。不久，经过一个村庄前时，又有人说我的车的颜色像血一样，比棺材还红……所有的这些不祥之兆一笔一笔地加起来，终于把我的车彻底搞坏了。

我开的是“东方红”拖拉机，它能不是红的么，他们纯粹是不怀好意。

我的修理遇到了麻烦。

天黑得什么也看不见了。我让车头前唯一的那盏灯亮起来，我的车上就剩下这一点亮光了，当然不能浪费，不到万不得已的时候，我不会启用它。我转动旋钮，它亮了，像一只明亮的独眼，照耀我继续修理。

……

后半夜的时候，我终于把它修好了，我摘掉那只脏手套，将它抛到空中。不远处传来一阵咔嚓咔嚓的声音，像是马在吃草。我听了一阵，回到驾驶室里，开始发动车。

我启动马达——我听到一阵接连不断的、突突突的、振奋人心的声音。它好了，没毛病了——像一个久病在床的人，突然能下地走路了，一溜小跑，红光满面……

我在破烂的，满是尘土的座位上弹跳起来。一天的工夫没有白费，我在黑暗中笑了，露出牙齿。我知道我笑起来很丑。

我该开着它回家了。借助那盏灯的亮光，我仔细打量了一下车前方的路，它仍像先前那样平坦。除了有几张白纸之外，再没有什么障碍了，这个情况使我格外激动。

车开动了，我突然被狠狠地颠了一下，我十分明显地感到有一个坚硬圆滑的东西将车的前胎轻轻地硌了一下——我停住了。

我从车上下来，车的前面有一堆黑乎乎的东西。我伸手摸了一下，手立即被弄湿了。

我闻到我的手上有一种热烘烘的血腥气。

天　宝

早晨的太阳照亮了沿途的枯枝。土墙，井台，水渠，都退到我的后面去了，我比它们跑得快。街上有零星的几个人。

他们都围在那里，有的在看那台红色的拖拉机，有的在看陈富士。陈富士躺在拖拉机的前面，他的棉帽子距离他至少有一丈远。他的头上花花绿绿的，拖拉机的轮胎也是花花绿绿的。今天早上，我们还在睡觉，忽然听到有人使劲在外面拍打我们的门，边打门边喊着我的名字：“……快起来吧，你爹死了……”

我来到拖拉机前，他们的面孔一张一张地从我的眼前闪过。我看着他们拥挤在一起的面无表情的脸，我想到了一个词：乱石滚滚。

我没有对他们说话，我从来没见过这么多人。我走到那边，把陈富士的棉帽子捡起来。帽子上面尽是尘土。

“就是他把你爹压死的。”人群中一个尖细的声音对我说道。

我回过头。在他们的指点下，我看见了那个人。其实我早就看见这个满脸油污的人了，他穿着一件又破又旧的短大衣蹲在一边，我只是没想到他就是开拖拉机的司机。因为，这里的很多人我都不熟悉。初来乍到，我一下子还吃不准哪个是司机，哪个是看热闹的。现在我知道了，是他们告诉我的，他们说他就是司机。

于是，我向他走过去。

我走的是一条直线。这样一来，我很快便走到他的跟前了。我看见他抖得很厉害，他的身上散发出油污的气息。

“死了的是我爹，又不是你爹，”我对他说，“你抖什么？”

“你打我吧。”他说。

“我不打你。”我对他说。我为什么要打这个可怜的人呢，他看上去至少有几天没合眼了，疲倦的眼睛无力地眨动着。我告诉他说，我从来没有打过任何一个人，我连自己捏的那些不懂事的小泥人都不舍得动一指头。

他抬起头，十分疲倦地看着我，像是没听懂我的话。满面疑云。

“打他。”他们说。

“把他放展。”他们又说。

“把他的脑子弄出来……”他们高声说着，越来越起劲了。

“我就知道你不敢。”一个人来到我的面前，在我的身边转了一圈后，又用鼓励的目光看着我，对我说道：

“放心地干吧，有我们哪，啥也不要怕。动手吧，年轻人。”

我不想听他的话。我的手里拿着陈富士的帽子。我也有这样的一顶帽子，不过我从来没有戴过，一直挂在家里的墙上。

我朝四周看看。我想对这个倒霉的司机说点别的，说点让他轻松的事。我盯着他的那辆拖拉机看了一阵。

“你的这辆车颜色像血一样，”我对他说，“比棺材还红。”

他愣愣地听着我的话。我看见他的脸色忽然变了，不那么对劲了——他在地上翻滚起来。尘土被他扑腾起来了。

“你杀了我算了……”他哭着说道。“我不想活了。”

早晨的太阳越升越高了，土板墙像是镀了金。四周的树枝上挂满了霜，那些细小的树枝，如同一些雪白的眉毛。

天空里干干净净的，一尘不染，贫困如洗。我的周围全是他扑腾起来的尘土，尘土很呛鼻子。我把一只手放在脸前，像扇扇子一样用力驱赶着荡来荡去的尘土。

“你不要哭了，”我对他说，“你把灰尘都哭起来了。”

“你杀了我算了，”他说，“我不想活了。”

大　元

村里又有人死了。

死人的事是经常发生的……这样的话，我信。可以设想一下，如果谁都不死，如果秦始皇、韩信这些人如今还很硬朗地活在人间，那样一来，这个世界不知要挤成什么样子了，那将会什么事情也干不成。没有一代又一代人的死去，我们现在不可能这么宽敞。——感谢他们，急流勇退的祖先！他们撤退的正是时候，他们都是一些有分寸的人。

晚上，我带着民兵在村里巡逻。我常看见白色的纸钱在大街小巷里飘荡，旋转，如同一张张从远处寄来的请柬。满街请柬。请柬一到，必然又有人会被邀去赴宴。

我让几个人帮着把陈富士的尸体抬回去，总不能一直放在这里，作为一种景观。我看到陈富士的两只拳头紧紧地握着。我曾听人说，这样的死法，说明死者死不瞑目，心中尚有不少未曾了结的事情和未能实现的愿望。一句话，他还有许多不放心的事情，不能轻松地撒手离去。他有什么不放心的呢，当然是不放心他那个性情痴呆的儿子。我有那样一个儿子，我也同样会死不瞑目，像他一样握着拳头死去。

这些日子以来，天气冷得让人吃惊，漫山遍野的红旗不见了。许久不见它们迎风招展、高高飘扬的样子了。是我让他们把红旗收起来的，一面一面地卷好，放进了库房里。我的担心是有道理的：冬天里风大，朔风凛冽，旗帜插到哪里，用不了几天，就会被风刮破。这样惊人的浪费是不应该的，我想。这中间，浪费的不仅仅是几尺红色的布料，更为严重的是，当它被风吹破以后，它的那种一向能鼓舞人心的魅力也随着不见了，这是最关键的，也是很令人痛心的。所以，在这种情况下，我让他们先把旗帜收起来，卷好以后放回库房里。等第二年春暖花开的时候，再把它拿出来。到那时，“家家再把红旗挂……”

我的这一做法，得到了胡大的赞同。“真有你的，”他说，“你就爱琢磨事情。前几天我还和郭部长说起过你呢。”

“这本来是你应该考虑的事情，”我对他说，“可你总那么忙。”

“其实，古人比我们更能琢磨。”他说。“事情到了他们手里，琢磨一件成一件，很少有不成功的时候。”

琢磨？古人？成功？我不知道他在指什么。他的脸有些发红，目光里荡漾着一种莫名其妙的东西。水银？幻想？不知从什么时候开始，他变得文绉绉的，很少有放声大笑的时候。他时常提到古人，说他们有一种钻劲，一条道跑到底，不屈不挠。他的孩子们都不像他，一件东西，经过几次努力后还弄不到手，就不打算再要了，永远放弃了，哪怕它多么昂贵，多么迷人，哪怕它价值连城！他把吴树枝弄到手了。她相当贵重吗？一件糟糕的事情，越闹越复杂。

不过，吴树枝也的确是一个迷人的女人。有一次，我去她的家里，她正在洗头——她几乎三天两头要洗一次头，——她的细长柔软的腰身弯曲着。我站在她的身后，注视着她的丰满的体态。那一阵子，我连自己出来要干什么事都忘记了，我的眼前只有她的身体。我渐渐有点儿魂不守舍了。我听见她在水盆里哗哗地往头上撩水，我觉得那种清脆的水声是对我的鼓励和暗示——我的一只手放到了她的结实柔软的身上，我像害怕惊动一只鸽子一样小心翼翼……可尽管这样，她还是很快就觉察到了。她的腰向旁边扭动了一下，我的那只手如同一个坠崖的人一样落空了——僵直在那里。我不知道该让它到哪里去？那时候，我失去了判断上的能力。我不清楚她扭动腰身为了什么，是在躲避，还是在引诱我的手继续追逐她，向她靠拢、贴近？水声一直回荡在我的耳边……不过，我的头脑很快就清醒过来了。“不打无把握之仗……”我想也是，这毕竟是经验之谈。对于自己吃不准的事，最好不要轻举妄动……趁她用毛巾擦干头发的时候，我出来了，一溜小跑来到街上。街上阳光灿烂，我看见好多人都在看我。我不怕他们看，因为我没做什么怕他们看的事情。我若无其事地向河边走去。我估计，吴树枝未必会看得上我。

这个突然冒出来的念头使我感到有些悲哀，一整天都打不起精神。

那时候人们没事的时候，都蹲在河边洗炭，洗手帕，打情骂俏，笑语喧哗。贫穷如水的农业岁月里时常桃色遍地，他们什么顺口就说什么。一些青蛙像村里的淘气顽劣的孩子一样，在河边柔软的草地上咚咚地跳来跳去，墨绿色的身影在阳光里不断涌现。站在河边，我看到了村里那些高矮不齐的破旧的房屋。在那些荒芜的屋顶上面，青草犹如铜丝，支支直立，随风起伏。村里村外的玉米在风中哗哗作响，像开会的时候人们纷纷举起来的枯枝般的手臂。

我很久没有去过吴树枝家了。她的那个女儿一看见我就哭，这让我很难堪，常常下不了台，好像我对她做过什么不良的事情。我常想，我要是死了，也还是一个冤魂。

我坐在僻静的打谷场上擦枪。通条没有带来，我找了一根硬一点的秸秆，代替通条。场上堆着众多的暗红的和褐黄的草垛，三步一个，五步一个。看场的土窑里积满了厚厚的尘土与烟灰。火堆旁一些零星的、烧焦了的黄豆和玉米都早已冰凉了，像是几百年前的一种遗物。

褐色的麻雀像雨点或树叶一样从我的眼前一闪而逝。

我把枪栓放在地上。我的手里有六颗金灿灿的子弹。今年秋天，郭副部长——现在已经是部长了——来村里的时候，我听说他肾不好，时常腰疼。我家里有一张狐狸皮，是我打到的，一直挂在墙上，没什么用。我把狐狸皮送给郭部长以后，他说，“你们这里有狐狸?”我说山上有很多。郭部长说，“注意点，别让狐狸精把魂勾了去，像《聊斋》里的柳生一样。”

“哪能呢。”我说。我知道电影里的下级经常对上级领导这么说。

郭副部长把狐狸皮做成一件坎肩，是吴树枝做的。郭副部长试过后，感到非常满意。拉着吴树枝那双白嫩的手，说道：

“真是一双巧手啊。”

“不巧。”吴树枝说。

“怎么不巧?”郭副部长笑着说道，“巧，这要是不巧，可就再没什么巧的了。”

“郭部长，吃饭吧?”胡大说。

“好，不着急，待会儿再说。”

“凉了就不好吃了。”胡大说。

“什么饭这么紧急?”郭副部长蹙起眉头，看着胡大。“人脑子?”

“煎腰子。”胡大说。“我知道您肾不好。我听说吃什么补什么，我弄了两个猪腰子。”

……郭副部长走的时候，送给我六发子弹。

“省着点儿用。”他说，“不到万不得已的时候，不要动用这玩意儿。”

我知道他在说什么。

晚上，我在回家的路上遇见赵明。

“你注意到没有?”赵明对我说，“村西刚搬来一户人家。”

“注意到了。”我说。“四个人，三个女的，一个男的。”

“那两个年轻一点的是他们的女儿。”赵明一副胸有成竹的样子，好像已经把什么都掌握了。“我打听过了，他们夫妻没有儿子，只有那两个女儿。你注意到没有？那个女人很有点像吴树枝，怎么看怎么像。他们原来也是我们这里的。他说他叫杨志，在外边过了很多年，现在回来了。他们刚安顿下来，全是硬铮铮的家具。”

赵明这么一说，我想起来了。今天下午的时候，我在打谷场上擦枪。我抬起头以后，看到附近的一个院落里冒起了炊烟，我吃了一惊。因为那是一个闲置多年的院落，早就没人住了。这会儿它的长满蒿草的屋顶上忽然冒起了一缕青烟，不能不引起我的注意。我是干什么吃的，我就是干这个的，生活中的任何一个细节都与我有关。经验告诉我：那里开始有人烟了。

果然，不久以后，我就看到他们了。四个人，三个女的，一个男人。看样子他们刚搬来不久，正在收拾房屋。他们穿着防尘的罩衣，头上蒙着毛巾。虽然这是一种好习惯，可看上去却不是那么回事。我多少觉得这一家人有些故弄玄虚。不就是一阵灰尘么，收拾房子也主要是清扫灰尘。人生在世，谁能躲开灰尘。事实上，我们的一生就活在灰尘之中。

我看到那三个女人中的一个了，我觉得有点面熟，好像在哪里见过。现在，听赵明说她像吴树枝，我被提醒了。赵明说得很对，那个女人的确很像吴树枝。不过，她的年龄要比吴树枝大，至少有四十岁了。另外两个女的，从身材上看，显然都是姑娘，还没有结婚。她们在那个寂静的院落里擦玻璃，擦洗门窗，铲除院子里的荒草。那个院子闲置了很多年，荒草茂密，有半人高。从我记事的时候就是那样，白色的蝴蝶在荒草上面飞来飞去。她们要在那里住，那些荒草就够她们铲几天的。

这就是我在打谷场上看到的所有情形。我没有看到赵明说的那种硬铮铮的家具。不过，既然她们住下来了，就细水长流吧。机会总是有的。

小　燕

“把筷子放好。”妈妈对我说。她正在往两只碗里盛汤。

我从橱柜里拿来两双竹筷，我一双，妈妈一双，筷子上刻着四个字：兴无灭资。

几乎所有的筷子上都刻着这四个字，小芳家的筷子上也刻着这四个字。我们都不明白这是什么意思，我们曾在一起猜测：

“一定是个成语。”小芳说。

“一个跟吃饭有关的成语。”我说。

“小燕说得对，”小芳的爸爸说，“一定跟吃饭有关系，不然怎么会刻在筷子上呢。要是刻在镰刀上，那就和种地有关。”

“那不一定，”小芳的妈妈说，“赵老太太的门前有一块木牌——不知哪个缺德鬼给挂上去的，——上面写了三个字：学理论。她连字都不识，学啥理论呢。”

“你这是抬杠，”小芳的爸爸说道。

“小心我们打倒你。”小芳说。

“这个小 X 女子，”小芳的妈妈说，“打倒我，谁给你做饭，谁给你做衣服？”

“我。”小芳的爸爸说道。

窗外爬满了青苔。我把筷子含在嘴里。外面有一个人，站在那里，朝我们的窗户上看。我早就看见他了。起初我以为是一棵树的影子，后来他不断地向我们这里看，我就知道他不是树了。我看了他一下，他立即躲起来不见了。

“不要把筷子含在嘴里。”妈妈对我说。“又是跟她们学的吧？”

我告诉她，外面有一个人，不停地向我们的窗户上看。妈妈抬起头，望着窗外，她的头发像是被风吹过，有些蓬乱。

“他走了。”我说。

我们旁边的院子里传来乱哄哄的吵闹的声音，他们一家人似乎都出来了，他们吵闹得很凶，像是要动武。一只瓷碗被扔在台阶上摔碎了。他们当中的一个人，操起一件工具，使劲挥舞起来，我听见那工具发出嗖嗖的响声。

“他们打起来了。”我对妈妈说。

“打不起来，”妈妈说道。“他不过是做做样子，想镇住他们。”

那件工具还在嗖嗖地响着，像传说中的流星锤，上下翻飞，神出鬼没。我把筷子从嘴里取出来，它的那一头变得湿漉漉的。翠云大婶忽然抱着屋檐下的一根圆柱放声痛哭起来。“代替……躺下……流出……”她的哭声里不时凸现出这样一些零星的词语。不过，我倒不为她担心，因为我知道她抱着的那根圆柱是多年以前的一根柱子，上面没有木刺，光滑得像一根手杖。嗖嗖的响声消失了。

他们果然没有打起来。天忽然阴了，我趴在窗户上向外面看。如果从对面的屋脊上的颜色去判断天气，一准会以为这会儿是一个傍晚。其实，傍晚还远得很。我们刚刚吃过晌午饭。妈妈收拾妥当后，正在外间找什么东西。洗碗的那阵子，她警告我，以后不到吃饭的时候，再不准把筷子含在嘴里，即使吃饭的当中，也不准那样。我告诉她，筷子上面有四个字。她说，那有啥稀奇的，街上的每一道墙上不也都写着字么，连周围的山上都有字。山上的那些字是用白色的石头拼起来的。他们想写什么就写什么，有一个空隙，就要填一个字进去。我说，筷子上的那四个字，看上去与吃饭有关，教我们“怎样使筷子”。我的话让她发笑了。她说，别胡思乱想，一点儿关系也没有。

“是谁让他们写的?”我说。

“他们的手。”她扫完地，又将围墙擦洗干净，抻展帘子，向外间走去。我来到窗户前，午间的阳光不见了。

我听见她们在街上踢毽子的声音。我从炕上下来，经过堂屋向外面走。妈妈正在梳头。她的头发像黑缎子一样。我的头发总有些发黄。

她们都在街上。

遍地柴草。西面那座雪白的石灰窑冒着雾气。干涸的水渠边有两个人正在下棋，他们把棋子在棋盘上推来推去，互相骂着。他们不像是下棋，倒像在吵架。

“操你妈的，吃了你的马。”

“你妈的破车——”

……他们分开腿，骑在灰色的渠沿上。水渠里没有水，里面结着罗盘一样的蛛网。我们把插着鸡翎的毽子踢起来，然后用手接住，离开那道水渠。他们还在那里互相对骂，手中的棋子将灰色的水泥渠沿敲得叮当作响。临街的窗户下有一堆黑色的药渣，在经过它的旁边的时候，里面突然传来一阵空洞而无力的咳嗽声。

我们在阴暗的街上奔跑起来。

周红颜

树林里的光线越来越暗了，我开始看不清眼前的字了，它们像一些收缩起来的虫子，渐渐演变成一道道黑色的线条，在我的眼前蠕动，伸缩。我合上书，从树墩上站起来。树林里的空气湿漉漉的，这是由于残雪的缘故。树叶也变湿了，贴在地上，一声不响，一动不动。秋天里的时候，它们干燥响脆，颜色深黄，轻飘飘地在金色的树林里上下翻飞，日夜旋舞。

我看了一下表，时针指向下午三点。这个时候，她该来了。

一个老妇人正在树林那边的山岗上拾捡过冬用的柴草，她的黑衣服很显眼地浮动在那片棕黄的山岗上。从这里望去，她的身边有一捆水桶粗细的木柴，已经用绳子捆扎好了。我和这个村子里的人来往不多，眼前这位拾柴的老妇人又是一个让我感到陌生的人。但我知道，他们都认识我，这不仅仅是因为他们的孩子在我的手下念书。除了叫不出他们的名字，我还搞不清他们相互之间的关系——我指的是那种千丝万缕的血缘和亲戚关系。有一年夏天，我与马薇薇在一起说话，我们说起了夜夜在村里巡逻的大元。顺着她的思路，我信口开河地说了几句大胆的话。很久以后，我才知道马薇薇的丈夫是大元的叔伯哥哥，这个无意中听到的消息把我吓了一跳。从此以后，我开始明白，世上绝没有无本之木、无源之水。在我们这个国家里，任何人与他人之间，都有可能是亲戚——尽管多数时候他们并不友好，贫富悬殊使他们一生都音讯不通。——你是一棵大树，攀缘在你下面的那些根须和藤蔓是你理所当然的亲戚。你倒下了，它们都会裸露出来。有时候尽管你是一根无用的枯枝，可并不孤立。当你被轻而易举地折断的时候，它们无论多么视而不见，袖手旁观，装得与你毫无瓜葛，但它们至少也要轻轻晃动一下。牵连是存在的，否认牵连是它们的事。因为你枯了，它们不想把你包括在内。这个时候，你要自动脱落，这对双方都有好处。这样一来，你的一切烦恼都没有了，它们也会变得更加堂皇，更加体面。

如果有人需要体面，需要我折断，脱落，我会成全他们。

每个人都有来历。每个人都如同一个典故，有他的出处。

我看着表。以往的这个时候，她早就来了。她的出现，会照亮这片晦暗的树林，使每一片树叶都闪闪发光。

昨天下午，我去铺子里买盐。

路过防空洞的洞口前时，我听到一阵沉闷的坍塌的声音，这种不祥的响动使我停下了脚步。坍塌还在继续，隆隆作响。

我没有进过防空洞。我的几个学生告诉我，村里的防空洞修得像古代的迷宫，四通八达。曲折幽深，最远的一条通到了县城的鼓楼下面。一个人进去，没有人指点迷津，休想从那里面走出来，见到外面的阳光和房屋。那真是一个哭天天不应、叫地地不灵的地方，黑暗的通道纵横交错，星罗棋布。我曾听说……

“进去看看？”

一个人突然从后面拍了一下我的肩膀，我吓了一跳。回过头，我看见是大元。他刚从那边过来，看样子正要进去。

“不进去了。”我对大元说道。“我眼睛不好，万一眼镜掉……”

他进去了。

我站在洞口前。一些崭新的、木制的手推车不断地出来进去，圆形的车轮转动得像风车一样。进去的时候是空车，出来以后满载着里面的湿土。他们还在继续深挖，像老鼠打洞一样，越钻越深。胡大曾经对我说，村里最熟悉防空洞的人是大元和赵明，对于里面的方向和角度，比他们手掌上的纹路还要熟悉。就是他们两个，曾经几次将上级的指示在那个黑暗幽深的洞里遗忘得一干二净。赵明身穿灰褐色的山羊皮坎肩，手里握着粗大的、六节电池的手电筒，走在干活儿的女人们的身后，为她们照亮。赵明一会儿打亮手电，一会儿又熄灭了手电，时常引起一片绝望的尖叫声和喘息声。他满嘴脏话，目光邪恶，不断地用最恐怖的故事吓唬她们，在精神上和肉体上将她们全面摧垮。他喜欢打着手电，看她们体酥骨软的样子。

离开洞口，我向那边的铺子走去。临街的一处台阶上坐着一个女人，手里织着毛衣，眼睛瞟着过往的行人。我从她身边走过时，她装着没看见我，低头看她的毛线。这种女人我见过不少，她们貌似安详，其实心里很乱。

街上遍地柴草。一个黄头发、黄眼珠的人迎面走来。我们擦身而过的时候，我闻到了他身上的浓烈的铁锈气味。我没见过这个人。我回头去看时，他已经消失在一道墙垣后面了，墙垣很矮，他的黄头发被风吹着，像一蓬蒿草。

我在铺子里买了一斤盐、一支手电筒、一条肥皂、一块毛巾、一斤酒、一斤醋，还有一包针和一斤煤油。这些东西都对我有用，我的生活中不能缺了它们。这间低矮的铺子里，流动着各种各样的空气。两个人正在窗户下下棋。里面的光线不怎么好，他们的眼睛都瞪得很圆很大，吃力地注视着棋局和对方。卖货的李茂站在漆黑的柜台后面，歪着头，正在逗一个孩子。不难看出来，他很想从那个孩子的口里打听到一些什么。他正在引诱他。

"告诉我，我给你糖吃。"李茂对那个孩子说着，伸出一只手从身后的一个纸盒子里抓出几颗粘连在一起的水果糖。李茂把手伸开，那个孩子在柜台外面踮起脚尖，盯着李茂的手，又看看李茂的脸。李茂用另一只手在自己的手掌里拨拉了几下，弄清数目后，慷慨地说道：

"五颗。都给你。"

"他们不让说。"孩子说。

"我知道他们不让说，你只要告诉我，他们到底在干什么就行了，这些就都归你了。"李茂将手里的糖上下掂了几下，嘴里发出一阵短促的吱吱的声音。孩子很快就明白那种吱吱的响声了，那是吃糖时才会有的声音。李茂是在给他演习，做示范，提前尝到甜头。孩子望着李茂，一只小手从下面举起来，放到柜台上。

"吱——"李茂又叫了一声。

孩子的嘴渐渐张开了。这是一个正在换牙的孩子，门牙缺了一颗。

一丝笑容浮现在李茂的脸上。他的身体贴在柜台上面，手伸到孩子的眼前。我站在那个孩子的旁边，他看了我一眼。

我浏览着对面的货物。它们被放置在几十个木格子里，七零八落而又层层叠叠，陈旧得像是几百年前的垃圾。煤油桶的旁边是酒桶和醋缸。放水果糖的那个纸盒子是一只鞋盒子，里面的水果糖互相粘连在一起，变成一坨一坨的东西。所有这些，都是李茂的背景和主要的内容。他每天都斜愣着一只眼睛，神气十足地站在它们的前面，站在化肥与饼干之间，站在铅笔与农具之间，一下一下地挖鼻孔，然后，很准确地将手里的那些脏东西弹出去。他弹得非常准确，说弹在门框上，就绝不会弹到窗户上。

“好孩子，告诉伯伯。”这会儿，李茂压低声音对那个孩子说道，“他们是不是一个在上，一个在下？是吗？”

“X你妈李茂。”孩子骂了一句，跑出去了。

李茂叹息了一声，将手里的糖放回那个鞋盒子里。转过身，他问我：

“还要点什么？”

“再来一斤盐。”我说。

我回到学校以后，她已经来了，正在树林里等我。在我经常看书的那个树墩前，风吹动一片白茇茇，恍若云彩来到林中。

我把手里的东西放到一边，从外面抱回木柴。在这个寒冷的季节里，我们彼此都需要温暖，需要在事前先缓冲一下。我得先把火炉生好，让屋里渐渐暖和起来。没有这个温馨明亮的前提，后面的一切都可能会变得很糟，甚至不堪设想。无论做什么事情，都得有一个良好的氛围。氛围会使我的情绪集中漫延，全神贯注，所有的劲往一处使，最后才能达到淋漓尽致，精益求精。

过分的注重氛围，也许是我的一个毛病。多少年来，这种嗜好使我先后失去了许多东西，其中包括我的一些囊中之物。不过，我不怎么后悔，必要的丧失常使我感到如释重负，人应该像蛇蜕皮一样不断地丢掉一些东西。

明亮的火苗在我的手下跳跃起来，我站在火炉的一旁。我知道我的脸现在被映照得很红，我的脸色不再苍白了，它看上去非常健康，像山区晴朗的天空……渐渐地，我们都暖和过来了。风在外面重新唱起，还是先前的两个声部，还是那种哀伤而又幽远的女声合唱担任主唱，一直占据着上风。

她告诉我，她第一次来的时候，正值一个雪后的早晨。她看到身后的雪地上风像是大病初愈，脸色煞白，披着大衣，正在练习走路。雪地上星星点点，她以为它又咳出了血，却没想到不知是从哪里飘来的红色的花瓣。

第四章

马薇薇

梳妆完毕以后，我去找吴树枝，请她帮我修一下眉毛。这一带的女人虽然不少，可只有她懂这个。她的那双巧手能让你在最短的时间内漂亮起来，流光溢彩，精神饱满。把自己的脸交给她去收拾，是令人放心的。不过，话说回来，你至少得是一个稍具姿色的女人，皮肤、身材、五官，包括头发，都得像那么回事。有了这个前提，有了这种底色，她才能施展她的手段，让你锦上添花，风姿迷人。当然，一个皮肤不像皮肤，身材不成比例的女人，也想不起去做这些粉饰的事情，没那份心思。

现在想起来，这是我第三次请吴树枝帮我修眉毛了。第一次是在我结婚的时候，第二次在去年春节前夕。

我还记得结婚前一天的那个下午，吴树枝应邀来到我家，很耐心地帮我梳头，绞脸，修眉。所有要结婚的女人头一天都要绞脸、修眉，作为与姑娘时代的告别。那时候她的女儿小燕刚满一岁，她把孩子留在家里，让她的丈夫张隆真看着。事实上她比我大不了几岁，可那天，整整一个下午，我一直沉浸在那种成熟女人的气息里。她的光洁白皙的肌肤使我的婚前的最后一个夜晚变得细腻绯红起来。修过第一道眉毛以后，她左右端详着我，低声对我说道：

“明天这个时候，你就不是你了。”

一晃几年过去了，她的女儿小燕早已成了我的学生。每次看到那个多少有些娇气的小姑娘，我总会想到心灵手巧的吴树枝。她把她的女儿收拾得像一朵花一样，她自己又何尝不像一朵花？张隆真死了，她反倒比从前更加娇艳了。有时候，我真怀疑她是一个驻颜有术的女巫，她到哪里，哪里就会一片酡红，一阵芬芳。

昨天晚上，洗过脸之后，我一边擦镜子，一边在镜子里打量自己。镜子擦干净以后，我看到几条皱纹。我忽然感到一阵心凉。我已经三十岁了，自从第一个孩子夭折之后，再未怀过孕。我几乎用尽了各种办法，仍然无济于事。

“别折腾了，”我的丈夫对我说，“这分明是没有，要有早有了。”

“我不甘心。”我对他说。

“我早看出来了，”他说，“你不是那种一碰就有的女人。”

“什么意思？”我说。

“鸡肥不下蛋。”他说。

我告诉他，我非要下几个让他看看。我们又吵起来了。他在外地当工人，他说他在那里找人算过了，他这一生，命里无子。“命里没有，就不能强求。”他似乎已经认命了。可我不信这个邪，我觉得我不是那种中看不中用的女人，事情只要弄对了，我能生出一串来。李自成——我的丈夫——每隔几个月从外地回来一次。头一两天我们过得很好，三天一过，就开始吵架了。我常想，我们在一起最多三天。三天之内是夫妻，三天以后就成了仇敌。难道这也是命么？三天一过，我就敦促他离家，我不想吵架。

“我在外面给你赚钱，”他说，“你要是平白无故给我弄回一顶帽子来，那就不好了。你知道，我从来不喜欢戴帽子。”

什么帽子？

我知道他的意思，他说的当然是那种所有的男人都避之不及、不愿戴的帽子。他把我看成什么人了？他多么不放心把我一个人留在家里，可他又根本不可能把我调到他那里去。终于有一天，他让他的妹妹小凤来陪伴我了。

小凤十四岁了，曾经在我的手下念过书，成绩不怎么好，可她对邻里纠纷、家长里短，比我这个结过婚的人都懂得多。她好像生来就精通那一切，我觉得她天生是个小妇女。这样的人，从来没有年轻过一天，打一生下来就老了，就已人到中年了。担着少女的年华，干着中老年妇女干的事情。每天晚上，只要我不脱衣服，她就不睡，看着我，仿佛怕我跑了。

“小凤，”我对她说，“你是你哥安在我身边的一颗钉子。”

“你怎么这样说？”她的脸红了。“他是怕你一个人不敢睡。”

“我什么都不怕。”我说。

“这年头，坏人很多，”她说，“他们什么事都做得出来。”

“就算有坏人来了，凭你一个小丫头，能抵挡得住吗？”我对她说。“你就不怕殃及池鱼，连你也一起被连累了吗？我已经是过来的人了，不值钱了，可你还是一个姑娘……”

她哭了。她说：

“我告我妈去——”

这个丫头，有时候，即使她睡着了，我也仍然怀疑她在暗中还睁着一只眼睛。若果然如此，那当然是针对我的，射向我的。我现在才发现，被人注视，不是一件什么好事。更何况，这根本不能算是注视，而是处心积虑的窥视……总有一天，我要将她这颗钉子从我的身边彻底拔去。

吴树枝不在家里，她的门上挂着一把锁子。我向门前躲了一下，一辆满载着干草的马车从我的身边走过。临街的那些大门都大敞着，她们坐在各自的门前，做鞋，喂孩子吃奶，互相闲聊。早上起来，我将皮鞋擦得很亮，现在我穿着它，神气十足地从她们的身边走过。我看不惯她们那种蓬头垢面、袒胸露怀的邋遢样子。同是女人，我不知道她们为什么会沦落到那样糟的地步。我听说她们中的许多人一年只洗一次澡，这真让人吃惊。我从唐家的街门前走过，唐家的儿媳刚刚二十出头，可看上去至少有四十五岁，头发枯干熏黄，锈得像铜丝。我的饱满的精力和走路的响声将她们惊动了，她们停下手里的活儿看着我。

“进来坐坐?”

临街的一扇木门突然响了一下，从里面冒出一个头来。

“校长?”

我停下来。他把那扇门拉开一半，面带赧色地看着我。

我朝他笑了一下。我看到我的笑容化作一种勇气注入他的身上。他的一条腿从门里迈了出来，但另一条腿仍缩在里面，迟疑不决。我知道我给他的笑容还太少，成色不足，分量不够。我要是连开头那一点笑容也不给他，他的这一条腿也绝不敢迈出来。现在，他期期艾艾地站在门前，浑身不自在。这种时候，我要是再抛给他一个笑容，他就会鼓起勇气从里面走出来，可我不打算给他了。

他有心病。几个月前的那件不怎么光彩的事情还在折磨着他。他没有忘记那件事情，我也没有忘记……

那是两个月前的一天，在学校的办公室里。放学的钟声早已响过了，学校里安静得像一座香火不旺的旧庙。办公室里只剩下我和校长两个人了。他正在埋头刻一块蜡版。我围好围巾，正要回家的时候，他突然从后面抱住了我。

事情来得太突然了。我说突然，是因为我没想到校长会对我动手。我曾经幻想过各种各样的男人，体面漂亮的，身强力壮的，可从来没有把他计算在内。所以，这件突如其来的事情让我感到十分的意外和吃惊。我太熟悉校长这个人了，就凭他的年龄，凭他那副身架，他也不想一想。好多人都既认不清别人，又认不清自己，也有人能认清别人，却永远也认不清自己，而校长明显属于前一种人。

他站在我的身后，一动不动，好像睡着了。他的呼吸很让我反感，听上去像一个哮喘病人。我忽然感到一阵恶心。

“放开。”我对他说。

“不放开。”他说。

他的声音那样沉闷，如同在梦游。他的两只手将我的腰勒得非常难受。我的围巾的一头被他从后面抻紧了，我喘息起来。我想回手给他一个耳光，可根本转不过身去。我快要被他憋死了，他像箍桶匠一样将我紧箍在他的怀里。

“刻你的蜡版去。”我对他说。

“蜡版有什么好刻的，”他喘着气说道。“我要刻你——”

刻我？这倒新鲜。怎样个刻法？

这时，我忽然听到一缕悠远的笛音，我知道我有救了。周红颜又在自己的门前吹笛子。他的住处离办公室不远，中间只隔着一排房子。也许周红颜已经吹了好一阵子了，可直到现在，那亲切的笛音才忽然传进我的耳中——

“我要喊人了。”我说。

“喊吧。你他娘的想喊就喊吧，这会儿连个鬼都没有。”校长说着，口里的热气吹到我的耳边，我的耳朵又热又痒。

“我盼着你喊呢。”他咬着我的耳朵说道。“你一喊。我的劲头就来了。”

“你没听到周红颜在吹笛子么？”

他听到了，周红颜的笛音也传入了他的耳中。他的手松开了……

我向外面跑去。只要跑过中间那排房子，我就能看见周红颜了。像往常一样，他一定还是坐在门前那两棵树之间的空地上，在他的视线之内，独木成林，远山衔黛……

“姑奶奶，”校长低声叫着，从后面追上来，拦住我的去路，用沙哑的声音对我说道：“你不愿意就算了，可千万别把这事说出去，我还想多活几天。我听说下个月又要调资了，按照文件规定……”

陈　红

早上起来，我烧开两锅水，分别把水倒进两个盆子里。我让天宝过来洗头。昨天夜里，他的头一直拱在我的胸前，我闻到那种很不好闻的气味了。自从上一次我帮他洗过以后，这已经又是一个月过去了，这中间，他好像再没洗过。这事我不张罗，他就不会动手，能一直混下去，一直脏下去。他妈也不管，也不说说她的儿子。我嫁到他们陈家来以后，很多她原来干得好好的事情，都转到我的手上了。我当然不怕干活，我从小就什么都会干，再苦再累的活儿也难不住我，我只是多少觉得有些不像那么回事。今天，我觉得天宝实在脏得不像话了，看来我不动手是不行了。

我把水温试好，将水盆端到堂屋的一张凳子上。这儿多少宽敞一些，周围又没有什么怕湿的东西，都是些很大的瓷瓮，溅上水珠以后，一擦就行了，家里再也找不到比这个更好的洗头的地方了。我又拿来毛巾和香皂。

我叫了几声，天宝像是没有听见。今天早上，他很早就起来了，穿戴整齐后，一直坐在窗户前一声不响地看小人书。刚嫁过来那些天，我觉得一个二十多岁的人经常还在看小人书，无论怎么说，都比较可笑。这会儿，我已经多少习惯了。他妈说他从小就那样，爱看小人书。看书的时候是他最乖的时候，不哭不闹，给什么吃什么，不给就不吃，也不伸手要。

我从堂屋走进里屋，催他赶快下来洗头。刚才，我进来拿毛巾的时候，看到他一边看书一边独自笑着。这会儿，他脸上的笑容消失了，蹙着眉头，一只手托着下巴。

“再不洗水就凉了，”我对他说。“洗完以后再看。”

他抬起头看了我一眼。他的目光是冰冷而陌生的，像是不认识我。看到他这种目光后，我的心凉了一下。

“不要打扰我。”他向后翻了一页书。“土匪进村了。”

“你说什么？”他妈听到他的话了，立即尖声问道。

“他在说书上的事。”我对她说道。她的脸色不那么对劲了。

“吓死我了。”她长吁了一口气。她说，“一听见土匪这两个字，我的魂都飞了。我从前可是见过他们的。”

“他们的胡子是蓝的吗？”天宝忽然从书上抬起头问道。我看见他像一个停下脚来问路的人，急于打听到他想知道的事。

“那倒不是。”她说道。

“该洗头了。”我对天宝说道。我觉得这是一个机会，他至少该听我一次了。可是，他又开始看书了。他没听见吗？

“他不想洗就算了。”他妈对我说道。“他是你男人，你该听他的，你总不能让他干他不想干的事情吧？”

“他的头脏了。”我对她说，“自从上一次洗完，又是一个月了……”

“有多脏？”她突然打断我的话，又像是在自言自语：

“没多脏。”

我从里屋来到中间的堂屋，那两盆水还在冒着热气。我站在盆子前，将一只手伸进水里。水还很热。从早上起来，我一直忙着烧水，准备帮天宝洗头。现在看来，已经用不着了。我还没有顾得上梳头洗脸。用不了多久，这两盆水就会放凉了，变得像冷水一样。无论怎么说，这都有些可惜……我把两盆水端进西屋，插好门，脱去衣服。我想洗一次澡。

我刚脱完衣服，忽然听到我的婆婆从东屋里出来了。她大约看到西屋的门被插上了，立即向这边走过来，开始敲门。

“你在里面做什么？”她一边敲门，一边大声问我。听声音，她像是生气了，她的手将门闩弄得哗哗直响。

“我在洗澡。”我在里面隔着门对她说道。我把水撩到身上。

“洗澡插什么门？真没见过。”她真的生气了。她说，“这屋里一个是你的男人，一个是我。我是你的婆婆，也是女人，你有什么好怕的？快把门打开。”

“很快就完了……”

我应了一声。我觉得她似乎要撞破门进来了。慌乱之中，我的胸脯被热水烫了一下。我已经顾不得那么多了，我不能仔细地洗了。我把水盆端起来，自上而下浇了一遍，然后迅速穿好衣服，打开门。她还站在门外，看着我。

“这么快就洗完了？”她说。

太阳升起来了，院子里的绳子上晾满了衣服。绳子拴在两棵树之间，衣服上的水珠嘀嘀嗒嗒，下面经常是潮湿的。我把那些容易褪色的衣服单独晾到一边，以免染了其他的衣服。墙头上、屋顶上长满了青草。我在院子里来回走动的时候，我的影子也跟着我一起走动，看上去好像是又一个我。我停住了，她也不走了。

我站在街门前，看着下面的村庄、河和人们做饭时冒起的烟。这里的房屋和街巷与我们周庄的相差不多，都是那个样子。所不同的是，除了他们母子两个，我几乎不认识这里的任何一个人。我的婆婆不让我出门，不让到村子里去。她出门的时候，她就会从外面把街门反锁上。她经常对我说，村子里有不少坏女人，她们都在打你的主意呢，你要是走到她们中间，正好上了她们的圈套……

我不相信她的话。都是女人，她们是女人，我也是女人，她们能打我的什么主意？她这样说，不过是不想让我出去罢了。我在院子里干活儿的时候，经常能感到我的背后有一双眼睛在暗中注视着我，我知道那是她的眼睛。她这样在背后偷看我，常使我感到身上发冷。她怕我不安分守己，她不知道我是一个再安静不过的人。自从由周庄来到这里以后，我整天在这个高高在上的院落里喂鸡，喂羊，烧火做饭。我见到的最多的东西就是那些落在墙头上的乌鸦和喜鹊。我坐在屋檐下劈柴的时候，经常听到有人从外面经过。有几次，我停下手里的斧子，我以为他们要进来了，但一次也没有。她们很快就从外面走过去了。没有人会想起到这个院子里来，我的婆婆是一个很不好惹的女人，他们来了，她是不会有什么好脸色给他们看的。

……昨天下午，我在附近的河边洗衣服的时候，村里的一个长得很漂亮的女人不住地看我，夸我的衣服合体，做工很好。其实，真正好的是她。她的肤色很好，穿得也很好。洗过几件衣服以后，我知道了她的名字。她叫吴树枝，是一个寡妇。我还听说她是这一带最心灵手巧的女人。对于人们的这一说法，我笃信不疑。一个人能干不能干，一眼就看出来了。吴树枝滴水不漏，她是那种大多数女人永远都赶不上的人。这样的女人，应该算是出色的了，就像我们周庄的薛淑荔。每一个村子里好像都有一个或几个这样的女人。有了她们，这个村子就活了，就会一天天亮起来。

我所有的衣服都是我自己亲手缝制的。我的母亲去世得早，从十三岁的时候起，我就会干这些了。在周庄的那些年，父亲、弟弟的衣服都是我亲手缝制的。我和天宝结婚的时候，他们给我买了一身衣服——这唯一的一身衣服不是额外的，被算在聘礼里面，——上下都是蓝的。我不喜欢那种蓝颜色。所以，只在结婚的那天穿了一下，第二天就收起来了，依旧穿我从前的衣服。这些衣服也就是我所有的嫁妆。

在周庄，那些与我一起长大的姑娘们，她们出嫁的时候，每人至少都有七八套衣服，此外，还有皮鞋、手表，这些我都没有。我知道他们这一家不怎么宽裕，所以我一点儿也不怪他们。日子是靠人过起来的，我相信凭我这双手，以后什么都会有的，这个家也会亮起来。

我的婆婆对我说，那身蓝衣服是她亲自选定的，她说穿上以后，人会显得老成稳重，不轻狂，不浮浪。可我不喜欢那种蓝颜色。昨天下午，我把它洗出来了，晾干后就放进箱子里。

我想起昨天下午在河边，吴树枝穿着一身好看的衣服。我想，我的婆婆要是看到了，一定会像见了鬼一样尖叫起来，幸好她不是吴树枝的婆婆。从这一点来看，做一个寡妇，倒让人有些羡慕，不受谁的管制，一切都由自己做主，这也未尝不是一种福气。

我回到家里。天宝放下书，愣愣地看着我。他经常这样，像是不认识我。

“把衣服脱了。”他忽然对我说道。

“听到没有?”婆婆对我说，“让你脱了。”

校长

昨天上午，我偶然得到一个消息：兽医的一个孩子要过生日了，兽医要在他那座宽敞明亮的庭院里摆一个颇具规模的“百鸡宴”，据说，届时将要邀请众多的人前去捧场。

自从听到这个消息以后，我就开始变得有些心烦意乱，坐卧不宁，整整一个上午，看谁都不顺眼，看什么都不顺眼。马薇薇带着满身的芳香从我的身边走过时，竟然也破例没有引起我的注意。三年级的一个学生在上课的时候，从书包里掏出一只青蛙，放在课桌上，让青蛙爬来爬去，引起哄堂大笑。老师把他带到办公室里来了，按照以往的情形，我是从来都不屑于过问这类琐事的，可是今天，我忽然被激怒了。我对那位老师说，不要心慈手软，给我打，狠狠地打这个狗日的，好好地收拾收拾他，打坏了我负责。老师照我的意思做了，他飞起一脚，踢得那个家伙好半天分不清东西南北。

我很烦。

有一个很现实的迫在眉睫的问题在困扰着我，不断地折磨着我：我们学校虽然小，可也毕竟是一个正儿八经的独立的单位或部门。兽医烧包，要给他的孩子摆所谓的“百鸡宴”，邀请了那么多的人，他有没有把我们计算在内呢？我关心的正是这个。如果他对我们视而不见，或者压根就没把我们这个外人眼里的穷酸部门放在眼里，那将是对于知识的蔑视和对于教育的极大不敬，甚至是我们所有师生的不幸。

不过，截至目前，这还只是我个人的一种推测或者臆想，因为事情还并没有真正发生或者过去，一切都还是一个未知数。按照我的分析，兽医还不是那样的人，他曾经对我说过，他还是很尊重知识的，也十分看重教育。他也曾说过，没有知识和教育，人和动物还有什么区别？这话说得多好。

放学的钟声响了。我又在烦躁不安之中度过了一个中午。

下午的时候，我先前的那种担心就显得有些多余而可笑了。我来到办公室不久，兽医就遣人送来一张红色的请柬。

拿到请柬以后，我的心情是复杂而又激动的。不过，比上午的时候坦然、舒畅多了，因为我看到了知识和教育的力量。

干我们这一行的，钱多钱少还在其次，体面和尊严却是最要紧的。我们不看重别的，只需要被尊重。我没有看错，兽医果然是个君子，他能在他大喜的日子里想到教育，想起知识，想起我们——这些传授知识的人，我非常感动。我想，够了，还要怎么样呢，这就足够了。

接下来，我开始考虑届时前去赴宴的一些小问题。譬如，我们是不是也应该备一份薄礼，以示祝贺？一份象征性的具有知识色彩的礼品？这份礼要别致，要独出心裁，如果与其他人等的礼品雷同了，一样了，那就没什么意思了，那等于什么也没送。不是么，一大堆相同的甚至一模一样的礼品堆在一起，互相淹没，能分清是谁的，谁能认出是谁的？那无疑是一笔糊涂账，即使神仙来了，也会感到头疼。宴会的场面将会是相当的混乱而喧闹，人来人往，山呼海啸，在那样的时候，送一份与其他人一样的礼，兽医在忙乱之中说不定会以为我们一毛未拔呢。是的，完全有这种可能。

还有人选的问题，派谁去合适呢？当然不能是一个太一般的人。

按理说，这种事情我应该亲自出马，我是一校之长，由我亲自前去应该是最合适不过了。可是，想来想去，我觉得我还是不去了吧？我知道宴席将会是相当丰盛的，油水极大，可我还不是一个贪吃的饕餮之徒，所以我想，我就算了，我就不去了。

我想到了一个人。

我很早就想为他做点儿什么了，现在，机会终于来了。

我来到那两棵树下的时候，太阳出来了。

周红颜正在门前的空地上晾晒他的那些书籍，脸上挂满了愁容。连日来都是阴雨天，我知道他住的那间房子可能又漏雨了。

“所有的书都粘到一起，打不开了。”他说。

我在他的身边蹲下，拿起一本又黄又酥的《新唐书》，拿在手里感到沉甸甸的，果然像他说的那样，书打不开了，牢牢地吸在一起，一页都揭不起来。我怕给他弄坏了，赶快又把那湿漉漉的书放下了。

“有什么事么？”周红颜一边问我，一边继续摆弄他的那些遭了灾的书。

“准备一下，”我说。“后天，也就是下个星期一，去兽医家。”

“干什么？”他说。“去看他劁猪？”

“他孩子过生日。”我说。

“这和我有什么关系？”他像是冷笑了一下，继续摆弄。

“当然有关系了，”我说。“你得去，人家把请柬已经送来了。”

“为什么让我去？我和他素无来往。”

“是的，就让你去。”

“我不去。”

他拿起一本书看了看，又轻轻地放下，被雨淋湿的书似乎变得像娇贵的孩子，碰都不能随便碰一下。

“伙计，你难道没看出来么，你现在急需要营养，需要油水。”我对他说。“你看你脸色苍白，形容枯槁，瘦得像个鬼一样。”

“你才像鬼！我不需要。”

什么，我才像鬼？什么，不需要？胡说八道，他太需要了！在我看来，他像一盏耗干了油的灯，很快将要迎来熄灭和黑暗，很快将要不久于人世，我的这种恻隐之心很早的时候就有了。几个月前的一天，我的电池用完了，我去代销社买电池的时候，无意中听到一个传闻：说每天黄昏时分，周红颜都要在学校后面的那片树林子里等待一个女人，然后一同携手回到他的屋子里去。据说有不少人都曾经见过那个女人，确切地来说，从后面看上去像一个二十多岁的姑娘，身上的红衣服在那片晦暗的树林子里闪来闪去。后来，又有一个人告诉我说，那个女的，已经“不是姑娘”了，他说她的白色的围巾被风吹动的时候，像一只正在奔跑的狐狸……不管是什么，最初听到这些消息或者传闻的时候，我其实是很为周红颜高兴的。如果事情真的就像他们所说的那样，那真是要谢天谢地。是的，他的那个屋子里也真的该有个女人了，不管是红衣服的姑娘也好，还是白围巾的女人也罢，她们出现的正是时候。如果有一天让我看见了，我也一定会想办法促成他们的好事。当然，我指的是正常的婚姻，正常的恋爱和结婚，而不是那种偷偷摸摸、提心吊胆的危险关系。我向来不主张我手下的人无原则地乱搞，也不赞成所有的人那样，因为那样是不会有什么好结果的，到头来两败俱伤，玉石俱焚，那是很可惜的，也是让人很痛心的。

正当我静心观望和等待的时候，有一天我的老婆忽然神色诡异地对我说道：“你们那个周红颜让狐狸精缠住了，他的血快要被吸干了。”

“住嘴！胡说什么？”我看着这个妖言惑众的婆娘，我告诉她：

“你懂什么！他们是在恋爱。”

“恋爱？”她忽然笑了起来。“少胡诌。还说我不懂，你才什么也不懂呢，你以为我不懂什么叫恋爱么？”

她是不懂，可是还不承认。她要是懂得这些，我也就烧高香了。她哪里懂得那些诗情画意的东西，只知道一没钱了就和我要钱，我要是拿不出来，就说我没有本事，穷酸，还不如一个劁猪的，不如一个记账的。

“人和鬼怎么能恋爱？”她说。

“什么鬼？哪有鬼？”

“人们都在说……你看看他的那张脸，说白不白，说灰又不灰，哪里还有一点血色？总不能说那是一种好兆头吧？”

那倒是，周红颜的健康的确不能说是很好，甚至很糟。可是就凭这个，就能说是鬼魅在吸他的血么？我也不知道他怎么会把自己的身体搞成那样。我对我的老婆说，这样飞短流长，无根无据……

“学校附近哪有什么人家？”她说。“你最清楚了。除了那片树林子，还有就是一片坟地。你想想看，谁家的女人没事会到那个树林子里去？谁都知道那是一个很不干净的地方，平时走路也得想方设法绕开它。”

是的，坟地……她要是不提起，我倒忘了。树林子的旁边是有一片坟地，那真是一片倒霉的不祥之地，直到现在，还有人不断地把他们的死去的亲属埋到那里。有时候遇到下雨泥泞，或者别的什么原因，棺材一时不能下葬，就放到那片树林子里，白花花的不祥的孝幡和纸钱四处飞舞。针对这一情况，我曾经代表学校，更代表我本人，向党支部书记胡大提出过抗议。可是胡大却说，他们非要往那里埋，我有什么法子？人家埋死人又不犯法。说得好像还挺有理。后来，我又有了一个想法，我想让学生们利用义务劳动，把那片坟地彻底给他铲平，改建成一个球场。让我没想到的是，这事八字还没一撇，消息就不知怎么走漏出去了，村里的人都摆出一副要与我拼命、血战到底的架势。众怒难犯，他们好多人的祖坟都在那里，我只好作罢。计划告吹，从此再不提改建球场的事。我想过，球场动工之日，很可能也就是我五马分尸之时，何苦来着，我得活着。他们想埋就让他们尽管埋好了。

不过，老实说，那一带的确好像时常都游动着一种不可名状的邪气，一个人白天的时候走到那片树林子里，都会感到头皮发麻。而到了夜里，树林子里更是鬼火闪烁，飘忽不定……现在想起来，周红颜的身体虽然像是个病人，可胆量却是无比惊人的，整个学校里晚上从来都只住着他一个人，可他并不觉得害怕，从来都没有怕过。每天晚上依旧读书，散步，坐在门前吹笛子……从这个方面来说，他是我见过的最最无畏的人。

后来，我渐渐地也有些相信人们说的那种事情了。我本来不想相信，可我受不了那些传闻，一次两次可以不当回事，老这么说，这么传，你慢慢地也就跟着信了。人是怎么改变的，就是这么改变的，不知不觉地就变了。如今，我也开始在想，谁家的女人会在每天的黄昏时分走进那片不祥的树林子里去呢？那需要多大的勇气和胆量？退一步讲，就算她浑身是胆，就算她什么也不怕，可她到那片树林子里去干什么呢？

……

湿漉漉的书把门前的空地都摆满了，周红颜一声不吭地翻晒着，我能看出来，他很伤心。正是眼前这些发黄的书，使他度过了那些数不清的白天和夜晚，忘掉了所谓的人情世俗，也忘掉了一直都在附近存在着的那种不可名状的人们所说的邪气。也许他从来就没有意识到或者顾忌过什么，不只是这个方面，还包括很多别的方面。他曾对我说过，他坐在门前吹笛子的时候，常常是他感到最心神不定的时候，别看表面上坐在那里一动不动，实际上心悸、倦怠，甚至夜不能寐。

什么，他竟然也有睡不着的时候？我不信。

“你要去，”我告诉他。“你是代表咱们学校去的。”

“我代表不了。”他硬邦邦地回答说。

“你不认为这是一件好事么？”我对他说。我实在不明白他为什么不去，照他现在的情形来看，他绝不是常见的那种表面上的礼貌性的谦让，他真是铁了心了。他低着头，只看他的那些受了潮的被雨淋湿了的书，好半天也不朝我这边看一眼，似乎旁边压根就没有我这个人的存在。我还是他的校长呢，还是他的领导呢，就算抛开这两个身份不说，那最起码也是共事多年的同事吧？我都尚且这样，换作是别的人，我不知道又会怎样。

我掏出烟，点燃，狠狠地吸了一口。

我真是拿他没办法。他油盐不进？但是，他忽然又有了油盐。

“孩子过生日当然是好事，”他忽然说道。“什么时候，要是我的孩子也能过生日，那就更好了。我会把他扔起来，再接住。”

“你的孩子？”我吃了一惊。“你是说你要准备结婚了，是吧？”

他没有说话，却捡起一本书，全书都湿透了，只有书脊还略显硬朗，他用手敲了一下。我看着他的手势，我感到他刚才话里有话。

“告诉我，她是谁?”我说。“我认识她么?”

“我真不去，”他对我说道。“你也那么忙，别在我这里浪费耽误你的时间了。”

这狗日的，我还以为他要说什么，没想到说出来的竟然是这种话。

“你知道吗，你这次去参加的是一次叫作‘百鸡宴’的宴席。‘百鸡宴’你知道吗?”我亮出手里的最后一张牌。

“谁不知道，一年级的孩子们都知道，”他冷冷地说道。“座山雕过六十大寿的时候，威虎厅里摆的不就是这种‘百鸡宴’吗?”

座山雕?啊，他说的也是，这忽然提醒了我。难怪今天一整天以来，我一直都觉得‘百鸡宴’这个字眼儿有些耳熟，似乎从前在哪里听说过，却又一时想不起来，闹了半天，原来典出于此……《林海雪原》《智取威虎山》……兽医这家伙是在搞什么名堂?照猫画虎?土匪的事情也敢照着学，就不怕犯错误?

我起身离去的时候，周红颜还在门前晾晒他的书。我劝不动他，劝得急了，他就对我说什么三军可夺帅，匹夫不可夺志……

我夺他的志了么?

没有!我不过是让他去好好地吃一顿，我做错了么，有什么不对么?

不过，他显然也不是在针对我，更像是在针对兽医。我想，要是我的孩子过生日，邀请他去，他一定会去的。我对他说，兽医手里有点儿钱，他想烧包想摆谱就让去摆吧，你去了以后闲事不问，只管埋头吃饭喝酒，完了以后就开溜。那样乱哄哄的场面，谁又能顾得上谁，没有人注意你还在还是已经走了。天下大乱，鱼鳖虾蟹，每个人能意识到自己的存在，那就已经够他们了不得了。

“你去不正好么，”他对我说。“你去得了。”

我去？是的，他要是执意不去，也只好我去了，总得去一个人才行，不管是谁。请柬来了，不去面子上也过不去。

我从学校里出来，天色快晚了。街上有一个人，提着一个篮子，走走停停，不知在干什么。我过去一打听，才知道是给兽医办事的。我在心里暗笑了一下，这个劁猪的，向来喜欢别出心裁，这不知又是在干什么，鼓捣什么名堂。喜欢让别人大吃一惊，这正是他的目的。当然了，这一切都是因为他手里有点儿钱，无论想做什么，都要比别人更容易一些。换作是我，即使想让别人大吃一惊，也很难做到，因为你没有那么多的富裕的钱。干我们这一行的，都没有什么钱，穷得嗖嗖的。不像兽医，他劁一个猪，差不多就能挣到一块钱。而买一个小猪，也才不过两三块钱。从这个方面来说，他要的真不算少。不过，该劁的还是得劁，因为不劁不行。我见过他劁猪，那活儿原来简单得让人吃惊，让人生疑。他的一只脚踩住小猪的后腿——先得把它按倒，放翻了，——从裤兜里摸出一把小刀，在小猪的小腹上轻轻地一划，然后将两个手指伸进去，在里面摸索一阵，取出一团粉红色的小肉块。这以后，小猪被放开，尖叫着朝远处逃命般地跑去。

“完了？”我问他。

“完了。”他说。他把那个粉红色的小肉块扔掉，然后开始洗手。

“就这么简单？”我觉得有点儿不可思议，这多少有点儿像是在开玩笑，或者一种江湖术士的戏法。他取出来的那个粉红色的小肉块是最重要的东西么？把那个玩意儿拿掉了，猪就没问题了么？种种事情，尤其是技术性的问题，大多数的人其实都完全不懂，只能听别人说什么就是什么。

“说简单也简单，这毕竟不是给人做手术。”他说。“从另一个方面来说，其实又不简单，你能取出来么？你就取不出那个东西来。”

他娘的，这钱也太好挣了，只要做上几回，我相信我也一样能干得了，不就是轻轻一划，然后再取出来么。可我不是干这个的，我有我的工作。我当然也不能干这个。其实，兽医这个人还是很不错的，除了劁猪，他还会治疗关节炎。我经常犯潮，有时候腿疼。每次见到我，他都十分客气，还相当热情。临别时总忘不了说：

“千万别客气，要是腿疼，就打发学生们去叫我。”

三　元

“出去。”

大元冷冰冰地对我说道。屋里的光线被他遮住了，这会儿，他正在一件一件地脱衣服。看样子，他好像要准备睡觉了。我很纳闷，大白天的，他睡什么觉？他以前从不这样，总是在家里待不了一会儿就匆匆出去了，有时吃饭也不回来。我们都知道他很忙，尽量不过问他的事。再说，他也不让我们过问，他对我们从来都很凶。刚才，我从外边回来以后，忽然看到他一个人躲在西屋里，正在偷偷摸摸地数钱。我看到他的手里捏着很多钱，至少有几百块。我很兴奋，我不知道他哪来的那么多钱。我知道他几年前就开始偷偷地攒钱了，等攒够了钱，他就要娶媳妇了……我走进屋里以后，把他吓了一跳。一转眼，他手里的那些钱就不见了。

“你的钱真多。”我讨好地说道。

“胡说八道!”他看着我，他的脸变得通红。“我哪有钱?”

“我可是什么都看见了。”我说。我觉得我这话准能把他镇住。

“去你妈的，出去——”

他骂了我一声，然后呆呆地站在柜子前。后来，他似乎感到屋里的光线有些晃眼，就把窗户用帘子遮了起来。屋里一下黑多了，他的脸也不那么红了。我知道是光线在作怪，如果这会儿立即把帘子打开，他的脸还是红的。我觉得他这个人有点儿怪，攒钱是件好事，想娶媳妇也是好事，我不明白他为什么要把一件光明清白的事情搞得鬼鬼祟祟、遮遮掩掩的，像是见不得人。他开始脱衣服了。

“你想睡觉?”我说。

“我的事你最好不要过问。”他把身上脱下来的一件衣服拎在手里，然后咬牙切齿地对我说道，“小心我抽你。”

这哪像是亲兄弟？动不动就抽啊杀呀的，他就没有对我说过别的话。我一直把他当哥哥看，他的眼里却从来没有我这个弟弟。我从他的屋里走出来，他砰的一声从后面将门关上了。去他妈的，从今以后，我也不认他这个哥哥。

我站在屋门口，看着外面的阳光。这时，我的父亲李毛仁从外面回来了。我怕他冒冒失失闯到西屋里去，就对他说：

“你别进去，他谁也不让进去。你要是不怕他抽你，就进去吧。”

“抽我？”李毛仁瞪圆了眼睛，“他敢？我偏要进去——”

“少讨厌啊！”大元在里面听到了动静，立即隔着窗户对李毛仁发出了警告，“我想睡一会儿，你不要打扰我。”

“睡一会儿？大白天的要睡一会儿？”李毛仁嘟囔了一声，在院子里转来转去，像一只热锅上的蚂蚁。“不理他，”他忽然转身对我说道，“他想睡就让他睡吧。”

李毛仁一溜小跑，走到一堵墙后面去了。不一会儿，我听到一阵淅淅沥沥的水声。

昨天晚上，家里来了一位客人。那个人满脸麻子，似乎很有来头。我从外面回来的时候，我的父母正在门外说话。

“……把那只花的杀了吧，”妈妈说，“我看它这几天不大对劲。”

“不是还有鸡蛋吗？”李毛仁说，“就不杀了吧？它病了？”

“鸡和鸡蛋能一样吗？”妈妈说，“几样东西全是素的，他不吃素。”

“让我再想想办法……”

“天都这么黑了，你能有什么办法。你倒是拿个主意，到底杀不杀？”

“那就杀了吧。”李毛仁叹了一口气。“我真想把我腿上的肉剜一块给他吃，那样的话，就用不着杀鸡了。”

“你剜吧。你敢下手，我也敢动手把它炒出来，端给他吃。”

“其实剜你的比剜我的更合适，就剜你的那块肉。”

“啐——”

那个人坐在灯下。

我站在黑暗处看着他。院里传来了李毛仁追杀母鸡的声音，鸡扇着翅膀，到处乱飞，咕咕地叫着。李毛仁气喘吁吁，满嘴脏话，边追边骂。那个人也听到动静了，他起身来到门口，观望了一阵以后，给李毛仁出主意道：

“你那样追来追去不是办法，找一根木棒，先把它打昏过去。”

李毛仁停下来，想了一下，从旁边的草垛上抽出一根长长的木棒握在手里。那只疲惫不堪的鸡这会儿正在窗台上抖着羽毛。李毛仁举着木棒，小心翼翼地向它走去。“日你妈的，我看你再跑。”木棒突然落下去，鸡不动了。李毛仁将鸡拎起来看看，在黑暗中笑了一下。

“都是自己人，”那个人对李毛仁说道，“杀鸡干什么，用不着啊。”

“我早就想收拾它了，一直没腾出工夫来。”李毛仁在黑暗中说道。

街上传来一阵尖利的口哨。

他们回到屋里。李毛仁拿出一瓶酒，告诉那个人——他又坐在灯下了，脸上在放光——说，已经保存了好多年了。那个人把酒瓶拿在手里，仔细端详着。李毛仁像一个正在听候判决的人一样站在一旁，他手上的血还没洗。

“还行吗？”李毛仁说。

“这是好酒啊，”那个人对李毛仁说道，“咱们国家的名酒。”

“真的吗？”李毛仁瞪大了眼睛，他的脸上使劲抽搐了几下。

他有些心疼了，他没以为这是一瓶好酒，就冒冒失失地拿出来了，这会儿后悔也来不及了。我看着他，我觉得他够卑鄙的了。我认识这瓶酒——去年夏天，在河湾里，周红颜醉得不省人事。他的身体在河边抽搐了一下后，裤兜里的一瓶酒突然暴露在李毛仁的眼前……

“到外边去吧。”李毛仁发现了我，一边说我，一边把我往外面推。“别这么没出息，一来了客人，就盯着看个没完。”

“你别推我，”我向旁边闪了下，对他说道，“你的手上有血。”

大　元

到今天为止，我的手里已经有整整一千四百块钱了。

按照目前的行情来看，再有三四百块，我就可以比较像样地结婚了。眼下的行情就是这样。我初步计划了一下：

①彩礼钱：700—1000元。

这一笔钱非出不可，而且全部归女方的父母所有。肉包子打狗，一去不回头。一旦给出去，就再一个子也收不回来了。不过，话说回来，他们嫁女儿也图的正是这个。辛辛苦苦把女儿抚养了十几年，不说别的，单是十几年来的饭钱，也值这个数了。出这一笔钱，我是有准备的，所以，不怎么心疼。这笔钱要是不出去，人就进不来，谁肯白白地把女儿送给你？除非你是董永，问题我不是董永，天底下董永只有那一个。

②衣服钱：500元左右。

去年上半年的行情是，女方有三四套衣服就足够了，那用不了多少钱。可是，到了下半年，行情忽然变了，一个女的结婚，至少要五六套衣服，有的甚至达到十套。这中间还不包括皮鞋、纱巾、袜子一类的小玩意，加起来就是一个不小的数目。形势变化得如此之快，真让人有些措手不及、目瞪口呆。照这样看，越往后越让人吃不消。形势逼人，我需在最短的时间内，尽快物色到一个适合我的对象，然后速战速决，早一点把她娶过来。我早就看出来了，这种事情，会越往后越贵，越拖不起。这一笔衣服钱，我已仔细算过了，对我有利。衣服是用来装扮姑娘自己的，因此，无论是五套还是十套衣服，我只要把她本人娶回来，就等于把她的所有的衣服也一起娶回来了。归根到底，还是我的财产。——这笔账不会把我吓倒。

③三大件：600元。

现在是二十世纪七十年代，社会上最流行的就是手表、自行车和缝纫机这三样东西，又叫三大件，许多婚礼都少不了它们。老实说，这是最让我头疼的一个问题，每次想起来，我都会感到非常麻烦。这三样东西不但花费多，而且有钱都不见得能买到手，需要到处求人，找关系。我听说全县每年也只有那么十几个指标，都掌握在一位副主任的手里，可惜我不认识人家。很多人为此事打破了头，也不见得能弄到手。这要看我的命了。

我想找一位通情达理的姑娘，最好是一个不会骑自行车的姑娘。这样，无形之中，自行车就可以不买了。如果她非要不可，我就告诉她，等她以后学会骑车再买。另外，我还想对她说，手表就不要了吧，能免就免了吧。

平心而论，这三样东西中，我觉得缝纫机倒是一件值得考虑的事情，它很实用。郭部长来村里的时候，我曾经为买东西的事求过他。郭部长答应帮我买一块手表。现在想起来，我觉得还是弄一台缝纫机比较合算。郭部长在县里也算个人物，这事他一定能够办到。

④其他费用

事实上，这笔账可以说是一个无底洞。结婚过程中突然临时出现的许多事情，都得让你花钱。花一次钱，才能过一道关。过五关斩六将，不把你折腾光了，你是很难顺顺利利地把女人娶回来的。各方面都需要我打点，女方的父母，七大姑八大姨，小舅子小姨子，所有这些人物都相当难对付。婚不是一下子就能结完的。婚前，每次去女方家里，不但不能空手去，而且还必须显出阔绰大方的样子来，摆谱，装大头……几个回合下来，不知要花多少钱。

另外，还有置办酒席的事情。我的父亲李毛仁是一个无能之辈，我根本不敢指望他能为我做什么。我要是靠他为我考虑婚事，我这一辈子非把光棍打到底不可，一切都得靠我自己。自己的事情自己不动弹，能指望谁来帮你？我从来没有做过那个梦。因此，从二十几岁以后，我就开始为自己攒钱了。到今天，我的手里已经有一千四百元钱了。这不是一个小数目，每次取出来数它的时候，我的心都跳得非常厉害，手也在不停地颤抖。我在心里骂我自己是个没出息的东西，这钱是自己辛辛苦苦挣来的，又不是偷来的，心慌什么？手抖什么？

……

暂时能想到的事情就是些了，我把它列成一个清单，把东一笔、西一笔的账记到一起，上面密密麻麻的，只有我自己能够看懂。还有一笔二百元的款子，是用来预防不测的。打仗还需要有预备队，任何时候，都得留条后路。

几天前，我遇到了信用社的庞主任，我向他打听了一下存款的利息。那么多钱放在身上，终不是什么长久之计，万一丢了呢？万一不慎让谁发现了，说不定还会被谋财害命，引来杀身之祸。那样一来，我就整个儿全完了，还结什么婚呢，到另一个世界里去结吧。

我和庞主任是老相识了，他告诉我，利息虽然不怎么高，不过也不算低，只要把钱存进去了，就会不断地产生利息，总比放在家里要好得多。这话说得也是。虽说家是自己的家，可也并不那么太平无事，一旦有个闪失，就会让我吃不消，会把我一下子打垮。我经不起折腾了，尤其在这上面。另外，钱放在家里能产生什么？一分钱的利息也不会有，只会少，不会多。除了这些，还有许多你根本意想不到的危险和隐患。

我隐瞒了准确的数目，没敢告诉庞主任我有多少钱。他问我有多少，我说没多少。他说，多少都不要紧，只要有一块钱，就可以在信用社里立一个户头。这事我得考虑考虑。钱现在放在家里，我把它藏到了一个非常隐秘的地方，我不相信谁能找到它。短时间内，估计它不会出什么问题。每天回到家里，我第一件事就是先关好门，然后取出来数一遍，核对无误后，重新再把它放好……一段时间以来，我经常有一种不祥的预感，我觉得它们随时都有可能插上翅膀，突然飞走。

我的一位叔叔精通卦术，这些年收敛起来，不怎么干了。我在一个晚上去找他，让他帮我看看。他说，一个人有无财命，是早有定数的。是你的钱，怎么也要拐弯抹角地回到你的手里。不是你的，即使腰缠万贯也没用，那不过暂时从你手里过一下，让你经经手，替别人保管一阵，一等到时机到来，就会立即全部转移。我对他说，那你自己呢？他说，三十年前我就知道了，这个世界上，已经没我的什么事了。

“那我呢？”我说。

“好好活着吧，不要老想那事。”他说，“不生病，不出事，能活下去，就比什么都强。现在广播里不是常说么，‘坚持就是胜利’。”

“我有一点钱，你帮我看看，”我对他说道，“我想知道，我手里这点钱，是我自己的，还是替别人保管的？”

“我不能告诉你这个。”

“为什么？”

“人活着，不论贫富，不论高下，都得有那么一个东西……信念。”他说着，做了一个十分含糊的手势。“那个东西要是没了，倒下去了，人就会失去支撑，也跟着头重脚轻地倒下去。你不想让自己倒下去，是吧？”

“那当然，谁也不想让自己倒下去。”我对他说，“你有那个东西吗？”

“它早就断成几节了。”他说。“我现在完全躺倒了，彻底放展了，像卸了磨的驴。没有什么能把我扶起来了。”

“我能把你扶起来。”我说。

“开什么玩笑？”他说，“你能保证你自己能够站稳，就已经是奇迹了。就算你能把我扶起来，那也丝毫不能证明你有能耐，那只说明我是一个纸扎的假人。你一高兴，还可以轻而易举地把我抛起来。你觉得这有意思么？”

“这样看来，我扶起的好像不是你了。”我感到有些吃惊。

“当然不是我。”他说。

“那是谁？”

“天知道那是谁。”

夜深了，我带着满腹的疑惑从他家里出来。我觉得我的钱就是我自己的，我可不愿意做一个替别人保管财物的经手人。

吴树枝

“这张脸就全交给你了。”马薇薇说。她坐在我的面前，像一个听话的学生，任凭我摆布。我让她抬头，侧脸，把垂到眼前的头发撩上去。她照着我的话做了。在这方面，她是一个有耐心的女人。照我看，她现在这样子就挺好，脸盘光洁，头发乌亮，加上从未生育过，身段还像十几年前一样优美苗条，可她还要让我仔细地收拾她。一个女人执意要这样，这是一种什么征兆？说明她的心开始像轮子一样要转起来了。照这样下去，她会越转越花，欢快得忘乎所以。

“把眼睛闭上。”我对她说。

她闭上眼睛了。我帮她把鬓边的一缕头发绕到后面，开始用一个小镊子撮她脸上的茸毛。她的两道眉毛本来就不怎么浓，所以我觉得干起来不怎么费事。事实上她也是一个眉清目秀的女人，脸上的茸毛本来也没有多少。可越是这样的人，越要注意整饰自己，那些黑粗丑笨的女人反倒不这样卖力。人真是有趣，越好也就越好，越不好也就越糟。好的那些都把自己当花仙子看待，那些不好的，甚至忘了自己是个人。

无论什么时候来，这个家都是这样，收拾得像一个新婚的洞房。刚才我进来的时候，她的小姑子小凤正在帮她擦玻璃。这会儿，一转眼的工夫，小凤不见了。我说：

“小凤呢？”

“趁这个机会，可能回她家去了。”马薇薇闭着眼睛，懒洋洋地说道。“用不了多久，一会儿她就又来了。”

“什么机会?”

“你是个女人，她看见你来了，就觉得可以放心地离开一阵。”马薇薇说道。“你要是个男的，棒子也打不走她。你在我这里待多久，她就能陪你多久，手里还要找点儿活做。乍看起来，像是无心的。我都斗不过她。”

“小姑子都是这样。”我说。

“她是她哥派来监视我的。”

马薇薇忽然睁开眼睛，对我说道：

“你可不知道这个小X女子多难对付，她人小心大，每天晚上，只要我不睡，她就不脱衣服，坐在那里，像是要奉陪到底。我对她说，‘放心地闭上眼睛睡吧，我哪儿也不去’。她见我揭穿了她的把戏，这才开始一粒一粒地解扣子。那扣子像死疙瘩，好半天才能解开一个。”

“她做对了。”我笑起来，“做妹妹的，当然要对自己的哥哥负责。哥哥常年在外，家里这么一个漂亮的嫂子，不看好怎么能行？我真没想到小凤是一个这么精明的丫头。”

“她是负责了，可把我害苦了。”马薇薇说着，头发忽然披泻了下来。“一想起这些，我的气就不打一处来……”

她真的生气了，脸色绯红，好像忘记了邀我来是干什么的。我让她重新坐好，把头发用一根带子扎好。我想说点别的，转移一下她的心情。我一边给她修眉，一边告诉她，昨天下午，我在河边洗衣服的时候，看到一个漂亮的姑娘，也在河边洗衣服。后来我打听到，她叫陈红，刚满十九岁，是离这里三十里以外的周庄的人，嫁给天宝了。这个消息让我吃了一惊。天宝是一个中看不中用的人，虽然生得眉目清秀，可心性痴呆，行为怪僻，体质羸弱得不如一个姑娘。那个叫陈红的姑娘一定是不知底细，糊里糊涂嫁过来的。不知谁做的孽，那样的一个好姑娘，真是可惜了。好汉无好妻，赖汉占花枝，这话说得一点儿没错。她的那两只手，灵巧得令人吃惊……这个世界上，阴错阳差的事情太多了。

“她和我一样，”马薇薇轻声说道，“我们都是守活寡的——”

这话也是她这样的人说的吗？放着我这样一个名副其实的寡妇，她竟率先叫起苦来。人心不足蛇吞象。我对她说：

“我把你收拾漂亮了，你要是被人看去了，可不要怪我。”

“谁爱看就看。”她说。她抬起一条腿，压到另一条腿上。一个人内心得意了，脸上是无论如何都掩饰不住的。那种东西，会像初绿的春意，不可遏制，破土而出。现在，那种东西就洋溢在她的鲜红润泽的唇边。“我又不是初出道的小姑娘，”她说，“早就不怕这个了。”

是的，她是不怕这个了。岂止不怕，心中期盼的不正是这个么？不然，要我来干什么呢？我知道我干的是锦上添花的事，而不是劫富济贫的行当，我没有办法让一个丑妇变得漂亮起来，但我能使一个漂亮的女人变得更加迷人。眼前这个粉面丹唇、双乳高挺的女人让我看到了我的才干……

……

听到门响，我们都吃了一惊。小凤回来了。

马薇薇拢了一下凌乱的鬓发，对小凤说道：“汇报完了？”

“我妈明天过生日。”小凤将手里的一包东西——好像是她的换洗的衣服——放到对面的柜子上，告诉马薇薇：

“让你回去吃饭。”

“你又接受了什么新任务？”

马薇薇话里夹枪带棒，充满了讥讽。小凤向我这边瞥了一眼，没有说话。刚才进来的那阵，她手里拎着东西，悄无声息地站在门口，像一道影子。也许她看出了什么。

“婆婆过生日，”我对马薇薇说道，“你总不能空手去吧。”

“我妈说了，”小凤说，“啥也不要买，人去了就行了。”

马薇薇刚要说什么，小凤闪身出去了。她闭上了嘴。听众没有了，借故躲出去了，她当然再无须说什么了，她原本就是要说给她听的。小凤要是没瞧出来，不会抽身而去。

看着眼前的光景，我想我该走了。

“你明天还能来吗?”

马薇薇仰头望着我。我看着窗外，小凤正在外面，往绳子上晾衣服……马薇薇扶着我的手站起来，仔细瞧我的脸。小凤将一件碎花的衣服展开，抖了几下，搭到绳子上。

“你只管来。”马薇薇用力捏了一下我的手。“我明天下午也没有课。”

陈　红

“这是你公公——天宝他爹。”

我的婆婆指着一只四方的小镜框对我说道。镜框怎么会是天宝他爹？我正在纳闷，她突然将镜框翻转过来。

“就是他。”

镜框后面有一张照片，照片上的人戴着狗皮帽子，留着一缕稀疏的山羊胡子，神情紧张，眼神迷茫，像一个迷路的人。这就是我的公公——天宝他爹？灰黄的照片，镶在酱色的木框子里，规规矩矩，安分守己，看着我们。

我从来没有见过他，我只知道他叫陈富士。我嫁过来的时候，他已经死了。听说是在一个冬天的夜里，被一辆过路的、红色的拖拉机给压死了。这种事情听起来真让人害怕，浑身发冷。他的血和脑浆把轮胎都染出来了，天宝现在动不动就爱说“花花绿绿”，指的就是那种颜色。听说开拖拉机的那个司机也疯了，就是那件事情把他弄疯了的。只要听到别人说“你的车的颜色像血一样，比棺材还红”这句话的时候，他的疯劲就上来了，他会笑个没完，走一路笑一路，逢人就说：

“我开的是东方红拖拉机，全身都是红的。它出了一点毛病，不过，我已经把它修好了，总算能走了……”

最初，我不知道他是疯子。我从河边回来的时候，他在路上把我拦住了，絮絮叨叨地对我说他的那套话。我很怕他，不断地躲着他。他在我的前面跳来跳去，对我说道：“坐我的车走吧，我已经把它修好了……”

我快要哭出来了。这时，从那边来了一位四十多岁的女人，手里夹着一捆白布。看到这个高大丰壮的女人以后，我感到我有救了。我朝她跑过去，站在她的身旁。我不害怕那个人了，她很快将他呵斥走了。她说：

“走开，你这个倒霉鬼！”

他吓了一跳，立即转身跑走了。像一张纸，越飘越远。

“别怕他。”她对我说，“他是个疯子，看见你硬，他就软了。”

她夹着那捆崭新的白布，匆匆走了。那个人真是疯子么？我觉得看上去不怎么像。他不是这个村里的人，但经常在这一带出现，经常在他当初出事的那个地点周围徘徊，游荡……他有点儿像电影里那些前来接头的人，一次次地出现，一次次扑空，一无所获，怆楚地离去。

昨天早上，做好一家人的早饭以后，我拿了一把梳子，站在屋门口梳头。不用照镜子，我也能把头梳好，从做姑娘的时候起我就开始这样了。院子里洒满了早晨的阳光，墙里墙外的青枝绿叶闪闪发亮。在周庄的那些年，我每天总是起得很早，挑水，洗菜，准备一家人的早饭，来到这里也还是这样。我喜欢早晨。

我起来不久，我的婆婆也穿好衣服了。这会儿她正在西屋里翻找一件什么东西，她没对我说，我也没有问她。早饭已经做好了，我想把天宝叫醒，让他起来洗漱，吃饭。她说，让他再睡一会儿吧，昨天晚上他看书晚了。我知道她说的当然是那些小人书，他们都把那当成一种正经的事情了。天宝爱看小人书，什么活儿都不干。我的婆婆，她一直觉得她的儿子是个读书人。

梳子是木头的，米黄色的，是我结婚后从周庄的家里带来的，我已经用了它十几年了。现在，它正在我的头发里自上而下地穿行，滑动，轻快得像一条鱼。我们结婚的时候，婆婆送给我一把红色的塑料梳子。我用过几次。现在，她每天用那把梳子梳头。她的头发已接近于灰白了，常常有断发残留在梳子上，缠绕在一起。很长时间了，我再没有碰过它一下。

她从里面出来了，撩起衣襟在下面摸索着。我听到一阵响声。

“把这个拿着。”她取出一大串钥匙，有二三十把，放到我的手里，对我说道，“我老了，这个家该你当了。”

黄黑相间的钥匙，一部分是铜的，一部分是铁的和铝的。

她一把一把地指点着，告诉我这个是柜子上的钥匙，那个是街门上的钥匙……她差不多快介绍完了，只剩下不多的几把了。我挑出其中的一把又黑又旧的铁钥匙——它的形状像一把胡琴，——让她辨认。我问她：

“这是什么上面的？”

“羊圈。”她看了一眼，飞快地说道。

“羊圈还有钥匙？”

“怎么了？”她看着我，“你倒说说，羊是不是财产？不值得把它们锁起来么？就这还不行，他们为了偷羊，把锁子都撬烂了。——对了，这把钥匙已经没用了。”

这种式样的钥匙如今已不多见了，我最早见到它，是在一些老式的柜子上。我把梳子放回屋里。她走在我的后面。

天宝起来了，正在穿衣服。窗外射进来的光线照亮了他一身雪白的细肉。我想，《西游记》里的唐僧的肉可能就是这样的，惹得所有的妖精都要想办法吃他。天宝不是唐僧，他只是一个爱看小人书的人。他妈以为他是一个有学问的人，他自己也常以读书人自居，他觉得自己与村里的那些人不一样。他每天都要对我说：

“他们不怀好意。”

“他们是谁？”我说。

“山下的农民。”他说。

山下的农民……说得多好。我们的院落高高在上，周围是树木和土崖，村里其他的人家都住在我们的下面。我们的家门前有一条又细又白的小路，像水一样从我们的院里流出去，一直流进下面的村子里。平时，站在门前，他们在下面的村子里走动、干活，我们都看得清清楚楚。他们在下面的村子里牵牛，骑马，推磨，砌墙，挑水，晾晒衣服，走来走去，安详得像一幅画。每当蓝色的炊烟缭绕在村庄里的时候，天宝就合上手里的书，轻声说道：

“村里冒烟了，看样子他们要准备吃饭了。咱们也吃吧。”

我把一张四方的小桌摆好，又拿来碗筷。小方桌有些年头了，光亮溜滑，早晨的光线照在上面，像古代的客店里的那些酒桌。天宝站在我的身后，他洗过脸了，正在用我的那把黄木梳子梳头。他的头发又黑又软，像婴儿的头发。我的婆婆这儿看看，那儿看看，像一个初来乍到的客人，头发挽到后面，梳成一个圆髻。我把饭盛到三个碗里，放到桌子上。

“吃饭吧。”我对他们说。

天宝拿着梳子，朝桌子上看了一眼，对我说：“没有别的了？”

“没有别的了？”婆婆说道，她也用那样的眼光看着我，好像我把什么东西藏起来了。当然没有别的了，每天不都是这样的么。天宝是个吃粮不管事的人，可是，我的婆婆，她不会不知道，我每天都是照着她的样子做的。这会儿，她却看上去像一个挑剔的、难伺候的客人。不久前她才刚刚把家里的钥匙交给我，那一串叮当作响的铁玩意还没有在我的身上焐热，我能忽然变出什么来？

“我想吃野菜。”天宝说。

“野菜？”

“附近的梁上就有。”我的婆婆对我说道。“吃过饭，你带一个篮子，挑一篮子回来。这几天，正好也想吃几口。”

我匆匆吃过饭，准备挑野菜的篮子。我知道出了家门，遍地都是野菜。院子附近到处都是灌木、树枝，藤缠着树，树连着草。

“你是一个贤淑的女人。”天宝吃完饭，忽然对我说道。

我没有说话。我知道他这话又是从书上看来的，他经常这样，把书上看到的话，原封不动地运用到我们的日常生活中来。有好几次，我被他弄得莫名其妙，不知他到底要干什么。我的婆婆更是不知所云，如坠入雾里。对她来说，天宝的那些出其不意的话，不失为一种难懂的咒语，不管她如何眨动眼睛，她从来就没有听懂过。

家里的篮子不少——都是我的公公陈富士在世的那些年编成的，——可每一只篮子里都占着东西，有的是秋后的稗子，有的是晒干的蘑菇、豆角、萝卜条。靠墙放着的两只筐子里，里面装满了穿破的旧鞋。大多数是这家人穿过的布鞋，只有一双一九五二年的皮鞋。

“不要动它们!”我的婆婆从屋里跑出来，她不让我把那些鞋倒出来。“另外再找一个吧。”

我把晒干的蘑菇和豆角合并到一起，这样一来，就腾出一只篮子。我换了一双轻便的布鞋，挎着篮子，出了门。

胡　大

我早就说过，农民是一个最倒霉的阶级，一个人投胎转世，变成农民，一生就算完了。任何时候，被踩在脚下的，永远是这群人。起初，我只以为我们这个国家是这样的，后来才知道外国的农民也同样被人瞧不起。大约一个月前，我从周红颜那里借回一本一个英国人写的书。书中的那位酒店老板德法日与客人谈话的时候，都相互一本正经地称对方为“雅克”。

“雅克”是什么？是贵族对农民的蔑称，以后就沿用成了农民的代名词。

周红颜称我是农民的首领。不错，我的日子略比他们过得好一些，差强人意吧。至少，从外表上去看，我不太像农民，倒有点像上面派来的下乡干部。从某种程度上来说，我是一个衣冠楚楚的人。当然，这种变化，有一半以上的功劳要记在吴树枝的身上。我也没有想到我会变成一个衣着整洁、举止文雅的人。那么，这另外的一半功劳要记在周红颜的身上，记在他的那些浩如烟海的书——该看的我差不多都看了——上。不能设想，我的生活中要没有这两位，我是不是依然是一个愚昧无知的、土头土脑的农民？不过，现在好了，我已经从那种可怕的泥淖中走出来了。事实上，从许多方面来说，我已蜕化成功，不再是农民了。尽管我的户口仍然还落在这个村里，可那又有什么关系呢，我每天读书，睡觉，在田野里散步，信马由缰，想入非非。过这种日子的人岂能是农民？

我喜欢这一带所有那些漂亮的女人，我觉得，我要是不去亲近她们，她们的美丽芬芳的一生就会白白荒废。花为谁开？当然是为了赏花的人。一枝没有人注意的花，是寂寞而可怜的。我手下的农民兄弟没有人懂得去注意她们，珍惜她们。那么，我是干什么吃的？我自认为我是乡间的一位护花者，我明白她们的价值，知道怎样能使她们开放得更加娇艳迷人。

我的婶娘，从前曾是一位相当漂亮的美人。可惜的是，在她年轻的时候，有一种故作矜持的毛病，对所有对她抱有好感的男人都冷若冰霜。就这样，她守着我那位不太出色的叔叔过了一生。在她六十岁以后的某一天，她突然醒悟了。然而，这个时候的觉醒对她已经没有什么意义了，一切都太晚了。从此以后，她开始憎恨我的叔叔。她的那种憎恶是从心里向外辐射、扩散的，那是一种阴性的事物，它真实纯粹得没有丝毫虚假的成色……不久以后，我的叔叔突然死了。我知道他是怎么死的——她用了一点手段。我想，这种事情我知道就行了，当然不宜揭穿、宣扬出去。她几乎白过了一生。在她最后的十几年里，我没有理由将她送上刑场，葬送她的最后一段时光。从某种意义上来说，我的叔叔难道不该死么？作为一个男人，他几乎一无是处，毛病还很多。就是这样一个男人，竟然名正言顺地将一个美丽的女人耗干耗尽，变成一个风烛残年、毫无魅力可言的老妪。几十年的时间，她的水分和光泽在闲置中一天天减少，老去。我不知道这种慢性的消灭是否合乎情理，是否阴错阳差。顺理成章也好，鹊巢鸠占也好，不管怎么说，这种失谐的事情都是残酷无情的，令人惊讶令人沉重。它要以一段优美鲜艳的年华为代价，去陪伴另一具僵尸，直到发苍苍，互相消灭为止。

这种事情再也不能继续下去了。

……

吃过晚饭以后，我从家里出来，沿街两边不时有人与我打招呼，虽然看不清他们的脸，但我知道他们是谁。我应承着他们，从一些稀稀落落的灯火旁走过。从他们的动静中，我得知许多人家还没有开始吃晚饭，屋顶上不断缭绕的白烟像一场弥天的大雾，经久不散。

我听说陈富士的那个傻瓜儿子从周庄娶回一个媳妇，人长得非常漂亮，心灵手巧……这个消息如一道不幸的噩耗，不免使我为之惊骇。看来，这的确是一个漏洞百出、不尽人意的世界，越怕什么，越要来什么。陈富士的那个傻瓜儿子空有一副身架和五官，肩不能扛，手不能提，老天却偏偏要将那样一个如花似玉的女人配给他，这真是作孽，暴殄天物。这也能算是婚姻么？与其说是婚姻，不如说殉葬更为合适……我步履沉重地走在傍晚的街上，我想想点别的事情，可怎么也轻松不起来。我担心的是，若干年后，那个叫陈红的女人会不会重蹈我婶娘的覆辙？如果不出什么意外，一定会的。

就目前来看，她显然还没有开窍。初来乍到，日子过得有条不紊，虽苦犹甜。这种日子有点像风中的篱笆，究竟能持续多久……前面出现了一条灰白的带子，水声清澈低远——我已来到河边了，附近的树木湿漉漉的。

站在这里，向西面眺望，能看到学校里的黑魆魆的屋脊。这个时候，周红颜不知在干什么，我看到他的窗户上透出来的灯光了。他的窗户又高又窄，上面是半圆形的，下面的窗栏雕镂得十分仔细。这样的窗户，如今已很少见了。退回几十年前，住在那里面的，是村里的一个姓刘的地主——一个温和而又神秘的人，他在一次睡眠中死去，平静而神秘。

一阵风吹过来，我闻到我身上的玉兰香皂的气味了。从家里出来的时候，我把自己收拾得表里如一，洗了头发，换了内衣。现在，我离开潮湿的河边，精神饱满地向村庄的腹地深处走去。我闭着眼睛。大步流星。长驱直入……

大　元

我从打谷场的边上抱来一捆又一捆的干草，很快就在一座草垛的旁边堆起了又一座草垛。从远处看去，别人会以为这是一个连在一起的整体，我的用意也正在于此。事实上，在两个挨得很近的草垛之间，我留了一条狭窄得几乎不易察觉的缝隙。这样一来，我站在草垛后面，通过那道缝隙，就可以直接看到她和她们的那个院落了。而且，最为妙不可言的是，我站的位置极其隐蔽，别人是不会看到我的。我忙碌了一天，就是为了给自己创造一种十分有利的角度和环境：我在暗处，他们在明处。

选择好这个理想的位置以后，我把一根光滑金黄的草茎咬在嘴里，不禁有些心猿意马。这些天来，我一直在想一个问题：我是不是有些生不逢时？退回几十年前，在无数次的战争中，我会不会出息成一位将军？踏着同伴的尸骨，渐渐地脱颖而出。平心而论，我对那一套是很感兴趣的，隐蔽，埋伏，穿插，奔袭，攻坚打援，虎口拔牙，诱敌深入，各个击破……人生在世，什么样的可能性都是有的。谁敢肯定，所有的战争都结束以后，我不会成为一名将军？

我把手里的枪靠在草垛上。这会儿正是午后，四周非常寂静。我点了一支烟，开始通过两个草垛之间的那条狭窄的缝隙，向那个院落里观望。干草摩擦着我的裤子。

她出来了，正弯着腰在院子里晾晒谷子，院子里好像只有她一个人。

她看上去最多十八九岁。在我的印象里，还有一个与她年龄相仿的姑娘，不知是她的姐姐还是妹妹，她们有点儿像是孪生的。说实话，我注意她们这一家人已不是一天两天了，尽管我对她们还所知甚少——这与她们刚搬来有关。——自从赵明对我说过以后，我就开始留意了。她们一家四口人，她的父亲叫杨志，是一个看上去比较老实、似乎连脾气也不会发的人。她们的母亲就是那个长得像吴树枝——怪事，怎么会像吴树枝

——一样的女人，剩下的就是她们姐妹两个了。眼下，她们住在那个荒废多年的院落里。我从这一带经过的时候，时常会莫名其妙地停下来，朝那个有了人烟的院子里眺望一阵。事情比较蹊跷：每次走到这一带的时候，我的耳边总会突然传来一个声音——一个苦苦挽留的声音……我就是在那种多少有些缠绵的声音中停下来的。四周望不到一个人影。一次两次，可能属于偶然，巧合，可是每次都是这样，我就不能不在意了，我开始把这看作是天意了。如果真是这样的话，我听到的那种声音应该是天的声音，是天在对我说话，劝我留步……

根据我的观察，这个刚搬来不久的人家，似乎并不像村里的人传说的那样幸福和睦，这点眉目我还是能看出来的。这一家人，真正说了算的，是她们的母亲——那个长得像吴树枝一样的女人。作为这个家中唯一的一个男性，无论从哪个方面来看，杨志都是一个靠边站的人，没他什么事。当然，家里的主要的重活儿还是要他干的，他干得鸦雀无声，小心翼翼，像是在另一个世界里当差。

草垛比我高大得多，我需要抬头仰望，才能看到的顶部。因此，把它作为掩体或屏障，我是安心的。我通过两个草垛之间的缝隙，向那边的院子里瞭望。院里只有那姑娘一个人，她守着一堆需要晾晒的谷子，一会儿蹲下，把手插进沙丘一样的谷堆里，一会儿又站起来。我看着她的柔软的腰身……我想起了我几年来辛勤积攒下的那一千四百元钱，我把它藏在一个最秘密的地方，除了我自己，没有第二个人能找到它。三元，李毛仁，我的妈妈，他们都不知道这档子事。信用社的庞主任，慈眉善目，面带微笑，听说他嘴里的那两颗闪闪发亮的牙齿是纯金的。这种事情，谁知道呢。亏他还是信用社主任，在自己的嘴里储蓄，把金子装饰成牙齿，成天含在嘴里，不失为一种转移财产、深埋珍宝的好办法。总不至于有人见财起意，去敲掉他的门牙吧，这种打劫的事情好像还没有听说过。“张开你的嘴，让我瞧瞧。”瞧瞧里面都有些什么货色？柔软的舌头，粉红色的舌头。津液。腮……她又从谷堆旁站起来了，手里拿着一根树枝，挥动着，像是在驱赶飞来飞去的蛾子。

刚才，她蹲下去的时候，由于用力过猛，她的衬衫从裤腰里面拔了出来，敢情她身后那道隐隐约约的二寸宽的白光就是她的肌肤？一个人的衬衫要是缩了水，变短了，往下蹲的时候，经常会出现这种情况，将腰裸露在外面。

草垛上的一根干草戳到我的脸，我把它挡了回去。不久，它又伸过来了，毛茸茸的叶子使我的脸上一阵发痒。它一次次伸过来，这样执拗而有耐心，像是一个人在与我开玩笑。可惜我已经没那份心思了，许多大事还没有着落呢，有谁替我张罗一切？

远处传来嘹亮的鞭声，啪啪地响着，一辆满载瓷器的马车从河边的大道上驶过。

她朝四周看看，一只手伸到前面，将皮带松开，另一只手绕到后面，把刚才拽出来的衬衫下摆重新塞回去，接着再系好皮带。她的周围没有人，轻而易举地就干完了那事。她踮起脚，身体向上跳跃了一下，举起来的手碰到了院子里晾衣服的绳子，绳子轻轻晃动起来……

难道说，眼前这种寂静的情形，是一种千载难逢的机会吗？这样亮晃晃的时刻，附近一带竟然连个鬼都没有，整个村子像一座偏远的空城。以往这个时候，经常有人来打谷场上练习骑自行车。一个人骑着，另一个人在后面扶着，歪歪扭扭，摇摇晃晃。不少初学骑车的像是骑着老虎，一旦骑上去就不容易再下来了，目光倾斜，双手失控，颤颤巍巍，狂呼乱叫。

我把枪摸到手里，从草垛后面走出来。枪里有一发子弹，另外的五发在我的身上。我计算了一下草垛与那个院落之间的距离，四五百米的样子，中间有几个碌碡，碌碡下面压着青草，不是粮食。两道坎子。一片断墙。我抖掉身上的草末，一边向那里走，一边留心四周的动静。周围没有人，阳光里荡漾着粉尘和雾气。远处的一座山前，空气流动得像一片透明的海水。我知道每年的这个时候，山里的花儿就开了，不过从这里可看不到。脚上的鞋子开始吱吱作响，不踮起脚尖走不行了。以前它从不这样，无论走多远的路，从来没有领教过它的响声。该扔掉了，穿着它，迟早会坏事，栽在那种不祥的响动声里。

老天爷！不知不觉，我已来到她的身后。她弯着腰，在看那堆谷子。谷子有什么好看的？但愿我的鼻息没有惊动她。我屏住呼吸，要不是怕她受了惊吓，我真想大声咳嗽一声，我的喉咙里似乎生了麦芒。她的两条腿微微分开。从两腿中间望去，我看到一线黄色，是谷子。

我从后面把她抱住。

她弯着腰抵在我的小腹前，眼前的这种突如其来的变化把我打动了。我很想说点什么，对她。“你会骑自行车吗？”

她没有听到我的话，突然向前面倒去。她的手插进了谷堆里，顶端的谷子流下来了，像沙子，她的衬衫的袖口很快被流下来的谷子掩埋了。她看到我了，惊叫了一声。

“我能托人来你家提亲吗？”我对她说。“我没有把买自行车的那笔钱计算在内，以后一定会补上的，行吗？”

她想从我的手里挣脱出去，这不是一件容易的事，至少她得先把她的手从谷堆里抽出来才行。我抓着她的肩膀。她的衬衫不像是布的，很滑，难怪一蹲下去，她的腰就露出来了。她抖得很厉害。我的心软了。我把她吓着了吗？

“转过脸来，”我低声对她说道，“让咱们也亲一下。”

我听到一阵响声，屋门开了，她的母亲——那个长得像吴树枝一样的女人从里面出来了。我吓了一跳。我在草垛边望了半天，我一直以为只有这姑娘一个人在家。

这时，我忽然看到我的枪了，刺刀向下，插在谷堆上面。我伸出一只手，把它取过来。我吹了一下上面的灰尘。她的脸变色了，她慢慢向我走来。我把那个姑娘放开了。

“有事么？”她对我说道。“她才十七岁多一点儿。”

“没事。”我说。事情突然临时起了变化，我也一时有些不知所措。

“妈，”那个姑娘对她说道，“他——”

“你别管。”她对她的女儿说道，“这儿没你的事。去下面的铺子里看看那儿有没有人，买几斤盐回来，快去。”

她撇开她的女儿，在我的面前耸动了一下胸脯，胸前的一道深谷将她的衣衫吸进去了。“哟，还带着枪呢，”她对我说，“是在巡逻么？”

小　燕

昨天中午，有人吊死了。

下午上学的时候，妈妈告诉我，宁可绕道多走几步，也不要从那一带经过。我懂她的意思，那一带危险，还不吉利。

吊死的人是一个十七八岁的姑娘，听说她们原来也是我们村里的人，在外面住了很多年，刚搬回来不久。上个月才搬回来的，我们还不知道她的名字，她这么快就死了。村里的人们说，她的妈妈和我妈长得像姐妹。要真是那样的话，她不就成了我的姐姐了吗？幸好不是。

晚上睡觉的时候，我梦见有人拿着手电在我的身边晃来晃去，我的身体紧缩成一团。家门前的地里长出了如云的黑发，我的身上湿漉漉的。我坐起来，窗户还没有发白。再躺下去以后，又看到身边的光线明亮刺眼，像一个夏天的中午。爸爸的粗糙的、工人阶级的大手抚摸我的小手。他的手里似乎有刺，手关节上长着稀疏的汗毛，像阳光下的一小片树林。“怎么？她没有时间照顾她的女儿？”他不满意地说道。“真有那么忙吗？离开这个地方，跟爸爸走吧。”他刚伸出手，却忽然又溜走了，不辞而别。妈妈站在我的身边，她看上去没怎么睡好。“爸爸要带我走。”我对她说。“他敢？”她说着，环顾四周，她的头发有些蓬松。早上起来，我们亮出底牌，我和她做了一个同样的梦：

有人举着水龙头向我们身上喷射——

赵　明

我来到他们的菜园子前。

两边围着栅栏，栅栏上有刺。杨志正在里面开渠放水。

我站在栅栏外面。这会儿我不想走进去，里面被他弄得到处是泥水。有一个好心人刚给我做了一双新鞋，我要是走进去，脚上的这双鞋就算完了。新鞋。旧情。我不能进去。我这鞋才穿了两天，前天下午才穿上的。让他出来见我吧。我咳嗽了一声，他听见了，他拄着铁锹，竖起耳朵，向我这边转过脸来。老天爷，他真是一个慢性子的人。

“有事吗?”

他终于放下手里的铁锹，向我走过来了。他的气色不怎么好，憔悴，疲倦。他站在栅栏的里面，我站在外面。

“跟我说说你的那个女儿，”我对他说，“她多大了?”

“十七了。”

“我真不明白，无缘无故，她为什么要上吊死呢?”我的确不明白，这种事情多少有些让人不安。“你们家里……”

“我怎么知道?”提起这事，触到了他的痛处。他说：

“我要是早知道她会这样，我说什么也不会带着她们搬回来住。这事主要怨我，要是全家人不搬回来住，就没有这种事了。怨我，我贱！我总以为这里是故乡，老家，我没想到老天爷事实上早已把我从这个村子里给划出去了，可我还要拖儿带女、不知深浅地搬回来住，我冒犯了他。即便老天爷自己不说什么，他手下的那帮人也不会放过我。”

扯得太远了。

“你们对她不好吗?”

“别说这个，这不沾边。”他说。“全家四口人，三个女人，再加一个我。三个女人，三朵花，只有我是白菜帮子。”

“该知足了你。”我说的是真话，我觉得他还是不错的。我要是像他那样，有漂亮的老婆和女儿，我倒愿意自己是一个白菜帮子。当然，不能把上吊的那个包括在内。无论从哪个方面来说，家里出现了这种事情，都不是什么好兆头，这不吉利。死的虽然已经死了，可活下来的已不再是那么回事了。阴影，笼罩，魂魄不散，生活中的水分，缝隙，越来越多。

“人一犯贱，什么事做不出来呢?”“多少事都在这一个贱字上，从它开始，从它结束。我颠颠地从外面跑回来了，那是因为我贱。犯贱的人当然不会有什么好果子吃。”

我来找杨志，并不是为了调查什么。杨志的女儿上吊死了，党支部书记胡大让我抽空过问一下这件事。我看得出来，胡大对这件事感到非常可惜，仿佛死去的是他的女儿。这样的心情，我也是有的。十七岁的姑娘，正值开花的时期，突然落下来了，灰白，黯淡，一片冰凉，芬芳变成了邪气。过路的人都绕道走。

我真有些佩服杨志，这种时候，他竟然还有心思将工夫消磨在菜园子里。他的行为，使他有点儿像那姑娘的继父，但他不是她的继父。

菜园子连着他们的房子和院子，我的目光落在那些残缺破旧的墙垣上，问题是不是出在房子上面呢?这个院子已经有很多年没人居住了，荒草丛生，野猫出没。杨志带着全家人一回来就搬了进去，单是清除院子里的荒草，他们就干了三天。以后，他们一家人穿着防尘的罩衣，蒙着毛巾，开始清理蛛网、瓦砾。破鞋啊，旧草帽呀，各种带子，来历不明的东西，什么都有。只要费点工夫，清除这些东西还是比较容易的。可是，那房子里积淀多年的邪气也能轻易去掉吗，它毕竟不是汽油一类的东西，说挥发就挥发掉了。一种肉眼看不到的东西，猖狂，诡秘，阴森，无处不在，穿堂而过……说到底，那是一种气氛，其中叠印着幢幢的鬼影。无论光线多么充足，你走进去以后，仍然会感到浑身发冷，头皮发麻，抽搐，好像身体的各个部位都在漏风，透亮。这种事情使我感到头疼，因为它毫无凭据，细枝末节，蛛丝马迹，什么都抓不到手里。谁能抓住气氛？

可怜的姑娘，明天这个时候就要入土了。一具薄薄的、二三寸厚的棺材，没有仪式，缺少孝衣。她们家的坟地也在学校后面的那片树林子的旁边。她们搬回来住有一两个月了，直到现在，还没有和村里的人熟起来。包括我在内，好多人至今连她的名字都没来得及搞清。她像一个事务缠身、匆匆忙忙的邮递员，在村里短促地停留了一下后，很快就不见了，又到别处去了。可怜的杨姑娘，又到别处去了。

还能怎么呢？明摆着这是一桩不了了之的事情。兜圈子。看院子。单刀直入。开门见山。最后，我只能把它归结成一点：她们住的房子是一处凶宅，有邪气，不干净，换了别人，说不定也会发生同样的事。责任不在她们身上，受害的才是她们。一枝折断了，其余的也跟着摇晃，颤动。人活着也其实就是那么回事。

"老胡说了，"我对杨志说道。我想起临来前胡大交代过的事，他让我转达他的原意。"有什么事，尽管吭气。"

"是说我吗？"杨志眨动了一下疲倦的眼睛，不解地问道。

"对，他有意要照顾你。"我说。"你搬回来住，不要感到生疏，因为这毕竟不是异乡，是咱自己的村子。对吗？"

"太对了，我也就是冲着这个才回来的。替我谢谢他。"

杨志说着，弯下腰朝我深深地鞠了一个躬，然后抬起头来，我看到他的脸变得通红。他这一套不知从哪里学来的。

从前面的院子里传来一阵斧凿的声音。在他的院子里，正给那姑娘做棺材。

"木匠来了。"杨志说道。

“做棺材的木料够吗？”我说。

“好人哪，”杨志说，“说什么都不要工钱，留他吃饭也不肯。”

“他于心不忍。”我说。

“他一文不收，我于心何忍？”他说。

“三朵花”，如今剩下两朵了，外加他这个略显多余的白菜帮子，继续开放在这个衰败而不祥的院落里。

第五章

陈　红

这边是空心草，这边是马齿苋。我把篮子举起来，岗上的阳光像水一样从篮子的缝隙里面渗漏进来。竹篮打水一场空，打捞阳光也是这样，不管有多少，都得漏掉，渗出去。

从岗上的这条岔路一直向东走去，可以走到胡家菜园子的围墙外面。青瓷般的天空下面，堆放着一些紫红色的残砖断瓦。岗上的地势逐渐升高，变得越来越圆，浑圆，葱绿，遍地水珠。我的鞋尖湿了。村庄里飘着一缕一缕的炊烟，时断时续，零星笔直。这个时候还有人在生火做饭？空气中没有粮食的气息，只有牲畜和草木的气息。黑黢黢的树桩。

打谷场上有二三十个草垛，暗红的，金黄的，霉黑的，周庄那边的草垛也是这样的。场地边上停放着一个白色的……是棺材吧？一头高耸，一头细窄。那一带有人死了。刚做好的棺材，还没来得及刷上油漆。今天早上，我起来生火做饭的时候，听到了从那边传来的哭声。木头要是泛潮，还得晾晒一下，风干好了才能用，这对装裹、入殓、下葬都有好处，我妈死的那时候就是这样的。

我和他们都不熟，因此，我不知道是谁死了。我在岗上看着那边的动静，估计出事的这一家人小门小户，势单力薄。要是人丁兴旺的一大家子，再加上闻讯赶来的三姑六亲，村里这会儿早就来来往往地哭成一片了。人和人活着的时候不一样，变成鬼以后仍然不一样。

岗上的绿草像毯子一样。铺张浪费的绿草毯子，一直从上面延伸到那边的河沟前，沟里的水把它们截断了，不然还能继续连起来。我喜欢这种短茸茸的、一望无际的绿草。这时候穿着布鞋，尤其觉得舒服。我不喜欢那边的茅草。它们又高又密，里面很容易藏匿什么不祥的东西。周庄的茅草里常有那种东西，蛇啊，死鹊啊，泛着白肚皮的青蛙，泡在水中又肿又胀的獾，田鼠。只要脚下感到一阵发软，那就是踩上了这些东西。被水浸过的獾毛和貉皮，朝一边倒去，像人的帽子。有的奄奄一息，还在水中挣扎。周庄的茅草起伏得像风吹一样。

岗上能吃的野菜实在不能算很多。天宝要吃的那种有点儿像串在一起的柳树叶子，上面有两条明显的红线，茎部包含着白色的奶汁。他又心血来潮了，看到小人书上的什么人煮野菜，勾起了他的兴趣。我是这么想的。我的婆婆，口口声声说她的儿子长得像东吴的周瑜，就是耳朵稍微比周瑜大一些，有些招风。她说得振振有词，毫不含糊。她见过吗，那么肯定?

晚上睡觉的时候，只要听到外面刮风，他就会不容分说地分开我的脚，把他的头和身体蜷缩在我的两条腿之间。我让他出来，他不出来，他感到害怕，一只手放在我的小腹上，抖得非常厉害。我不能合拢双腿，他在下面。

蕨菜。长长的根茎连根拔起，摘下上面的嫩叶。我挑了几把野豆芽，放进身边的篮子里。甜苣。水稗子。山岗的曲线很美。沿着起伏的曲线一直向东，紫灰菜越来越多，一丛一簇，繁花似锦。放进水里，越煮越粘，像是熬胶。糨糊一样的东西，猪吃了上膘。人吃多了，脸色发青，走路摇晃。刘福一家总离不了这个。

大雁，烽火台。慢腾腾的牛。绿色的草汁，溅到我的袜子上。雪白的袜子，布鞋的边儿也是白的。一针一线，千针万线。岗下的茅草突然摇晃起来，像风吹的一样。

一个人从草丛中站起来。一张潮湿的脸，朝我笑着，但没有声音。

他向我走过来，目光如蛇。穿着一身咔叽布制服——做工粗糙马虎，——我不认识他。他像一个停下马来问路的人。

我提着身边的篮子，站起来。

大　元

我对他们说，我身上很不舒服，今天晚上巡逻恐怕不能出来了。

我是这么想的，到时候，让副连长代理我的职务，带着他们在村里村外转悠一阵，他干得不一定比我差。

我想回去睡一觉。虽然现在的季节是夏天，可我的身上冷得出奇。我不知道这是怎么回事，浑身倦怠，酸痛，我好像病了。

那个姑娘，她怎么会想到要上吊呢？我前思后想，我并没有对她怎么样。她妈让她去铺子里买盐，她虽然迟疑了一阵，但最终还是去了。我离开那个院子的时候，她还没有回来。几个小时以后，有人就发现她吊死了。

这事与我有瓜葛吗？是我害死了她？

说不上来。第二天，我从打谷场一带路过，猛然看见场地边上放着一口棺材，我吃了一惊，也吓了一大跳。我很快就打听到，木匠已经来过了，这棺材刚刚做好——正是她的棺材，还没有上油漆。她的父亲杨志往供销社里跑了好几趟，但供销社里没有油漆，那里只卖油盐酱醋。也许他们正在想办法。不管怎么说，总不能就这样让她躺在一口白茬棺材里去入土吧？总得有点颜色吧？

可怜的姑娘！油漆成了问题。

……

我想起我家里的几斤油漆，那是我准备自己结婚的时候用的。现在，我应该拿出来吗？就拿出来吧，就用到她身上算了，他们现在急等着要用这个。我听说因为哪里也买不到油漆，杨志的头发快愁白了。我眼下还用不着，拿出来吧，托人给他们送去。也许……或者……总而言之，我不在乎这些了。

油漆放在我屋里的一个箱子里，至今尚未启封。两桶清漆，还有红、黄、蓝各一桶，每桶一点八公斤，三斤六两。

给棺材上色，当然要用红油漆。三斤六两，也许不够，刷不了几刷子就完了。剩下的到哪里去找？那就不是我的事了。老天爷是个明白人，他不会不知道，我已经倾其所有，一星半点都没有隐瞒。我留那些干什么呢？天知道我什么时候结婚？按说一个男人来到世上，同时就有一个女人也跟着来到，这样，世界才会平衡，对称，不至于一边倒。可实际情形往往却并不是这样的，不然怎么会有那么多的光棍，属于他们的女人哪里去了？为什么迟迟没有到位？命中配给我的那个女人也许还没有生下来呢。我已经三十多岁了。等她长大了，到了出嫁的年龄，我差不多已是快要入土的人啦。结婚？制家具，上油漆？到另一个世界里去干吧。

哧。哧。啊嚏！

我回到家里以后，天已经黑了。我的父亲李毛仁正在窗户根下鼓捣什么，我没有问他。随着时光的推移，我越来越觉得与他这号人没什么可说的话。屋里的灯亮了。

“看见那姑娘的棺材了吗？”

李毛仁停下手里的活儿，突然对我说道。我愣了一下，没有理睬他，哪壶不开提哪壶，他这一辈子就是这么过来的。

我走进西边的屋里，掏出钥匙，打开那个存放油漆的木头箱子。我刚把那桶红油漆拿出来，李毛仁突然进来了。

“取它干什么？”他盯着我的手，十分狐疑地问道。

“看看。”我说。

“看看？”他喃喃地说着，在地上转来转去。“我明白了。”他忽然伸出一根指头指着我，对我说道，“我明白你要干什么了，你是想给那边那口白棺材上点颜色，是吧？”

“不行吗？”

“行，怎么不行呢，谁不知道你是菩萨转世。”他嘟囔不休地说着。我看着他，这么一个不起眼的粗人，竟然也懂得冷嘲热讽。从哪里学到的？形势飞速发展，风云变幻，人人都在进步。敌人一天天烂下去，我们一天天好起来，一天天聪明起来，像鬼一样精。耳聪目明。

“祖宗，你不打算结婚了吗？”李毛仁对我吼道，“你不打算油漆家具了吗？”

“不油了。”我说。“我倒是想结婚，你说说，我和谁结？”

“我是说，那事跟咱们没什么关系。你也会找到的。”看见我发火，他忽然软了下来。他说，“你别替人家操心，会有人给那姑娘上油漆的。”

“谁？”

“油漆的问题已经解决了。”他说。“周庄有一户人家，一个十四岁的男孩得暴病死了。他们钱多得没处使，听说这边死了一个十七岁的姑娘，他们就派人来打听了……”

“打听什么？想弄清怎么死的？”

“你没听懂我的意思。”他说。“他们两家准备要联姻，结冥婚，把杨姑娘的棺材运到周庄去，与那个孩子合葬在一起。这样一来，杨姑娘成了他家的媳妇。她的棺材，他们不得好好润饰一下么。听说还要重做一个。”

有这回事？

“可是，那孩子才十几岁。”我想说，跟三元差不多。

“那有什么呢？”李毛仁不以为然地说道。“你妈不是也比我大两岁么……我举的例子不好，……我是说，这种事情普遍得很。再说，于两家都有好处，谁也不亏。一家出钱买人，一家净赚700元彩礼，都已经说妥了。”

700元？彩礼……700——1000元，——竟然还有彩礼？一笔相当不错的买卖。我的油漆。

校　长

谁家笛声暗飞夜？

谁家女人不吃醋？

昨天下午，我正在办公室里临写一幅唐代的碑帖，我的那个醋坛子老婆突然踢开门闯了进来。我被这种突如其来的动静吓了一跳，手中的毛笔颤抖着落到了玻璃板上。真正的淡妆浓抹，重彩泼墨，透明的玻璃板上留下一道粗重的黑线。我抬起头，看到她正在四处张望，似乎在搜寻什么。她好像是一路跑来的，胸脯起伏着，一缕头发垂到脸前。难道出了什么事？

“怎么回事？出什么事了？”我说。

我很快恢复了镇静，并始用一张毛边的麻纸擦拭面前玻璃板上的那摊墨渍。一个人如果在自己的老婆面前还不能镇定自若、游刃有余，那就别打算活了，不如早一点从这个世上撤退为妙。我把手里的毛边纸揉成一团，再展开。

话虽这么说，不过，看见她进来，我的心里却在暗暗敲鼓。我当然不是怕她，我担心的是，她这么急急忙忙地跑来，该不会是她的那些讨厌的穷亲戚又来了吧？难道又让我回去陪他们说话、胡扯、消磨时光？我可没有那种闲工夫。再说，跟他们也谈不出什么名堂来，无非是要我管他们的饭。我现在总算明白什么叫穷折腾了。包子没肉，全是他妈的褶子。一群倒霉的背时的人，相互之间走动得倒很勤。

“你在干啥？”她说。

“没干什么。”我说。

逐渐变黑的毛边纸，吸水性很强，很快就湿透了。还得来一张。

“没干啥你慌啥？”她站在我的对面，歪着头瞧着我。

岂有此理。我慌了吗？我有什么好慌的？我又没干什么见不得人的事情。这样的老婆，成事不足，败事有余。我要是有点什么秘密，先得让她给原封不动地抖搂出来。漆黑的墨渍渐渐从玻璃板上消失了，留下一团一团的雾气，污染。还原。质本洁来还洁去。一种幻想而已。

“到底有什么事?”我对她说。“他们，又来了吗？几个?”

“什么几个!”她说，“我来——主要想看着你在不在。”

雾中的玻璃，越擦越模糊。

“有人说你上班的时候经常不在，”她说。“常抽空溜出去。”

碑帖。粗糙的拓片。白色的。一笔一画。龙飞凤舞。前来诈降的使者，进门不久，露出马脚。乌云般的墨迹。

“听谁说的？你要是我的上级，我可能早就完了，手里端着的那个饭碗早就打了。”

“你常到哪里去?”

“窑子里。”我说。

鸦雀无声了。这一下，她总该满意了吧。一竿子插到底，一点不剩，不留丝毫余地。一目了然，还有什么可窥视的呢，那种地方不就是人生的尽头吗？没必要再左顾右盼，四下打听了，到站了。人生的终点——死胡同——最后的归宿。

“你是没钱。”她幸灾乐祸，用庆幸的口吻对我说道，“你要多少有一点钱，你是会常到那种地方去的。不过，好在现在的社会没有那种地方，就是想去你也没地方去。”

“你男人是校长，明白吗？一校之长——”我对她说道，“不是你裤带上的钥匙，任何时候都能摸到手里。”

“呸!”她说。“你在这里，我就放心了。我去地里刨点山药，我走了。——晚上吃煎山药吧？粥里就不用放盐了吧？会越喝越咸。”

她走了。

望着她的略显健壮的满意而去的背影，我从椅子上站起来，活动了一下身体。女人啊，谁能告诉我，她们究竟是一些怎样的人？

天　宝

她在院子里呕吐。

我坐在窗户前看书。《桐柏英雄》。外面的光线照进来，洒落在书上。大别山。桐柏山。风雪。红薯。密集的枪声。

这些零散的军队归谁领导？归中原军区，桐柏军区。湖北又来人了，是天黑前来的，头上缠着帕子，以为是砍柴的，没承想却是十几年前的红军。

噢——呕——

我的目光从书上移开，向外面瞟了一眼。她站在南墙根一带，一手扶着墙，躬着背，几只鸡聚集在她的脚边。

她的嗓子里像是卡着一块什么东西，没有人给她捶背，那东西出不来。她想把那地方弄通。这些天来，她差不多每天都要吐好几次。做好饭以后，她不动筷子，坐在一边看着饭发呆。她不想吃她做的饭。上下一条线。

我对她说，你为什么不吃饭？她说，我非常恶心。

是啊，人一感到恶心，就会遏制不住想吐，痛痛快快地吐一次。有一次我也感到很恶心，她用她的拳头在后边给我捶背。在她的帮助下，我差不多把肚子里的那些让人不舒服的东西全部倒出来了。她的肚子里会有什么呢？

书中的一个人这会儿也在吃力地呕吐，一个胆小怕事，战战兢兢的富农。他的家境不像想象中的那么富有。一个不大的小院，桌椅板凳、茶壶一类的玩意儿，都是老式的。

那里有几棵树，树枝和墙外的树枝连成一片。当年，陈富士活着的时候，每到夏天，常在那些树叶下乘凉。后来，他死了。我记得他的死亡与一辆红色的机动车有关。我对开车的那个人说，你的车的颜色像血一样，比棺材还红。他哭着说，你杀了我吧，我不想活了。

“自从那天她从梁上挖野菜回来后，我就觉得她有些不对劲了。”昨天下午，趁她出去的时候，她对我说道。

“妈，”我对她说道，“我可没看出她有什么不对的地方。”

“等你看出来就迟了。”她看着外面——她正在墙那边呕吐，“噢——呕——”一脸聪明相。“你听听她吐得多厉害，你听听，你见过有这么吐的吗？她吃了啥？”

大别山的冬天。苍白的阳光。独轮车。丁大牙。遍地芦柴。

眼前的形势是严峻的，于咱们极为不利。咱们的红薯，棉衣都成了问题。呕吐看起来也相当麻烦。正像她说的一样，怎么会吐成那样呢？到底吃了什么？惨不忍睹。

这件事情看起来也许不那么简单。不过，各村的民兵都已经组织起来了。这步棋走对了。谁的主意？有枪的没枪的都不要紧，人才是最重要的。可是，不吃饭，光想吐，这样下去是很要命的。每到需要献计献策的时候，人都跑光了，一个也找不见了。街上空荡荡的，连个鬼都没有。都到哪里去了？咱们该碰碰头了，不是吗？

“万士顺，你来一下。”

“老爷，我在这儿呢。”

“这么说，你没跟他们一起走？你不是打算要回乡下去看看吗？”

“您哪，养病要紧。我不走了。”

“屋里怎么有这么多的烟？你去看看，是什么东西烧了？”

“烟是从灶房那边飘过来的。您老放心，烧不了什么，有我哪。”

“灶房？去问问，他们在那边乌烟瘴气地搞什么名堂？”

“您老又费心了，是我让他们这么干的，给您煮点汤喝。”

“我又该吃药了吗？”

“可不，再过一小会儿。”

“我好像刚刚吃过？”

“您老瞧瞧，这会儿日头已经下去了，这一天马上又要过去了。”

“我想起一件事情……”

“说吧，您哪。什么事？”

“三姑娘还没有消息吗？”

“我已托人打听去了，估计很快会有回话的。两天，最多三天——四天。”

“那人靠得住吗？”

“不瞒您说，他呀，小的时候吃过俺娘的奶。总不至于——”

“不至于。”

“您老别动，毯子马上要滑下去了。”

“你呀，我睡着的时候，千万不要叫醒我。”

“瞧您说的，那当然。”

“哎。”

“哎，我在呢，老爷。”

“我睡着了吗？”

“还没有，这不是正跟我说话么。”

“城里的情况怎么样？”

“我在给您掖毯子呢。我知道，不能让它漏一丝风。”

“哎。”

“您老感觉好点么？”

“孙延平这个人哪，”

“是的，他这个人，比较……假如，不过，总的来说……”

“那是我不对。”

“您哪，快别这么说，我这就给您催汤去。那帮懒骨头，说不定都睡过去了。您看见鞭子了吗？早上用过后，我记得挂到门后了。”

“我撕了他的账簿，他卖了我的丫头。你倒说说，谁是谁非？”

“我记得清清楚楚，挂到门后了，怎么就不见了呢？用别的也能对付。”

“我和他谁也不欠谁的了，是吧？”

“是的，这事早就结清了。”

“那么，她呢？”

“谁？噢，这还用说么，瞧您问的。”

“待了一会儿，用过茶以后，她就把衣服脱了。老天爷！浑身都是曲线哪！从上至下，胸前，这么大的两个——”

“是这么大，对吧？您哪，别比画了，毯子又要滑下去了。来，把胳膊放进去。抬起来，放进去。哎，这就对了。”

“唉。”

“瞧您，一说起这事，高兴得泪都流出来了。来，擦一擦。”

“你是没见过啊，不可能体会……”

“我见过。”

“什么时候？”

“她时常穿着薄薄的绸衣，好多东西也都明晃晃的，那不等于什么都没穿吗？”

“是这么回事？你这狗头，你吓了我一跳。”

“我在跟您逗乐呢。”

“是啊，人的一生多么需要这些乐子。再跟我逗个乐吧，怎么样？再让我高兴高兴。”

“那当然。不过，这得由您起头，我顺着您的杆子往上爬，接您的下茬儿，负责补充，发挥，创造，想象，添砖加瓦。可必须由您起头。因为，我不知道什么能让您很快乐起来。”

“你是说，需要我的引导，才能把你那个话匣子打开？”

“是的，正是这个意思。”

“那么，还从她的身上开始吧。从她那里出发，妙不可言。”

“谁？”

“刚刚不是说过了么。”

“的确妙不可言，您老果然好眼力。”

“你来试试。”

“即使说错了，说漏了嘴，也没关系，是吧？您不会责怪我，是吧？”

“那当然，都这时候了，还计较那些干啥。”

“即使无中生有，也没关系，是吧？”

“那当然，这又不是出庭作证。可以杜撰。”

校　长

总算把玻璃板上的墨渍弄干净了。遗留问题，总是令人头疼的。多数情况下，往往会越擦越黑，适得其反。

我开始洗手。脸盆，肥皂，毛巾，都是公家的，这类琐碎凌乱的东西理应放在我的办公室里。哪天我不干这一行了，也就没这回事了。卸磨，休息，欢度春节。到那时……

我把手伸进水里。暖瓶里倒出来的，毫无温度可言，天知道什么时候灌进去的。到那时，一切都去他的吧。

门外传来一个声音：

“……你能出来一下吗？”

是在叫我吗？我的手在水盆中停住了，两手并拢，像漂浮的水排。谁这么没礼貌？站在门外，直呼人的姓名。

我打开门，马薇薇站在外面。我略感惊讶。天哪！她怎么会想起主动找我？她的神色可有些不大对劲。难道……也许……果然……幡然醒悟？我侧转身体，靠在门边，对她做了一个请的动作。我必须让她感到放心，安全，坦然而踏实，不假思索地走进眼前的这道门内。

“先进来再说吧。”我说。

她站在那里，两条腿本来微微分开，这会儿忽然立即并拢在一起——她怎么了，——用白眼珠子扫了我一下：

“周红颜好像不行了。”说完，扬长而去。

兽　医

这些人，就是这样愚昧无知，顽固得让我伤心。我有时候真拿他们没办法。我是说，在好多事情上，他们把我气得够呛。从某种程度上来说，救死扶伤——这一古老的医训，事实上相当于头上的一道紧箍咒，使我不能撒手不管。我能眼睁睁地看着而无动于衷吗？当然不能，于心何忍？于情于理也都说不过去。

我早就对他们说过，人的血管就像一堆红色的塑料管子一样，他们就是不听。我还告诉过他们，只要其中的一根出了毛病，整个儿那一堆就会全部乱套……

可悲的是，他们不但不信，连听都不听。他们不把我的话当回事，这也没什么，可是，每当出了毛病，又总是来找我。

我把周红颜的苍白的手臂从我的手上移开，脉息有些紊乱。可悲的胳膊，瘦得皮包骨头。如此看来，他的血也一定多不到哪里去，有正常人的三分之一的量，就是他的造化了。我见的人多了，尤其干他们这一行的，大多数人都羸弱得令人吃惊，面孔像瘦削的山羊。持续不断的昏迷。贫血。我来了以后，就没见他睁开过眼。

这还能活得了吗？

他们在那边吵吵。我听到一些不全面的词语，树林……狐狸精……红袄……白围巾……吸血……

在场的人中，有相当一部分人目睹过他们所说的那个穿红袄的姑娘——狐狸精。周红颜与她来往达半年之久，现在，她终于把他的血吸干了，却再也不露面了。——这是他们的根据。这样一来，学校后面的那片光线晦暗的树林，被渲染成一种阴森森的背景……另外的一部分人赞同我的诊断：贫血——长期的功能性贫血。

好吧，吸血也好，贫血也罢，总而言之，他身体里的血是越来越少了。这一点，用不着怀疑了吧。嘈杂，纷乱，七嘴八舌，不得要领。所剩的时间已经不多了。走来走去，束手待毙。他怎么会短缺那么多的血？就像大多数人的生活中严重缺钱一样，奇缺的程度让人都难以想象，真是见鬼。

我摘下听诊器，找了一张椅子坐下。刚掏出烟，旁边立即有人为我点着了火，我都没看清是谁。他们围在我的身边。

我吐出一串漂亮的烟圈，立刻吸引了他们，十几道目光追逐着它，如同虎视眈眈的猫，注视着屋脊上的鸽子。呼吸。寂静。一个人的腕子上的手表咔嚓咔嚓地走着，从容不迫，有条不紊。它终于消失了，他们看不到它了，余光收回来，落到我的脸上。靠窗户那边站着的一个人咬着自己的指甲，不时发出吱吱的响声，他的目光四处躲闪，不敢与别的眼神对视。曾经有过什么？罪孽？隐秘的企图？一桩亏心的事情？我向他瞥了一眼，他很快就察觉到了，立即低下头去，盯着那片湿漉漉的、龟裂（？）的指甲。一个敏感而多疑的人。去年秋天，我在后杨庄遇到过一匹同样性情的马。我的身影刚在村口出现，它就突然获得了某种可靠的信号。我走近它，动手摸摸它的鬃毛，按按它的光滑、饱满的腹部，它扬蹄，嘶叫，热泪盈眶，咴咴地叫着。

他们看着我，等待我开口，做出最后的结论。我又点了一支烟，我望了一眼旁边那具奄奄一息的病体，枯竭，衰败，支离破碎。主要是枯竭，水分与血液，大量迁走，消失了。学校后面的那片树林子里倒是经常湿漉漉的，像鬼故事里的后园，阴森，幽暗，却又花花绿绿。

他们坐不住了，终于开口了。

“这回咱们可是相信了，”他们对我说。“咱们以后再也不敢说人的血管不是一堆红色的塑料管子了，它就是你说的那么一堆东西。”

“什么一堆？”能说那是一堆吗？那是一个系统，一套程序，有机的。有时候热乎乎的。有时像水管里流出来的凉水，噎得人会直打寒噤，摇头晃脑。但多数情况下它是热乎乎的。一个人，能始终保持那样一种温度，保持那样一种不紧不慢的流量，那就行了。就这么回事。

吱。

“上个月，我的手割破了。”一个人弯下腰瞧了一下那具病体，然后对我说道，“我舔了一下那血，又咸又热。”

“那就对了。”我对他说。

“对了？”

不对吗？他总不至于希望他的血是甜的吧？那样的话，他的身体里流着的就不是血，而是糖，是蜜了。一个傻大黑粗的蜜人儿。阳光雨露，乡村的玫瑰，一切都甜丝丝的。

病人的呼吸。眼镜。乱蓬蓬的头发。总的来说，也算一个好人哪。大凡死了的人和要死的人，大多数都是好人，这很怪，我多少有些不明白。就说他吧，就说她吧，都是这样。可人和人毕竟是不一样的。从前，资产阶级穿得要比无产阶级好得多，体面得多。那么，革命的目的是为了什么？其中很重要的一条，就是要使双方的穿戴彻底互换一下。金表金链一类的小玩意儿，全部交出，咱们戴戴。哔叽，华达呢，丝绸，裘皮什么的姑且不论，先搁到一边。让咱们也体面一小会儿？当然不。不止这些。正确的说法是，从上至下，永远体面，世代体面。床前的灯光就不要了吧？或者有也行。酒能否多饮几盅？从前为了斗争可是吃了太多的苦。礼貌与客套是不是就免了？不过仁义还是要保留一些的。房屋，财产，女人——也算一种财产吧，一种行走的财产，把她擦亮时会莞尔一笑，楚楚动人——，这些都没什么说的，搬过来就是了。暴饮暴食。细水长流。这么多东西，都不知该往哪里放。

下午六点多，病人的脉息从我的手中消失了。我有一个明显而突出的感觉：我的手中在刮风，指缝之间凉飕飕的，像晚期的关节炎。结束了。我开始收拾随身带来的东西，这些东西大都没能派上用场。一个人到了这种时候，的确什么都不需要了。我该离开这里了。

门外有两棵树，我刚走到树下，校长从那边跑步来了。“别走，伙计，留下喝两杯再走。”他大声说着。喝两杯？“我知道你又把他治好了，是吧？”他握住我的手，“真有你的。”

周红颜

我把一个简易的书架拆开，起出里面的钉子——都生了红锈了，——经过改装后，刷了一道油漆，把它安置到墙上。这样一来，她满意了，她把她的一面镜子放了上去。从此，只要从那个地方过来过去，她就会在那面高悬的镜子里看到她自己的脸。有一天上午，对面屋子里的一扇窗户开了，玻璃闪来闪去，反光照到了我的屋里。我的那面镜子也开始反光了，像是在与外面的那扇窗户遥相呼应。

那时候她正站在那面镜子前端详自己。乌发。红唇。云鬓待理。不久，她忽然闭上了眼睛。她感到非常晃眼。

我站在她的身后。越过她的肩膀，镜子里有一张雪白而尖削的脸。

“你真像一只狐狸。”我说。

我伸手按了一下她的肩膀，她的一只手忽然从下面抬起来，伸到那上面去了。一种自动的机关。高悬的镜子打碎了。

地上光芒万丈。

我的那句玩笑话使她生气了。此后，她至少有一个星期没有露面。我非常难过，又十分害怕，那毕竟不是我的本意。出人意料的事情。那个简易的书架不怎么大，只不过是一长两短的三块木板，至多能插下一二十本书。零碎的木屑有时候会夹进书里，怎么抖搂都抖不干净。书页里时常沙沙作响，如同一种浮躁不安、蠢蠢欲动的文字。这样做太不好了。

我坐在门前的树下吹笛子。田畴苍茫，远山衔黛。衰落的笛音。绳子上晾着的衣服在往下滴水。往常，每当我吹响笛子，用不了多久，她就会站到我的身后，身上带着树林里的露水。白门楼。红院墙。棕皮屋顶。不速之客。

大约十天以后的一个傍晚，我端着一筐废纸从屋里出来，忽然看见她站在门外的树下。我吃了一惊。她是什么时候来的？在这里已经站了有一阵子了？那些天，河水一直猛涨，后面的树林里布满了水珠，密集，微凉。

她的神色有些悲戚，不知我的观察是否准确，可看上去就是那样的。我把手里的废纸扔到窗户根下，招呼她进来。她离开树下，向我走来。头发幽黑，脚下轻得听不到一点动静，似乎行走在水上。我在门口愣了一下。随着时间的推移，有一种东西在我的眼前渐渐模糊起来，越隔越远。笛音，风水，水平的流动，种种阴性的事物常使我流连而伤感。

去年今日此门中……

去年，她第一次来的时候，就坐在这里——靠近窗户的桌子前，礼貌，客套，分寸不乱。很像那么回事。现在，一如既往。她坐在那张椅子上，掏出手帕拭去脸上的泪迹。我在一旁根本插不上手。听她说吧，这比胡乱插手要好些。

大约六七天前的一个中午，她最小的一个妹妹坠楼死去了。一座木楼，上下两层，铁锈红的外表。楼上住人，楼下蒸包子。菜包子。肉包子。芫荽清汤。楼后有一个荒芜的园子，里面长着野生的玫瑰和芍药，还有不知从哪里运来的废旧钢铁和涂满沥青的枕木。蝴蝶，燕子，满园子飞来飞去。“又肥又大的蝴蝶，像绸缎一样宽阔的蝴蝶，各种颜色的都有。”白蝴蝶一身似雪，像没头没脑的飞蛾，没有方向，没有直线，只看见簸箕一样的翅膀拼命地扇动……一座铁锈红的旧楼，高出地面不过两层——低低的两层，——人掉下去以后竟然就立即没命了。刚刚吃下一只菜包子，她就急着要上楼去。好几级楼梯都被蛀空了，吱咯作响。她是从后面的窗户上掉到那个园子里的。荒草。满园子荒草。废旧钢铁。黑色的枕木。野生的玫瑰和芍药正在结籽。果实累累，随风摇曳……

“我能帮你……做点什么？”我说。

“没你的什么事。”

是啊，空隙和漏洞虽然星罗棋布，可到处都插不上手。袖手旁观，充耳不闻。乡间的哑语只有固定的几种。河水。手势。吃喝。入睡。无数的没有必要的表情。

“我以后不来了。”她看了我一眼，低声说道。铁锈红的木楼。

“为什么?”

“因为……次数已经够了。”

次数？是劫数吧？为什么一个荒芜的园子里有那么多的蝴蝶？又肥又大，飞起飞落。白的像雪，红的如鸡冠，拼命地扇动着绸缎一样的翅膀。光线晦暗的树林里，透明的露珠遍地滚动。花茎颤动，花蕊半开半合。次数已经够了。多少次才算圆满？基数——顶峰。确切的数目或日期只有一个，藏在其中，藏在那些千篇一律的阶梯之中。初一到十五。乡间的马车和玫瑰，山丹红花，一路而来。

傍晚。

外面下起了细雨。蒙蒙细雨，温良安详。远处古老的耕种制度出现了一线生机，田畴，灌渠，湿润，葱绿。村庄上空的牛毛和尘埃不见了。树叶油绿幽亮，洁净得使人想放声大哭。抽泣一场过后，也许会在平静中睡去。睡梦中的酒窝，天真无邪，由浅入深。放学的钟声早已响过了，前后几排房子空空荡荡，门窗紧闭，又只剩我一个人了。苦海无边，回头是岸。这座红瓦的学堂，朱红圆柱上的箴言笑傲江湖，大彻大悟，与教育无关，与治学无关。魏碑的形体，金粉的轮廓。从始至终，只见白云悠悠。

我从屋里出来。锁门，擦亮眼镜。钥匙仍放在老地方——门楣上方的木槽里。假如她来了，只需抬手向上一摸，便可轻车熟路地打开门走进去，坐在窗前的椅子上，等我回来。

屋顶上有动静，一只遍体漆黑的猫，踩着赭红的屋瓦，一闪而逝。

雨后的空气使我的脸上感到相当润泽，嘴唇也不再干裂。

我伸出舌尖舐了一下，令人满意。蒙蒙细雨似乎也渗到了我的心里，使我湮灭了许多的打算，不再想入非非。想入非非，那不过是一些不安分的尘埃而已，成天轻飘飘地荡来荡去，呛鼻，迷眼，损人，利己（？）。现在好了，一场细雨下过，它们总算平息下来了。

傍晚的村庄，炊烟袅袅，鸡鸣狗盗，一个从口技中再现出来的中国村庄。有声有色，原封未动。土墙。草垛。柴扉。石阶。一对拌嘴的夫妻，怒气冲冲地站在他们的屋檐下，互相指责，面面相觑。阴阳之间的冲突。到底是谁在偷懒，有意逃避家务劳动？谁在繁重的农事中鼾声大作，睡得昏天黑地，一塌糊涂，不知今夕是何年？

是谁春心荡漾，面带酡红，水性杨花？洗过头发后，又换上风雨的内衣。阴部骚动，云峰颤抖。天穹低垂。世事抽搐。舒展如云。手中的遗迹与光泽。湿漉漉的花瓣似的面容。一枝红杏。人面桃花。我漂亮吗？我美么？我的簪子，我的水……

高擎门户，低入回廊，画眉深浅入时无？去年今日此门中——

重来？再试试看？再来三百回合。

……

我站在一个土坪上，脚下的一丛丛沙蓬泛出银灰的本来面目。往常，我常在这一带吹笛子。村里有一个女人曾对我说，她很喜欢听我的笛音。她在家里干活儿，常常会听到我的笛声从远处传来。一个有趣的女人。

“周老师，你吹得真好。”她对我说道。“本来，我们家里打算要买一台收音机，可现在，已不打算买了。”

什么，我能代替收音机？我竟然有这么大的用处？

我开始对这个女人有了好感。不是吗？无形之中，我使她的家里节约了一笔开支，这是一件让我始料不及的事情。一件好事，理应落在一个好女人的身上，这才像那么回事。

土坪下面，薛家大院，几十间房屋摆在一起。相应的门洞，通道，马厩，谷仓，如同古老的连环计。

几天前的张灯结彩的日子已经过去。薛本仁，一个脸色苍白的、已不怎么年轻的男人，依然沉浸在不久前的婚礼之中，身上的新衣还没有完全换掉。他的新婚不久的女人，已先他一步，提前脱下红装，开始履行一个妻子的义务。现在，她正在院子里织毛衣。薛本仁蹲在她的身边，守护着她，像一只警觉的猎犬，注视着四周的动静。一有风吹草动，他马上竖起耳朵。

听说薛本仁娶她花了大价钱。

是啊，一个高价购得的女人，犹如一件昂贵的物品，处处都需要小心，需要轻拿轻放，避免磕碰。尤其要注意投鼠忌器。至于感情，可以在今后的日子里慢慢培养，日积月累，积少成多。而眼下，存在才是最重要的，不是吗？

新婚之夜，在村里巡逻的民兵，听到薛本仁气喘吁吁地说道：

“你根本不知道你有多贵重！”

“哎哟……”

好了。扔出去的钞票听到了响动，有了回音。不管怎么说，也值那个数了，看起来不是一桩赔本的生意。钱花出去以后，能听到某种响声，就算没有白花。薛本仁，好像赢了。

现在，那个贵重之物正在薛家大院里的台阶上织毛衣，垂下来的头发遮住了她的眉目。她不时用手里的竹针在头发里划一下。黄色的竹针，仿佛西天王母的金簪。年轻的妇人，划来划去。如此下去，薛本仁必将被划出老远，在水一方。星河璀璨。银汉迢迢。不幸的事件。

炊烟。叶片。山形墙的房屋。所有的光泽都退尽了。

天黑了。

牛羊从山岗上漫下来，红色的山岗，充满了曲线。善解人意的曲线。

离开土坪，我沿着一条小路返回学校。一路上，不时有人与我打招呼。暮色苍茫，我根本看不清他们是谁。镜片上出现了雾蒙蒙的水汽，我只能看见他们的大致的轮廓：有的背着柴，有的扛着形状各异的劳动工具。几十年前，那些秘密约定，准备参加暴动的乡村民众不就是这样的么，神色匆匆，步履如飞。火光……大刀……开仓放粮……流水账簿……夜探虎穴……搭救孤女……打倒姚二麻子……捏碎白地主的蛋……乌拉……十石谷子，外加两只绣花枕头……苏维埃……铜锣……同志们，冲啊……

我一溜小跑，冲上学校前面的那道斜坡。我扶正眼镜。

学校里一片漆黑，这会儿是什么时候了？至少有晚上八九点了吧？二十点或二十一点？我抬手看一下表，没有看清。我戴的不是夜光表，一块最常见的“东风”表。胡大戴的是“梅花”表，表盘上有夜光，绿色的。任何时候，他都能弄清时间。还有马薇薇、兽医，他们的表盘上都有绿色的夜光，他们是能够掌握时光的人。我没有那种东西，我不行。

我不行。是的，我只是时光长河里的一个糊涂虫。

穿过那个空间狭小的、简易的球场，又绕过第一排房子，我摸索着来到我的门前。像我这样，又能去哪里呢，回自己的家都如此吃力。树下有一个人影，我吃了一惊。

是她。没错。

“早就来了?”我说。

我的心里升起一股歉意。还问什么呢？打开门，请她进屋吧……我摸出钥匙，向门口走去。她听到钥匙的声音了。

“别开门了，”她拽住我的手，对我说道，“跟我走吧。”

“干什么?”

“我领你去一个地方。”

“去哪里?”

“我姑姑来了，”她用力捏了一下我的手。“她很想见见你。”

“见我?”

她姑姑？不就是那位不久前刚刚失去女儿的老妇人么，住在城里最繁华的地段——那座上下两层的铁锈红的木楼里。楼上住人，楼下陈列着锅灶、笼屉，蒸包子。菜包子。肉包子。芫荽清汤。楼后有一个荒芜的园子，荒草丛生。园内长着野生的玫瑰和芍药，堆放着来历不明的废旧钢铁和涂满沥青的黑色枕木。又肥又大的蝴蝶，各种颜色的都有。白的似雪，红的如鸡冠，在草尖上面，拼命地扇动着绸缎一样的翅膀……那位失足坠楼的姑娘是她的表妹，是老妇人的最小的一个女儿。

“我总得换一件衣服吧?”我对她说。“我有一件外套，穿上后，很可能衣冠楚楚。再说，这也是尊重她老人家。”

“姑姑人很好，不计较这些。”她说，“她很喜欢读书的人，最喜欢戏里的那些书生。”

话已至此，我还有再坚持的必要吗？那就走吧。我们向学校后面那片潮湿的树林里走去。

三　元

“她还说什么了?”

大元眼巴巴地看着我，急得不得了，看他那样子，恨不能伸出手把我嘴里的话一下子全掏出来。我看着他。这个人，急有什么用呢，谁让你当初不在场，这会儿，人早已走了。

“她们留下啥话没有?”他说。

好像没有。她们是吃过早饭以后来的，那时候，太阳已经升起很高了，房檐被照得金灿灿的。我刚起来不久，外面来了两个人，一个五十多岁的女人，领着一个二十多岁的姑娘。我在旁边听了一阵，才明白这是要给大元介绍对象。一件好事。主角就是那个二十多岁的姑娘。她们来了，我妈陪着她们说话。她们先来看看人——主要是想见见大元，看看他的相貌举止，顺便再瞧瞧我们的光景过得怎么样。是不是宽裕，是不是吃了上顿没下顿，是不是一家人都很难对付，这样实地考察一番，才能知道将来过门后至不至于受罪。这样做很保险。

“她们……”大元急得连话都不会说了，吞吞吐吐，啰啰唆唆。我和他并排走着，他不时撞在我的身上，像一个冒失鬼。他有些担惊受怕。“我是说，她对咱们的家境，满意吗?你见过她了，你看她的样子满意吗?”

我哪知道这个，我怎么知道她心里是怎么想的，我又不在她的肚子里。我妈领着她们各处看了看。她们——主要是那个老的——有时候盘问得很详细，有时候又轻描淡写，一带而过。家里的粮食够吃吗?逢年过节，有无开荤的可能?房子住得开吗?弟兄几个?有没有盖新房的打算?

“她们怎么问得这么细？”大元说道。我看出他有些焦急上火，嘴唇发干，起皮了，白白的一层。“什么都问？”

“你总得让人家仔细考虑一下嘛。”我对他说道。他上火了。

“考察吧，审查吧。”他没好气地说道。“我又没说不让她考。”

“人家主要想见你，”我对他说道。“可是你不在。”

“我哪知道她们要来？谁通知我了？说说她吧。”大元停住，看着我。“她长得怎么样？能配得上你哥哥吗？”

“她的腿很粗。”我说。

“那好。”大元认真地想了一会儿。“那说明她的身体很结实，对不对？很健康。还有呢？脸啊眉呀什么的。”

“脸上没问题。”我说。“只是……”我停住了，他在看我。

“什么？”他急躁地问道，“她的腿有毛病？瘸子？拐子？”

那倒不是。我想起她的模样了。“她的两只眼睛有些斜吊，向上。”就是那么回事。你把两只手分别放到两个眼角的旁边，用力向上一蹭，眼睛就变成那样的了。我的姐姐有一个三四岁的小女孩，我经常逗她，用那种办法摆弄她。姐姐看见后说，我闺女真要长成这样，将来可就嫁不出去了。现在看来照样能嫁。

大元忽然不走了，在路边的一块石头上坐下来。今天，放假一天。我们的老师周红颜死了。学校里其他的老师都为他送葬去了。停课一天。学校后面有一片树林，他就要被埋在树林旁边的那片坟地里。听说，昨天下午，墓穴才刚刚挖开。我爹也去了，很晚才回来。

我看了一下不远处的墙头。太阳已经很高了，周老师的棺材说不定已经埋进去了。也没有人哭他，连个戴孝的人也没有。他是外乡人，孤身一人。墙头金灿灿的，像是镀了金，涂了亮色。他死了，以后，他再也不能骂我了。

“咱妈也是，”大元对我说道，“她就那样让人家盘问了半天?”

“我跟你说吧，咱妈，那才叫笨呢。”我对他说道。“连个话都不会说，连个谎都撒不了，事情没准要坏在她手里。”

“怎么了?怎么了?”大元从石头上站起来，火烧火燎地问道：

“趁我不在，她又干什么蠢事了?”

“她们说，‘听说你们要准备盖五间瓦房，是真的吗?’”我说。“咱妈说，‘您是从哪儿听说的?起房盖屋，那是有钱的人家干的事，我们哪儿行啊，我们想都不敢想。’”

“他妈的，”大元无奈地苦笑了一下。“她这不是在断我的后路么。”

“你别着急。”我劝他道。

“是啊，我着什么急呢?我不着急。”那种无奈的苦笑还停留在他的脸上，估计一时半晌还不会退去。他怎么不着急呢，和他差不多的人，有的人的孩子已经满街跑了。爸爸。爹。老婆孩子。而他，连一撇都没有。火柴棍一样的婚姻，还没有全摆好，就倒了，乱成一堆。不计较这些。粗眉大眼。手脚灵巧。结实的腿。

“你在旁边就不能让她少说几句么?”他埋怨我。我们又开始往前走。那边是青绿的玉米地。水渠。草帽。今天，他对我够客气的了。两国交战，不斩来使，这是他刚才说的。我走在他的后面。他的头顶上有一小撮白头发，这很怪。三十多岁了，不是三十二就是三十三。

“她还跟人家说什么傻话来？”他又停住了，皱起眉头问我。

我告诉他：“咱妈以为那女的要住下来，在你的屋里生了火，把炕烧热。让你们一起睡。”

“什么？她在我屋里生火了？”大元尖叫着跌坐在地上。“老天爷，我算是完了！”

胡　大

就这样，这一带最有学问的一个人突然不辞而别了，仿佛是趁天黑的时候离去的，借着晚间弥天大雾的掩护，走远了。

好人不长命哪。

吃过晚饭以后，我准备出去。外面下着雨。我的老婆一边给我找雨衣，一边喋喋不休地说道：“这么大的雨，你还要出去？你就不能消停一两天吗？”

“拿过来吧。”我从她手里抓过我的雨衣。瞧她说的，关闭呀开张啊，消停呀，她又想到岔路上去了。女人的心，全是透气的窟窿，只是一个比一个小。满身针眼。

“老君炉里还有不炼丹的时候，”她说。“她怎么就没有够的时候？她那地方是铁打的吗？一天都不闲？”

一派胡言。

“一个图书馆倒塌了，我得去看看。”我把雨衣披在身上，她从后面帮我把胳膊伸进雨衣的袖筒里。冰凉的雨衣，发出一种粘连的声音。“料理一下剩下的那些东西。”

“图书馆?”

她张大嘴，呆站在那里，脸上的神情茫然不知所措。一只呆鸟。我就知道她不会明白我说的话，她怎么可能懂得这些?换了别的人，那还差不多。人分三六九等，这话一点儿不假。愚人。蠢人。不是一回事。那是两种类型的人。

我打开门，外面雨下得很大。校长从家里出来了吗?说好了他在胡家菜园一带等我。我没有把握。我多少知道他，那是一个没有时间观念的人。因为从前的一件什么事，我曾经被他闪过一次，我在泥水里等了他很久，他却一直杳无音讯。那时候，我老实得像一块石头。

我走出去没多久，听到她把街门插好了。能够安心守家，把家料理好，这就是她最大的功绩。街上没有人，从街两边的人家里射出来的灯光，把路上的雨水照得一阵幽亮。临街的瓦沿上在往下流水。树枝沙沙作响。

泥泞的雨夜，一座图书馆倒塌了。我指的是周红颜。是的，他难道不是一座图书馆吗?当然，他不是那种大型的宏伟图书馆，但至少也是矗立在乡间的一座藏书楼。与其说我是去料理他的后事，还不如说去冒雨访书，更为贴切。无论从哪个方面来说，我都有这种责任和义务。我们已经说妥了，周红颜的藏书，一部分留给学校，一部分由我替他保存。

衰竭。衰竭夺去了他的性命。就像一盘磨，虽然成天隆隆作响，不停地转动，却只是在空转，再也榨不出什么，流不出什么油水来了。一盏没油的灯，突然爆跳几下，灭了。

可怜的捻子，细得像老鼠的尾巴。快到胡家菜园了，我努力打起精神。路旁突然闪出一个白色的影子，我吓了一跳。

“嘿嘿。嘿——”

是校长的声音，我听出来了。这个促狭鬼，人已届中年，越来越喜欢搞恶作剧了。干这种事情，其中必定有不少乐趣吧？

“我以为你是个鬼。”我说。

“孩子他舅舅来了，”他向我解释道，“我穿的是他的雨衣。”

我们开始向学校里走。校长说，他出来得急，随手捞了一件雨衣穿在身上。刚走到街上，临街一边开了一扇门，有一个人从里面探出头来，尖叫了一声后，立即缩回去了。他这才发现自己穿的是一件白色的雨衣，是孩子他舅舅的。孩子他舅舅是制造尿素的工人。尿素袋子改制的雨衣，全厂上下，每人一件。先白起来。

“下雨的时候，厂门口会出现一片白影。”我说，“一群鬼。”

“这话不吉利。”校长摇摇头。“不瞒你说，他们那儿已出过好几次事了。”

雨明显小多了，我把头露出来，雨衣上的风帽耷拉到身后。空气清新，能一下子呼吸到底。出事了。出事故了。讲个故事吧。“你打算留下几本吗？”我问他。

“要是有意思的话留几本也行。”他说。

他走得很不稳定，一会儿超到我的前面去了，一会儿又落在我的身后，白色的雨衣发出一种令人冰凉的声音。他出来之前喝酒了，我们并肩走的时候，我能闻到他脸前的酒气。这样的天气，多少喝一点是不错的。“晚来天欲雪，能饮一杯否?”该饮几杯，暖暖身体。用周红颜的话说，就是给自己的身体消消毒。

是啊，我也经常在想：什么样的书，才算是有意思的书呢?

大　元

我向家里跑去。

我住的那个屋里从来不生火。傻小子睡凉炕，我如今早已过了那个年龄，可仍然喜欢睡凉炕。我想说的是那条闲置不用的炕洞，冬暖夏凉，拐弯抹角。因此，我把自己的命——几年来悄悄积攒起来的那一千四百元钱全部藏在炕洞里面的转弯处了。我自以为那是一个隐秘得不能再隐秘的地方，僻静，安全，一百年不变。无论是谁，纵然他有一千个心眼，也绝不会往那上面想。现在看来，我是多么的蠢！简直要多蠢有多蠢，我完了！

刚才，三元对我说话的时候，我就知道我完了，他说，“咱妈在你的屋里生起了火，把炕烧热了……”我的头发马上竖起来了。要知道，那个灶相当好使，只要下面点着火，上面的烟囱经风一抽，火就燃起来了，要多旺有多旺。灶里一片红光，炼丹都不成问题。

我想说说我妈。这个糊涂的女人啊，帮倒忙是她的拿手好戏。她这是在烧炕吗、分明是在架起柴火焚烧她的儿子。鱼死。网破。熊熊大火。无情的火。几张纸票票在它的面前算得了什么，不过是一捧纸灰而已。一个孩子在泥水里打挺。苍蝇。砖瓦。胡家菜园。匕首似的叶子。

我跑回院里，她正在屋门口摘豆荚。我看到烟囱里冒出来的烟了。

“天哪！你怎么成了这样？”她惊呼道，“你的鞋呢？”

“滚开！”我要进去了，她挡在门口。我把她推到一边，她踉跄了一下，摔倒了。我跑进屋里。她死了吗？流血了吗？她可是糊涂了几十年，一辈子，从来就不知道自己是怎么回事，也不清楚别人是怎么回事。掐指计算。等将来……日子一天天过去。炕上的苇席热了。

屋里，暖风扑面。

灶上的铁火盖已开始从中间地带发红了。人活一世，她只学会了生火。瞧这火焰！跳跃得要多欢有多欢，像春天的花束，红黄蓝，应有尽有。我把灼热的盖子掀到一边，捋起袖子，我不记得它是否烫手。铁匠。杀猪的屠夫。上刀山，下油锅，看来这几行我都能干。我把手伸进灶里，向那个转弯处摸去。她进来了。

“你疯了？”

“疯了的是你——你才疯了。”

一片焦煳。刺鼻的烟，蓝色的烟，青蓝色的烟，从我的胳膊上冒起来。从始至终，一直有一个疯子插在我们中间。是我吗？是她吗？非此即彼。她很快就从地上爬起来了。看来，我并没有把她怎么样，她还有足够的精力来阻止我，进入火坑。请进，都请进来吧。无所谓破门而入，请进来吧。看看这片焦土。有一个人正在赴汤蹈火。庞主任。信用社真的讲信用吗？我知道你心里其实也没底。你能再说一遍吗？就说一遍。你在那个隐秘的转弯处摸到什么了？女人的秘密？煤灰？烟尘？火焰？金钱？有了这不算太薄的一叠，她们的身上就会挂满水珠，像迎着朝阳的露水。稀疏。密集。半开半合。我能进来吗？实话跟您说吧，我想进那里面去，非常想，不是一天两天的事了，三十多年了。您能体谅到这个吗？这些天来，几乎每天夜里，我都会感到头疼。您是见过大世面的人，我知道这个。曾经，无数次长驱逼近。摩擦。挑逗。还有另外的一手。深入浅出。这样的道理，从十几岁以后我就明白了。我不在乎那点薄利，从来没有指望过它。郭部长说，包在他身上了。吴树枝为他缝制的皮坎肩，他相当满意，穿在身上，暖在心里，体温越升越高。都发烧吧。我也是。我一遍一遍地清点，头脑怎么也冷静不下来。1400元。伍元的100张，拾元的90张。原来还有一些一元、两元的小零碎，我都找人把它们兑换出去了，变成了大面值的。那些零碎的小票当然是拿不出手的，人家会误认为我是摆小摊卖瓜子的。不断地出现差错。暗中作祟。转眼之间，她不见了，到铺子里买盐去了。“让她去吧。”她说。她开口说话的时候，我看到她的牙齿了，雪白，齐楚，简直就没什么可挑剔的。手指如同洗了一回，滑腻，指缝隙之间互相粘连，隐约罩着一种光泽。我听到她喷射的声音了。“哧——哧——”四十三岁。山间的一眼活泉，不断地漏水，扩张。好大的一张嘴。水温怡人。“他到孟家湾去了。”是杨志吗？肩上挽着一只印花布包袱，像一个奉命前去接头的联络员，不走大路，专拣僻静的小道走。伙计，出事了。你那里出事了，有人正在不远处打量你。煤烟把脸熏黑了。是从那个年月里过来的吗？活像一个鬼。烟熏火燎的灶神。旧社会的烙印。搬家还带着缝纫机，蝴蝶牌的，操作起来相当不错，传说中的音乐也不过如此。皮带没有毛病，轮子锃亮，能照见你的头发。问题是，我如今已彻底不能摆弄它了。我的手烧伤了，脱了一层皮。红黄蓝三种颜色的火焰，比她的舌头热多了。她受不了吗？我更感到吃不消。再来一次吧，我不甘心，至少也得看到水落石出。什么，又要开“九大”了？不能哇？真要是，那咱们看来还得要再拢一个大旺火，再庆祝一下。塔一样的大旺火，上面就冒着那种蓝烟，下面才是红黄两种颜色的火苗。太烫了。我是说里面的转弯处。先抽出来缓一会儿吧，冷静一下后再进去。这样做好吗？就不要抽出来了吧？继续摸索下去。三十多岁的人了，你难道还没有学会如何控制自己吗？忍耐，坚持，这是获胜的奥秘。你应该清楚下面是什么，当然是苦尽甜来。我满手都是油。我的鼻梁一阵奇痒，真想伸手使劲搔几下。闭嘴，吸气，深呼吸，就像早晨刚从家里出来的时候那样，这很管用。对了，就这样，一直往里，再往里。胸脯还可以更低一点。对，再低一点。这个时候最怕的是缝隙，有了它，一切都好不到哪里去。可有时候，没这种间隔又不行。成也萧何，败也萧何。这回要看你的了。

深呼吸—— 一步到位。

你碰到什么了，我在问你呢？看你满脸是油，真成了你说的烟熏火燎的灶神。你想稍微喘一下气吗？喘气可以，不过不要抽出来。你不想使自己功亏一篑，是吧？行家一伸手，便知有没有。你试出来了吗？到底有没有？是否还在原来的那个位置上？我看出来了，你不是什么行家，你最多能算是刚刚入门，初出茅庐。你初出茅庐——

说我初出茅庐？当然不是。怎么能这样说呢？我不初出茅庐。看看我这一双黑手，这一双油手，能说我初出茅庐吗？能说我是一个新手吗？当然不是，这一点儿边都不沾。

十七岁的姑娘才算是真正的新手，像初生的牛犊，乱踢乱咬，不知深浅。我嘛，虽然不值一提，可干出名堂来怎么办？我是说万一，万一不小心干出什么丰功伟绩该怎么办？我的脸上有伤。像是烧伤的，又像是被她抓伤的。我肯定自己被她抓过。尖利的指甲，涂成粉红色。初出茅庐的姑娘，把我看成坏人了。不过，我不计较她。尽管发育已经成熟，可毕竟还是个孩子。心思仍停留在几年前，没事的时候还喜欢绣个花呀描个草啊什么的，其他的好像还不怎么懂。比如，我有1400元钱，她一点儿也不意外，动心的倒是她妈。四十三岁的女人。闸门一开，如珠落玉盘，源源不断。大水过后，该干什么干什么。多么从容的女人。

下落不明。踪影不见。看看我这双黑手吧。鱼死。网破。烈火中永生……

陈　红

“快看，那是什么？”

我正在院子里晾晒衣服，忽然从大门口看见一个人正在下面的村子里奔跑，另外几个人在后面追他。那个人矮个子，光头，浑身上下一丝不挂，跑得飞快。街两边的女人都在四处躲闪。我看到他身上的黑毛了。天哪！

“看那个人——”

我指给天宝看，天宝这会儿正坐在屋檐下看书。院里阳光很好，正好让他出来晒晒太阳。我对他说话，他头也没抬。

“不管他。”他说。“救人要紧。”

他说的这是哪个朝代的话？我丢下他，来到大门口，向下面的村子里眺望。我站的位置居高临下，我看见那个人沿着一架梯子上了房，在房顶上手舞足蹈，那几个追赶他的人正在下面仰望他。他们把手放到嘴边，做成一种喇叭状，向房顶上面喊话，让他下来。他不下来，一遍一遍地在房顶上兜圈子。他一定是看到他们的手里拿着绳子一类的东西。有人在下面敲起了水桶和脸盆，铁皮的声音传得很远。叮叮当当的，像是在吓狼。可是，房顶上的那一位似乎根本没有听到。他分开腿，朝着太阳的那个方向撒尿。明亮的水珠，弯曲的弧线。这是谁呀？我不认识这个人。房子下面，有一个女人忽然高声尖叫起来。她在下面一跳一跳的，手指着房顶上面。“挨刀的……”村外的大道上，来来往往马车都停下来了。长蛇阵。所有的脖子都朝那个方向伸着。

他把自己的眉毛剃了，看上去非常可怕。这是我后来才听说的。我是说他的相貌变得很瘆人。虽然是两道细细的眉毛，可要是刮干净以后，整个人就一下子都变了。在周庄的那些年，住在前街的邱疯子每次发作的时候，总是先把自己的眉毛剃干净。这样一来，像是突然变了一个人，连他的狗都不认识他了，不断地朝他狂吠，龇着牙，朝他的身上猛扑。活见鬼。

“挨刀的！你下来。”

我把手里的一件小褂拧干，展开。那个被骂作挨刀的人一点儿也不理睬下面的那些人，上午的阳光把他的身体照耀得黑黝黝的。够粗壮的。他围着房顶上的烟囱绕来绕去。粗大。挺直。纠缠在一起的黑毛。黑森森的，野草一样的。

“看他那个——”

他围着房顶上的烟囱走着。捡起上面的砖头，塞进烟囱里。沾满煤烟的胳膊。“挨刀的货！”房子下面的那个女人又跳起来。他忽然在上面感到不耐烦了，分开两条腿，跳到一道墙头上，又跳进一片碧绿的菜畦里，很久没见出来。跑了吗？身手矫健，像传说中的侠客。

“你在说什么？”天宝忽然抬起头问我。书放在他的腿上。

我的一只脚在门外，一只在门里。我没说什么。我在找那个人。他钻进碧绿的菜地里去了。他们也在找他。他们嗬嗬地叫着，想像哄小孩一样把他哄出来。菜地里没有动静。甜菜。金针。豌豆苗。南瓜的藤蔓一直爬到房上。他们找不见他。摸到哪里，那里就会响起扑扑的露水的声音。露水滚滚，像豆子一样落到那些宽大的叶子上，像雨点打在伞上。

“你在说侠客，是吧？”天宝仰起脸问我。“是展大侠吗？他在哪里？”

他们骂骂咧咧，还是找不见他。他变成露珠了吗？他们来回巡察，一个个都像是捕獾的能手。绿叶。黄花。蛛网一样的藤蔓。我觉得他们找不见他，除非他自己从那里面走出来。而且，看他们那样子，不如刚才那么急迫了，并不像是真的在找他，似乎还有别的什么事情……天宝忽然从我的眼前闪过去了，他跨过门槛，向外面走去。大步流星。

“你要去哪儿？”我拽住他的袖子。他的身体飘飘的，像一张纸，一头粘在墙上，另一头飘来飘去。无用的飘动。

“慕名已久了。”天宝，“我去会会他。你准备一桌酒席。”

“好了，就这样吧。”

吩咐过后，他想抽身离去。一桌酒席。我拽紧他的袖子。他的腿只能抬起来那么一点，想跨出一步去很难。他的力气比我小，挣扎了几下，他的白脸上就有汗出来了。

“你这个女人，”他喘着气对我说道，“这样做很不好啊。”

“天宝，没有什么展大侠，”我安慰他。“快回来吧。”

我的婆婆从屋里出来了。她听到我叫天宝的名字，觉得我冒犯了她的儿子。“他是你男人。”她说。是这样的，她说得没错，他是我的男人。“总该有个叫法，不能这样直呼他的姓名，是不是？”她看着我。

“我该叫他什么？”我需要向她讨教。“老爷？先生？”

“至少，”她眨了几下眼，想了一下，“也该叫个相公，或官人。”

好吧，相公就相公，官人就官人。

我对天宝说就不要出去了吧？我叫了他一声官人，他的脸红了。

“不要这样。”天宝摆摆手，显得十分不好意思，窘迫，无力承受。“咱们最好别搞这一套。咱们——你、我、她，不要把书上的玩意儿挪到实际生活中来，那会乱套的。”

事实上，早就乱套了。不是吗？这一家人说话，相互之间总是隔着一种什么。有时候话能连到一起，看上去也没多少缝隙，可说的并不是一回事，越听越不对味儿。

“回来看你的书吧。”我对天宝说。“看看大金牙一家人今晚吃什么？”

天宝猛然一惊。

“你不提起来我倒忘了。”他说。“他们今晚不准备吃什么了，一家老小，正在收拾呢，准备向后山一带转移。”

“转移？”我的婆婆突然惊叫起来，“又要转移？这是为啥？”

“为啥？”天宝不满意地扫了她一眼。“外面的枪声响得那么厉害，还问我为啥。——你说为啥？”

“哎呀，我糊涂了！”她伸手在自己的额上拍了一下。使劲。再来一下。我在一旁看着她，这是在她的儿子面前表示她的清白与悔恨呢。“我怎么这么糊涂呀，把那事给忘了。”这么半天，我也没看出来，实在不知道她明白了什么。

她又在动手制作猪胰子。她差不多天天用猪胰子洗脸洗手，衣服浆洗得笔挺板正。周围的人们说她，走起路来，两条腿像膏了油一样。周围的人们常这样说她，她很得意，分不清这是好话还是赖话，回来后还要宣扬、嘀咕一阵：

“他们说我像膏了油一样。”

“那叫‘健步’，”天宝纠正她。“某某同志和某某同志，健步登上主席台——你又不是没听说过。能说他们也膏了油吗?”

“当然不能。”

膏油。健步走向……这样的话听说过，广播里几乎天天都有。我忽然感到一阵恶心。当着她的面呕吐起来，可就没什么好说的了。我急忙背转身，后面的目光像挠钩一样探过来。

阴性的目光，从早到晚。或许她早已察觉到什么了，即使没有看出来，经验也会告诉她。从那个阶段过来的人，就是这样让人可怕。瞒得过天，瞒得过地，瞒不了她们。再过一些日子，下面会越来越明显，到那时，再怎么遮掩也没用了。吹气。隆起。酸胀。世界也变得懒洋洋的，呆头呆脑，贪吃贪睡，很长时间都不动一下，像是锈死了，像是永远地睡过去了。

祸事，起源于那个山岗。岗上野菜不多，却充满了很美的曲线，浑圆，葱绿，遍地水珠。我在岗上待的时间太长了，以至于那张潮湿的脸渐渐从那边的草丛里显露出来，我都完全没有看见，更不知道他在这岗上藏了多久。他穿着一身做工粗糙的咔叽布制服，脸上挂着无声的笑容，向我走来。我迎接了他，我没有多想，更没有往别的不好的方面去想，而只以为他是来问路的……

赵 明

“你能给咱们代理几天民兵连长吗？”

我刚把米放进锅里，胡大从外面进来了。雪白的衬衫，头梳得很亮，手里夹着烟卷。“不会很长的，就几天。”他说。

“你以为我多大年纪？二十郎当？”我从里屋走到外屋。锅盖不见了，怪事。“你见过有我这么大年纪的民兵连长吗？”

“要不怎么说让你代理呢。”他看着我。“找什么呢？”

“锅盖。”我说。

这会儿，家家户户的房顶都在冒烟，我也得开始为自己弄点吃的了。昨天晚上还用过锅盖，它总不至于长了翅膀吧。

“等我物色到合适的人以后，你就没事了。”胡大说道。

物色到合适的……是的，这真是个好主意。锅盖看来是找不到了，我却物色到一只盆子。好歹也能对付一下，起到锅盖的作用。放到锅上一试，大小正合适。不费吹灰之力，我就物色到了合适的东西。而他，看起来还要物色一段时间。大元完蛋了，这小子，也够没出息的，说疯就疯了，脱得赤条条的，四处乱窜。还把眉毛剃了，变得像个鬼一样。谁能顶替他呢？胡大在为这事犯愁。新的人选，需要物色，过滤……

我把盆子扣到锅上，不漏缝隙，蛮像那么回事。胡大掸去烟灰。

“你这哪像是人过的日子，”他对我说道。“找个女人吧。”

“哪那么容易，”我说。“那也得碰对了才行。”

“前些日子不是听说快成了么？”他认真地瞧着我，脸上有那么一点怜悯的神色。“是哪儿的？周庄的？长流水的？”

“王官屯的。”我说。“没成了。”

“谁的问题？你不愿意？”

“是人家不愿意。”我说。“也不是她不愿意，她本人倒是愿意，是她的儿女们不同意。还有她的那个妹子，也在中间瞎搅和。”

“管得他妈的倒宽。”

我在一只板凳上坐下，一手拉动风箱，另一只手摘菜。“呼嗒”，“呼嗒”，风箱在摇晃。锅里的米不见动静，还没有开始冒气，无动于衷。人要是不吃饭多好，那会省去很多麻烦，可是，人不吃饭不行，打仗没有武器不行。遍地的女人，牛羊一样漫山遍野的女人，可是真正和你有关的又有几个？可以说一个也没有。娇小的花瓣一样的女人，大马一样的女人，土坷垃一样的女人，谁才是属于你的那一个？我不知道。有几年，我其实也一直都在踅摸，观察，寻找，总觉得能碰上，总觉得不知哪一天哗嚓一下就碰上了，可是至今也没有。

呼嗒。呼嗒。

“你这是在拉风箱吗？”胡大说道。“这简直是在掘进。”

是有点儿像掘进。风箱很沉，不时地还要磕绊一下，似乎有老鼠钻进里面去了。换一个力气小的人，长期拉它，非累得吐了血不可。

葫芦。南瓜。叽里咕噜。金针。韭菜。一黄一绿。我带着一群人，终于在一片茂密的葫芦叶子下面找到了大元。宽大的葫芦叶子，像荷叶。那小子，正撅弯着腰，在里面傻笑呢。我冲上去，一脚把他踢倒，旁边的人立即上去围住他。先把他捆起来再说，他这么一丝不挂，在村中跑来跑去，实在不成体统……前天中午，学校里的教员马薇薇正在家里梳头，大元突然闯了进去。手里捧着他那个玩意儿，在向她炫耀，示威。这不是乱伦是什么？要知道，马薇薇可是他的叔伯嫂子。

呼嗒——呼嗒——

刚说要有气，眼前这就有气了，水米混合而成的气，从锅与盆子的接缝处冒出来，然后“哧”“哧”地直线上升，要不是有屋顶挡着，还会继续向上。它们上不去了，在屋顶那里开始向下分散，弯曲下来。高山流水。抛起来——落下来。大雾弥漫。一道虹线一片水气。

我的脸变得潮乎乎的。

胡大走了。把一个棕色牛皮的空枪套留在炕上，巡逻时得挎着这个。

第六章

胡　大

大量的遗书。

我是用一辆独轮车从学校里推回来的。这么多书，突然一下子都归我了，我在激动之余真有些不知所措。我走得很慢，生怕将它们从车里颠出去。当年，我的老婆生第一个孩子的时候难产，我也是用一辆独轮车推她去医院的。那时候可没有现在推这些书这样小心，我走得飞快，愣头愣脑，像支前的民工，一路上把她颠簸得够呛。刚到医院的门口，耳边就传来一声稚嫩的哭声——老天爷！孩子生下来了。

书籍最好的命运是什么？当然是遇到喜欢看它的人，一代一代往下传。要是落到不喜欢它的人的手里，它就糟了。还有那种自诩为藏书家的守财奴，弄到一本好书后，如获至宝，连夜锁进深闺，他不看，也绝不肯轻易示人，那样更糟，只能留着给耗子们看，周红颜收罗了十几年，要是没有我，这些书不知会怎么样呢。可是，要是将来我死了以后呢？要知道，我的几个子女绝对不是读书的料，他们不会把它们当回事。

一路上，不时有人过来要帮我推一阵子，我紧握车把，没有松手。“不沉。”我告诉他们。这些家伙，一个个都愣头愣脑的，活脱脱是当年的我。满车的又酥又脆的纸，如何经得起他们的揉搓和颠簸？他们可不懂得应该如何对待它们。

晚上，我坐在灯下。这些书，有一半我从前看过。周红颜活着的时候，看完一本，再去换另一本。从没想过，这么多年，转来转去，现在它们竟然都归我了，世事真是让人难以预料。周，我，恐怕我们谁也没有料到事情最后竟然会是这么一个结果。这么多书，突然哗啦一下都来了，来寻求保护，我都不知该往哪里放。

我抽出一本线装的《金刚经》放到枕边。道光年间的版本，印制得相当考究。黄色的竹签。蓝绿色的麻质封面。一个人为什么要藏书？死时又不能带走。只是为了活着的时候多看几眼，只是为了安心，为了明晓这个世界？坐在书的峡谷之中，面对着千军万马，面对着花花绿绿的人世，心也有长翅膀的时候，突然离开粗糙的地面，野性十足地飞起，俯瞰着下面的仙山琼阁、人间城郭。但更多的时候平静如水，一切都不在话下，一切都可以忽略不计。云聚了，云又散了，风走了，雨又来了，以为她要常驻，却不料天不亮就又走了。晨光熹微，她说她不得不走，因为天边已泛出鱼肚白。

“哪来的这么多书？”

我回过头，我的老婆噘着嘴站在灯旁。她是什么时候进来的？我没有听到门响，只听到街上吵吵嚷嚷，脚步杂乱。

“街上在干什么？”

“是赵明。”她说。“德行样儿，挎着个空壳子，像旧社会的保长。”

“是我让他暂时顶替一下大元的。”

“啊，那个疯子。”

我看着眼前这个女人。老婆。妻子。媳妇。太太。屋里的。贱内。山荆。结发人。孩子他娘。总的来说也还说得过去，只是面目不甚佳丽，再加上也老了。可是，我不是《聊斋》里的朱生，无缘交结陆判那样的朋友。不然，真得求陆判为她换一副容貌，再在千万颗心中觅一颗慧心。朱尔旦够走运的。美人首。颈上的红线。面目全非。重振河山。感谢陆判！

小　燕

“我见过他，”我对妈妈说道。“那是一个很不顺眼的人。”

“你这么小，懂得啥叫顺眼不顺眼。”妈妈换过衣服，站在镜子前梳头。黑缎子一样的头发。“好好看家。”她要出门了，我跟着她从屋里出来。她的皮鞋踩在砖地上，发出阵阵清脆的声音。院里洒满了阳光，窗户啊杏树啊什么的，都亮晃晃的。青砖。螺纹砖。皮鞋的声音越来越远了，终于听不到了。跳格子吧。

我抄起扫帚，扫干净院子。砖地是潮湿的，火柴棍啊大头针什么的，都嵌进砖缝里去了，怎么抠都抠不出来。浅青的砖地，白粉笔画出的线条十分显眼。前后左右，十二个方格，每一格都有窗玻璃那么大。先出左脚。

一二三四五……一二三四五。

白娘子，雷峰塔，

千年蛇妖白素贞，
水漫镇江金山寺。
多亏法海老秃驴，
……

我正在院里跳格子，街门被推开了，一个人走进来。胡大。

“燕子，念得不对吧？怎么能说‘多亏法海老秃驴’？不通啊。”

“就通。”

一二三四五，一二三四五……

“肯定念错了，燕子。”他走过来，踩住我的雪白的格子了。“你犯的是立场上的错误。”多嘴多舌。点头哈腰。

“起开，别踩我的格子。”

“好好好，算我不对。我不对。”后退。打量。无聊。

千年蛇妖……雷峰塔？

“燕子，你妈呢？”

又来了。

“不在。”

水漫镇江金山寺……

“到哪去了？”

“不知道。”

峨眉仙子翩跹来……又跳错了。或许，她们说的从一开始也就是错的，越传越不对。十二个方格。二十四个斜角。三十六步。

咯噔。咯噔。

隔壁的女人，踩着梯子，出现在墙头上。眉毛扬起来，嘴张开。

“人不在吧？来俺们这里坐坐吧？就算等她。”

“不敢啊，就怕进去就出不来了，肉包子打狗……”

“呸，咱们可不想拉你下水。”

“那是因为你没什么水。”

“哎呀，下流死了。”

“是的，我们大家都是下流胚子——所有的人。你的爹娘——你们孩子他姥爷姥姥要都是正经人，又怎么能有了你？你给我说说，你是从哪儿来的？”

一二三四五，千年雷峰塔……又跳错了。全是他们给搅的。

“我没你那么牲口，我说不过你。”

“你有两张嘴，我才一张嘴，你怎么会说不过我？你绰绰有余。”

两张嘴？

“有本事你就下来。”

“有本事你就上来。”

墙头上没有人了，梯子放下去了。雪白的格子闪闪发亮。一定是她们传错了。一传十，十传百，传来传去，原样儿全没了。好好想一想吧，到底是什么，错在哪里。星期天。大河。树林。河水一直猛涨。妈妈十几岁的时候的一张照片。梳着辫子的女中学生。数理化，音体美。遥远。开满野花的原野。回家的路上一直都有野花伴随。等我一会儿好吗？就一小会儿。砍柴。梳头。磨刀霍霍。唧唧复唧唧，木兰当户织。不闻机杼声，但闻女叹息。公羊。羚角。一声漫过一声。来人看过状纸，最后才终于明白：原来，每个人都是下流胚子。

“燕子，好好在家。”

二十四个斜角，相当于所有的节气，谁画都是这样。一年的时光看起来很短，三十六步就可以从头至尾走一遍。门门上涂着油，光滑，湿润，无声无息。一年的时间几分钟就跳完了，是光滑在作祟？妈妈回来了。时光在窗外弯着腰走过。

“燕子，有人来过没有？”

“没有。”

“你没有出去吧？”

“没有，我一直在院里跳格子。”

“想不想去一趟姥姥家？”

“想是想，可是还没放假呢。”

“我是说等放了假。”

“好。”

一身露水。前一阵子，街上到处是金黄的麦秸，又细又软，能编出无数个蝈蝈笼子。铁叶在窗外振动，“吱——”，“吱——”。回家的声音。满街都是要回家的声音。

白树枝。红水罐。

换掉弄湿了的衣服后，妈妈从屋里出来。白衬衫，花衬衫，裤腰上跳跃着一缕阳光，金色的柔软的、蛇一样的阳光。镯子上映出一件事情，晃瞎了一个人的眼。昨天晚上，我又梦见喷射的水龙头了。她的记性，她的朝霞般的容颜，我的手绢，都被淋湿了。手绢上的小猫，看着那个地方。妈妈从手上摘下她的镯子，放到枕边。大妹子，不准备动一动吗？有没有想过这事？透明的开满野花的原野在不停地往出渗水。

什么事情这样潮湿？

您哪，稍微往那边挪挪，您坐下的时候没注意，我的梳子给您的腿压住了。闺女，这是你妈的吗？又薄又软，像一张纸，更像是啥也没有呢，这能干啥？连一朵花都没有，是不是太素净了？她不喜欢穿那种有花的，从来没有穿过？啧啧，这会儿的事，真是不懂得呢。就在我们这里吃吧。这多不好意思。瞧您！您老认识这上面的字吗？我给您念念。听着，兴——无——灭——资。您知道这是什么意思吗？与吃饭有关？不对，不对，您猜错了，您是不是看见筷子就以为和吃饭有关？不是那么回事呢。

是呀，我也不知道为啥要把一句和吃饭无关的话刻在筷子上。

能计较么，能认真么？不能，因为有太多让你不明不白的事，那么多的东西，你能计较得过来么？真没想到她的两条腿会这么有力，像是两根柱子，从外边可是瞧不出来。真的看不出来吗？那是您没有见识，有见识的人一眼就瞧出来了。这阵子的事，您是休想弄懂了，等来世再说吧。到那时再从头开始，从长计议。重打锣鼓重开戏。

好闺女，什么都好，就是早早地把个爹没了。想爹爹吗？

您哪，再往那边挪挪，让我把我的梳子抽出来。对，是梳头的梳子，您的腿压着它呢。您没觉得硌得慌吗？您哪，只说对了一半。那个人不是我们的先生，是我们的老师，这会儿不叫先生。头天下午，我们从附近的山上采回许多白树枝，插在他的棺材四周。这样一来，悲恸的气氛一下子就形成了。第二天停课一天。

两个小孩梳小辫。我的辫梢上扎着白缎带，每天晚上洗干净，第二天再扎上，纪念爸爸。在以往的戏台上，他曾经被人毒死过无数次，涂着油彩的明亮的脸，湖蓝色或者鹦哥绿的长衫，人慢慢地倒下去。暗杀，遇害，每一次都是假的，最后都能活过来。唯独这一次，叫死也不答应，再也没有醒过来。

三 元

早上，我起来后正要出去，李毛仁带着一身露水从外面回来了。家里如今就剩下我们两个人了。我没吃上早饭，估计他的肚子也是空的。在门口，他挡住了我的去路。

“不要走远了。”他对我说道。“待会儿木匠就要来了，你给他打个下手，递递斧子，点根烟啥的，啊?”

“我总得去学校里说一声吧?”我说。“不然他们又以为我逃学了。”

“用得着说吗？谁家不死人?”李毛仁说。“他们家里难道就不死人吗?”

趁他走进屋里的时候，我来到街上。校长独自一人正在那边走着，低着头，一路低着头，像是丢了什么东西。

我朝他跑过去，我告诉他，我妈死了，木匠今天要来给她做棺材。

“情况我已经知道了。”校长抬起头说道。“这是一件不幸的事情，很不幸。”

“木匠没带徒弟来，”我说，“我得留在家里给他打下手，递递斧子，点根烟什么的。还少不了要帮他拉锯，抬木头。”

“好吧。”校长看着远处的什么地方，心不在焉地说道：

“这几天，你可以不来。”

有他这句话，一切都齐了。我朝他鞠了一个躬，转身向家里跑去。真是一个开通的人，一个好说话的人。开明人士李鼎铭先生。

我回到家里，木匠还没有来。李毛仁正在院里吸烟，鞋上全是泥。

“爹，”我对他说，“弄点吃的吧。你也饿了吧？我快饿死了。”

“除了吃，你还知道啥？”他瞥了我一眼。咝咝地吸烟，无动于衷。

吃饭看来是没有希望了。我走进屋里，想找点昨天的剩食。我妈的尸体停放在西屋的炕上，身上盖着一块旧毯子。她是前天上午死的。上吊，一根筷子粗细的绳子把她的脖子都勒破了。大元那个狗日的不知什么时候把他自己偷偷积攒的1400块钱藏在炕洞里了。我妈不知真相，在他屋里生了一把火，结果所有的钱都变成了煤灰，大元一下子就疯了。我妈哭了几天。她说把她卖了，也不值一千四百块钱。她活不下去了。

木匠是吃过早饭以后来的，带着他的工具。猪儿洼的人，姓朱，白脸，黑手，身体却瘦得像一只春天的山羊。李毛仁迎上去，说道：

“朱师傅，你这就见外了，为什么不来我这里吃早饭？瞧不起我吧？我早就做好饭了，从早上五点一直忙到八点。”

简直一派胡言。我看着李毛仁，他做饭了吗？自己的肚子还在咕咕叫呢。真没想到，他说起谎来，脸不红心不跳，像功课优秀的学生，从头至尾，倒背如流，连逗号都不用。这种人。

朱师傅放下手里的工具，打量着地上的几根木头。两根半木头。

“做四寸厚的棺板，恐怕不够。”朱师傅对李毛仁说道。

“那就做三寸的。”李毛仁说。

“三寸?”朱师傅犹豫了一下。

“那就二寸半——二寸。”

“老李，按说我不应该管得这么宽，你说多厚就多厚，”朱师傅说。“可是这有些不厚道呢。她是你老李的女人，和你过了这么多年，生养了好几个孩子，你就忍心让她睡到一口二寸厚的棺材里走了？你就不怕人们笑话你?”

听见朱师傅这样说，李毛仁也顿时软了下去。他说：“我说的其实也是气话，我听你的，你说应该多厚就多厚。”

“我只不过是说说。你是主家，还是得听你的。”

“不，听你的。”

连日来，天气一直雾蒙蒙的。这会儿，朱师傅叮叮当当地干起来。太阳出来了，浓雾开始散去。没过多久，朱师傅感到热了，脱掉外面的衣服，搭在一根木头上。

“把斧子给我。”

朱师傅低着头对我说道，他脱掉外面的衣服后，露出里面的一件破背心，上面尽是破洞和窟窿，总有二十几个。

我从地上拉起斧子递给他。他哼了一声。他的鼻尖上挂着一滴清鼻涕，如箭在弦上，眼看就要流下来了。我看着那滴摇摇晃晃的悬挂着的东西。用不了多久，就会流到木头上。可是他却好像一点儿也不知道。比例尺。墨斗。轮子一转，一条黑线。

“你哥还没有消息吗?”朱师傅一边干活，一边问我。

“没有。”我说。

这事连周围好几个村里的人们都知道了。

……他们从菜地的深处找到了大元，他正在一片葫芦叶子下面傻笑呢，身上光溜溜的，一丝不挂。我们家的脸算是丢尽了。他们把他关进一间空房子里。昔日的民兵连长，威风扫地，狼狈不堪，人人喊打。谁也没有想到，当天下午，大元挣断绳子，突然跑掉了。至今有一个多月了，不知是死是活，一直没有下落。李毛仁不让我们出去找他。“跑就跑了吧，”他说，“找回来也是祸害，还得多添一份口粮。”

“他可是身上一根线也没有啊，赤条条的，饿不死也得冻死。”大元逃跑后的第二天，我们一家人才知道消息。最急的是我妈，她把大元平日穿的衣服全部取出来，摞成一堆。还有皮带啊帽子、坎肩什么的，都拿出来了。

“那又怎么样？”李毛仁对她说道。“所有的疯子不都是那样的么。你这是要干啥？打算开一个成衣铺？”

朱师傅手里摇着墨斗，让我站在另一头。咕噜噜。咕噜噜。墨斗像玩具汽车。轮子一转，一条黑线。再转，又一条黑线。

“你们这一家人，也真够倒霉的了。”朱师傅摇着轮子，墨线一寸一寸地缩短，终于全部收回去了。他鼻尖通红。不会是冻的吧？这样的天气，一定是热的。有的人，平白无故也要出汗。有的人，怎么热都不出汗。张二远他们家里，炉子上时常放着一个大铁茶壶，里面的水开得哗哗的。张二远的爹，一回来就举起铁茶壶，嘴对着茶壶嘴，一口气喝掉半壶沸水，一点儿也不觉得烫。那是什么嘴？铁嘴。他自己也说不是肉做的，是铜牙铁嘴。

“短短的几天，”朱师傅说，“疯了一个，跑了一个，这又死了一个。”

“总共才两个。”我纠正他。按他的说法，好像我们家至少有三个人出了事。疯了一个，跑了一个，死了一个，哪有这样的算法？这样算来算去，能把所有的人都算没了。

就算都贴进去，也未必够。我们把木头放倒，锯开。锯末飞扬起来。

“准备生火。熬胶。”朱师傅吩咐道。“我要粘榫子了。”

“爹，准备生火。熬胶。”我朝屋里喊道，“朱师傅要粘榫子了。”

照这样干法，到了晚上，我妈就可以入殓了。几块长形的板子都已刨过了。油漆什么的不用发愁，西屋那个木箱子里就有，那是大元准备自己结婚时油漆家具用的。我已看过了，两桶清漆，另外还有红、黄、蓝各一桶，总共六桶，每一桶三斤六两，足够了。再油一口棺材，也绰绰有余。

“朱师傅，”我说，“来一支烟吧。”

“行。”他正在刨一个平面。耳朵上夹着一支铅笔，腰里系着一根红裤带。“哧——哧——”。雪白的刨花从他的手里冒出来。泛起的波浪。黑手。白花。层出不穷。

“念不念书了？”朱师傅问我。

“还在念。”我说。

“啥时候不念了，就来找我。”他说。“你干得比我那个徒弟强。”

“真的吗？”我说。

“那当然。我就喜欢你这样的孩子。”朱师傅将板子上的刨花撸到地上，用嘴吹去上面的木屑。“我那个徒弟，又馋又懒，心根本不在这上面。无论去谁家干活，先要打听人家富裕不富裕，能不能吃上好的。另外还要留意那家有没有漂亮的女人。我在外面一声一声拉锯子，累得要死。他假装喝水，跑进屋里去跟人家胡扯。我早就看出来了，哪天他非给我捅出娄子不可。我跟着他，迟早要倒霉。”

棺材。不透气的木头房子。一上午的时间，院子里铺满了雪白的刨花。人活着的时候，谁都不愿意进那里面，看见都得绕着走，可最终谁都得进去。别人给你做好房子，然后再把你放进去。朱师傅正在制作另外的几个榫子。火柴盒那么大的，图章那么大的。相应的榫眼已经凿好了。满院子飘着好闻的木头的气味。

这一连串的事情，所有的事情，都是由那个眼睛向上斜吊的姑娘引起的。她要是不来我们家，我妈也不会无故去大元的屋里生火。我妈要是不生火，大元藏在炕洞里地那些钱就会平安无事。大元的那些钱要是没烧掉，大元也就不会发疯。大元不疯，他的那些钱也还在，我妈也就不会负罪死去。多少年，大元一直睡凉炕。她是怕那个女的不习惯。她想让人家留下来，跟她的儿子一起在热炕上睡。她想得够美的，只是把算盘珠子拨拉错了，一错再错。钩镰枪。美梦。连环计。最终中计的却是自己。全贴进去了。疯了一个，跑了一个，这又死了一个。照朱师傅的算法是三个——至少有三个人卷进去了——，实际是两个。二与三，相差也没多少，仅仅是一。那个眼睛向上斜吊的姑娘，从此再没有来过。她当然不会再来了。

莫名其妙的女人，不会是个鬼吧？专门来祸害我们这一家人的？

破背心，带着木匠的体温，口子越裂越大。胶来了。一层胶一层麻。从上至下，大刀阔斧。一个眼睛向上斜吊的人站在豁口处向我们这边张望。一个男人。不是那个姑娘。

“来吧，尝尝咱的手艺。”

李毛仁从屋里出来，走到木匠身边，将手里端着的一只大碗放在一块木板上。碗里飘满辣椒，红得像一碗血。

“好家伙！”木匠抽空瞥了一眼，失声惊呼道，“好颜色哪……”

“家里没有女人，咱们他妈的照样也能吃上一顿像样的饭。”

李毛仁不无得意地说道，背着手在满地雪白的刨花上嘁嘁喳喳地走来走去。他一会儿伸出手敲敲木板，一会儿又抬起头看看天上，好像木板和天空之间有着一种什么样的关系。我看见他雾腾腾的，又有一种打算要腾云驾雾的架势。

锯子不响了，躺在一边像是睡着了。凿子开始登场。

当……当当——

吊线。对角。归纳同类。

晌午的阳光晃得他眯起了眼睛。木匠放下手里的直尺，将一支又扁又宽的红铅笔夹在耳朵上。“来吧，试试尺寸合适不合适。”

陈　红

“你以为你不说，我就看不出来吗？天宝不懂，我可懂。”

我的婆婆背靠门框站在那里，眼睛盯着我的前面。我正在门前剪羊毛。家里处处需要开销，上哪儿弄钱去呢？圈里有三只羊，我算了一下，三只羊的羊毛剪下来，至少能卖好几块钱。这样，家里吃的盐，日常用的针线，还有苏打、碱面什么的，就都能买了。上午先剪一只，剩下的两只下午剪。明天就能把羊毛送到收购站去了。在那里排队，过秤，等着把钱拿到手里。我的抹脸的油一个月前就用完了。我打听到有一种润肤膏，又好用，价格又很便宜。一小盒需要一角二分钱。收购站旁边的那个店里就有。卖了羊毛以后，我先去那里看看。

我费了很大的力气，才把羊的四条腿捆住，我把它放到街门的门槛上。这样，一边剪羊毛，一边可以居高临下地看见下面的村子里的动静。

村子里有一户人家正在出殡。高高的白幡，红红的的棺材。

刚剪了两剪子，我的婆婆就过来了。她伸出手要撩起我的衣襟，看我的肚子。我没让她看。她来气了，不断地用话语敲打我。我不敢看她的脸。羊背上的粗毛很扎手，不像胸脯下面的那样柔软。羊趴在门槛上，两头低，中间高，咩咩地叫着。它不能动了，蓝色的眼睛一会儿闭上，一会儿又睁开。忍一忍吧，很快就完了。要不是剪子有些钝，早就放你起来了。

咩——咩——

雪白的茸毛，像云彩一样，一片一片地剪下来，一家子人都指望着它呢。柴米油盐。前三种都不需要用钱，盐却不能不吃，地里总不会像长胡麻一样长出盐来。前天晚上，我跟天宝说起缺钱的事，他什么都没说。我让他想想办法。他说，富贵于我如浮云。我蒙着被子哭了一阵，睡着了。四更天的时候，我被一阵疼痛惊醒。他正在揪我的头发。我让他松开手。他说，“你的身份已经暴露了。你不是军统的人，就是中统的人。”原来，他也在做梦。

我把剪下的羊毛拢在一边，用一只筛子罩住。万一被风刮跑了，那就糟了。白费工夫是小事，要紧的是到手的钱没了。风吹羊毛，会像杨花柳絮一样四散而去，想追都追不回来。我的一条腿麻了，身体又沉又重。

白色的纸钱在下面的村子里飘扬。马车拉着一口红棺红，后面跟着几个人。纸钱有的飘到了人家的房顶上，大多数落在街上。听不到哭声。沿街一带焚烧着谷糠。

“告诉我，是天宝的么?”

我的婆婆紧盯着我问道。我看着剪子，不敢与她那种眼神对视。剪子上有斑驳的锈迹，像是几百年没有用过。

“几个月了?”

脊梁上的毛都已经剪光了。剪掉了身上的毛，羊变得很难看了，不怎么像羊了。短茸茸的。那个山岗上的绿草铺展得很远，似乎也像是用剪子修理过。岗上的曲线很美。浑圆。葱绿。遍地水珠。我的布鞋湿了。一个人从茅草中忽然站起来，装出一副问路的样子，渐渐向这边走来。无声无息的笑容。阳光从篮子里漏出去了。

“跟我说说，到底是不是天宝的?”

她弯下腰，看着我，她的呼吸加快了。老年的气味，污泥浊水。

出殡的人还在街上，像是在游行。高大的引魂幡，比临街的那些房子还要高。杆子是用一棵树做成的。树叶、枝条什么的还在上面，没来得及砍去。红纸。白纸。裁成齿牙和花瓣的形状，挂在杆子上面。一条条，一缕缕。戴白帽子的人四处乱窜，在街上的雾里忽隐忽现。

红棺材。黑马。白烟。

“妈呀——天啊——”

该给羊翻个身了，剪那面的毛。我站起来。我的身子笨重得连我自己也感到吃惊。该死的贼！装模作样，打听去路。湿漉漉的手。湿漉漉的眼神。微笑。眈眈。分开两股，强行插入。惊惧。迷乱。搜索。湿润。岗上的云彩白得令人目眩。翻不过去。太重了。遍地露水。遍地……

“帮我一下，”我抬起头，对她说道。“帮我把它翻过去。”

她翻了一个白眼，没有动手。背靠门框，眼睛望着坡下面的高粱穗子。紫红色的高粱头，饱满，挺直，里面贮着黏稠的白浆。挤压出来的白浆，五个手指上沾满它的光泽。

善解人意的羊，自己突然翻了一个身。蓝眼睛，一动不动地瞧着我，耳朵耷拉下来。它想说什么？下手轻些？下手快些？这又不疼，又不是割肉，不过想快却万万不能。这就像理发一样，没有什么可怕的。用你的毛，换来这一家人要吃的盐，换一小盒抹脸用的油。黛蓝色的小铁盒，一打开，芳香扑鼻，谁见了都说香。

收购站里的羊毛堆得像山一样。兔皮、羊皮，摞满了整整儿道墙壁。过秤的是一个虎背熊腰的男人，每一个前来卖羊毛、卖羊皮的男人和女人，都会在他的面前矮上一截。他这儿摸摸，那儿捏捏，很难说话。一个巴掌像钳子一样，搁到哪儿都会让人受不了。“亲我一下，给你多算十斤，干不干？”有时候，他会半是认真半是玩笑地对一个女人这样说。有的女人不怕他这样说，甚至大声地和他说笑，打闹，比他还要放得开，凡是这样的，最终都能卖出一个好价钱。还有的就不行了，他一说什么，她们就脸红，心跳，恨不得找个地方躲起来，比如像我这样的。孟家湾的一个卖羊皮的女人，曾经差一点儿哭出来……门外排着长队。卖麻黄草的，卖杏仁的，卖松鼠皮的，卖耗子尾巴的，卖头发的，卖骨头的。

……

一个十二三岁的孩子走到棺材前面，手里的一只红瓦盆高高举过头顶，突然摔在地上。“砰”的一声，丧盆碎了。

“妈呀——你走好……”

嚓。嚓。

“我想听你说，是天宝的。”她说。

我第一次去那个收购站里卖羊毛的时候，是一个下午。因为天正下着雨，收购站里冷冷清清的，没几个人。我拎着羊毛来到磅秤前，那个人给我过秤。他的眼睛不看秤，却看着我。那只钳子一样的手离我很近，我觉得我整个人好像都绷紧了。

“从来没见过，哪个村的?”他问我。

我向旁边闪了一下，告诉了他。

“怕我吃了你?”他有些吃惊，脸色都变了。“我不吃人。”他说。

“这是你的毛?”他从中抓起一把，斜着眼睛问道。

我点点头。

开始验货了，终于盼到这一步了。

“这也叫羊毛?”他抓起一把，抖落得纷纷扬扬，四处都是。他说了一句很难听的话，之后又大声地说是四等货，最多三等。

微雨。羊毛。我离开那里的时候，天上出现了一道弯曲的彩虹。我带来的羊毛以三级的价格出手了。我算了一下，少了四五块钱。

出殡的行列不见了，村里安静下来。远处有狗声传来。

我放下剪子，活动一下酸困的手臂。远山有雾，深不可测。河对岸飘来阵阵砍树的声音。一段时间以来，一个脸色苍白的小学教员常在那一带走动，随身带着口琴、手绢一类的小玩意。羊的全身已拾掇干净了。我解开后面的绳子，它挣扎着站起来，全身上下焕然一新。

“剪羊毛你就剪吧，还非得把羊弄到大门口来剪。”她撇了一下嘴，很快又咬牙切齿。“你就浪吧，你就是嫌在家里憋屈。”

“村里在出殡。”我对她说。

“打发个死人，那有啥好看的?”她说着，伸手把羊扒拉到一边，又回头看了一眼屋里的窗户，像是怕天宝听见。接着，又低声对我说：“别怨我狠心，我只担心是别人的一个孽种。你只要告诉我是不是，就行了。”

天　宝

从早上开始，数百辆独轮车拥挤在路上，谁也走不了。早晨有雾，雾在远处，白茫茫一片。我打听过了，这是要往前线去的。车上装着棉被、红糖、暖水瓶。他们坐在我们的后院的豁口处。这些愣头愣脑的人们，注视着远处的大雾，一言不发，也不懂得过来帮帮我。有人在那条又细又白的路上奔跑，手里提着黑色的水罐，罐子里的东西不时溢出来。

我把陈红抱到台阶上。绳子还在她的脖子里套着呢，我得先把绳子解下来。潮湿的麻绳，打了三个死扣，很难解。

雪白的脖子。两道红印。

她的肚子高高隆起，这使她看上去像个孕妇。陈红怀孕了？一直没听她对我说过。我差一点儿做了爸爸。差一点。

我让小朱捎话，告诉张旅长，前线我恐怕去不成了，家里出事了。是的，我的妻子陈红昨天晚上死了，上吊死的，绳子挽在西屋的房梁上。潮湿的麻绳，上面打了三个死扣，很难解开。我干了一早上，才勉强解开其中的一个死扣。剩下的那两个越抽越紧，顽固不化。

等打下鱼城以后，我这边的后事也料理得差不多了。到那时……这个节骨眼上，真让人焦急。一日夫妻百日恩，我能扔下她不管吗？至少得看着她入殓、下葬以后，我才能放心。

褚县长一向对我很有看法，趁这个时候，他没准又会给我小鞋穿。不过，我再不会像从前那样患得患失、斤斤计较了，随他去吧。最多他在我的档案里给我画上一道粗重的黑杠，大不了我自己单独干。肖永农不就是一直在单独干么，干得还很好，名堂一个接着一个，时常出人预料，让人意想不到。再说，还有张旅长呢，张旅长一回来，情况就会好一些。

最后一次看到张旅长，是在一个晚上。老彭向我交代了几句后，我就明白了我的任务，知道我要干什么了。趁着暮色的掩护，我赶回府里。周妈妈正在外面浇花，看见我进来，她立即放下手里的喷壶，对我说道：

“快进去吧，张旅长也在里面呢。”

“还有谁在？”我说。

“老爷，三姑娘，他们都在。一大堆呢，就差你了。”周妈妈说。

一大堆？

绕过两个花坛以后，我来到前厅。隔着绿纱窗，我先在外面停下来。里面灯光很亮，果然看见张旅长，老头子，三姑娘都在。小红端着茶盘，从最里面的一间小室里出来。三姑娘看上去像是刚刚洗过澡，头发还没有完全干透。

一个穿灰衣服的人，面朝里，背朝窗户站着。蜂腰，削肩，是万士顺，我一看就知道是他，他正在听他们说话，一副洗耳恭听的模样。

“那么大一片根据地，全毁在他的手里了。”张旅长说道。

小红端着茶盘走到张旅长面前。

我不打算进去了。绕过那两个花坛，我来到周妈妈的房里。她已经浇完花了，正在铜盆里洗手。她的屋里开着窗户，外面的花香一阵一阵地涌进来。屋里芬芳四溢。

“想吃点什么?”周妈妈对我说。

我要了一杯茶。

临回来前，老彭仔细向我交代过几点必须注意的事情。我最大的毛病是沉不住气，毫无城府可言。看着我有些慌乱、提心吊胆的样子，老彭对我说，“你缺乏锻炼。”是的，老彭说得对。我岂止缺乏锻炼，许多必要的东西我都不具备：含蓄，机智，勇气，兴趣，聪明，幽默……该有的我都没有。不该有的，却集于一身：窝囊，羞愧，卑贱，胆怯，恍惚，茫然，多情，善感。仿佛怀揣一件礼物，打算送给一个可敬的人，却又始终感到拿不出手去。退避一边。礼物闪着羞涩的光，手里出满了汗。不安的汗。

“干我们这一行的，就是要见人说人话，见鬼说鬼话。”

老彭时常这样提醒我，可是我不行。我总是见人说鬼话，见鬼说人话。我笨得要命，有时候连正常的问候都不会。

“背时鬼。”老彭说我。

是的，我也不知道我为什么要羞愧，为什么时常会平白无故地感到不安？一个相当没出息的人，靠墙墙倒，靠树树死。

前些年，张旅长经常敲打我。近年来，战争越来越频繁，越来越残酷，他也没那个心情了。见了我，更多的时候只是苦笑一下。

操劳过度的将军，他也见老了。刚才，从纱窗外面向里一瞥，我吃了一惊：

他满脸倦意——

傍晚。

我正在窗前看书，忽然看到有个人影在外面闪了一下：

白脸。黑发。红袄。

是陈红。我第一次去周庄见她的时候，她就穿着这样的一件红衣服。那是什么时候的事情了？我们的爱情从那个时候开始，略具雏形。阳光。水分。土壤。营养。相亲的路上，偶然遇到周妈妈。周妈妈走在我的前面，她可能还在生我的气，一路上也没有跟我说一句话。胳膊下夹着一大捆白布，不知道要去哪里。一路上都是坡，上坡，下坡，起伏不止的坡。

愤怒的乳房。

“我打听到张旅长的消息了。”陈红隔着窗户对我说道。

“在哪里？”

“在南山里。”

南山。大雾弥天。遍地山丹花，像南方的杜鹃。雨后的山岗，浑圆，葱绿，露珠滚滚。张支队——张旅。茅草中的岗哨。哨兵在偷笑。“叽——”伙夫四处乱窜。

“放一把火，把房子烧了。”陈红对我说。“咱们投奔张旅长去。”

主意不错。可是，她身怀六甲，行动……性急的女人，我们的爱情还没有完全成形，她却提前有了身孕。夹生饭。上生下焦，中间一段来历不明。咱们走吧——

她等得不耐烦了。

好吧。我穿好衣服，从坑上下来。两瓶煤油够吗？家里只有这些了。东风不与周郎便。

我拉开抽屉，取出一盒火柴。

三　元

“爹，西边起火了。”

我站在屋门口，大声对李毛仁说道。他的头从里面伸出来，朝村西的火光处望了一下，立即又缩了回去。

“不管他。”他说。“先回来干咱们的正经事。快帮我数数。”

熊熊大火，将那一带照得很亮。

我回到屋里。我告诉李毛仁，看样子像是天宝他们家起火了。他头也没抬，嗯了一声。他又把那个布包打开了。这已经是第二次打开它了，里面全是钱。他的嘴唇在颤抖。

“一大笔……一大笔哪！”

临近傍晚的时候，李毛仁让我踩着梯子，从天花板上取一包耗子药下来。我们的耗子药都放在那上面，为了安全，不能放在下面。家里鸡呀猪呀的，谁吃到嘴里，都会出乱子。我站在梯子上，朝房梁上摸了几下，突然摸到一个布包。我把布包扔下去，李毛仁接住了。

“快下来！”他突然尖叫道。

我吓了一跳，我以为他不小心把耗子药弄到嘴里去了。我回头去看他，他已一层一层地把那个布包打开了。

“老天爷!”他失声惊呼道，“哪来的这么多钱?”

我从梯子上溜下来。十几层布，包着一大沓整齐的钞票，拾元的，伍元的……全是整数。崭新的，至少有一百块。

“大元的钱。”我说。

“他的钱不是放在炕洞里烧了吗?”李毛仁看看手里的钱，又朝房梁那上面看看。他的眼睛在发光。“是的，是他的。”他喃喃地说道。“这个笨蛋，藏得连他自己也糊涂了。”

“笨蛋。”我说。“他白疯了，我妈也白死了。”崭新的。疯子。棺材。

“我早就知道他是个笨蛋。”李毛仁说，“可没想到他这么笨。”

熊熊大火。腰缠万贯。“给你这一叠，帮我数数。”李毛仁抽出一部分，递给我。“你的成绩好不好，这么一试就知道了。”他说。好主意。学校里应该多开一门课：数钱。老师在台上数，学生在下面数，最后核对总数。

“多少?”他瞪着眼睛问我。

“拾元的二十张。”我说，“伍元的九张，总共二十九张。”

“一九得九……二九一十……”他嘟囔了一阵，发现算不清楚，找算盘去了。砰。叭。一笔糊涂账。上面的珠子不时滑下来，扰乱着他的记忆，下面的珠子又暂时推不上去。从中午到现在，我们还没有吃饭，水米未进，房顶不冒烟。昨天，我们刚把妈打发出去。两个人的家庭，冷清而混乱，什么东西都找不见。

他的头上开始冒汗了。嘴里念念有词。“九五一十四。”一堆钱。三个笨蛋。算盘珠子停住了。他的眼睛在闪光。

“知道吗？你他妈的，”他用力拍了我一下，颤声说道：“咱们他妈的发了！”

“多少？”我咬了咬牙，决定多说一点儿，管他有没有谱，反正又不需要承担什么。“五百？”

“唉，一看就是穷惯了，可怜惯了，小打小闹惯了，”他说。“耗子的尾巴，肿了也没有多粗。”

听他的意思，好像不止五百？我说少了？

“五百算个甚！三个五百。”他一下伸出四个手指。“我手里的，加上你手里的那几张，总共九十张大的，一百张小的。差一百，三个五百。真是有福不用忙啊。看这有多厚。”

“爹，这笔钱怎么个花法？”

“让我想想。”他挺直腰，将那一叠钱在手上甩来甩去，从左手甩到右手，又从右手甩回左手里。说话的声音突然变粗了，这就是人们常说的财大气粗吧？出手很重，把伍元钱叫作小的，拾元的叫作大的。在他手里甩来甩去的都是大的，小的放在他的身边，他看都不看。

“给你娶一个媳妇儿吧，你还太小，根本不到时候。”他看着我。“这可是一大笔钱哪，谁听说了都会动心。”

“我饿了。”我对他说。今天一天，我们只吃了一顿饭。

“真是个没出息的货。”他说。“看着这么一大堆钱，你还嚷饿？我不饿。”

他守着钱，没有动手做饭的意思。我走到外屋，想看看能不能找到一点吃的东西，一个窝头也行。筐里没有窝头，只有一个萝卜。用麻袋擦干净以后，我咬着萝卜回到里屋。他也许早已看饱了。守着那些钱，他走神了，一动不动，想入非非。我从对面的镜子里看到我满嘴萝卜。萝卜在我的嘴里发出清脆的响声，他被惊动了。

“我也饿了。”他说。他看着我，眼睛转动了几下，忽然说道：

“我说，家里没有个女人不行，是吧？”

“主要是吃饭不方便，没人给做饭。”我说。

“你说得太对了。”他笑了。“那就让我娶一个吧，怎么样？”

“你要娶谁？二和尚他娘？”

他一听就急了。“娶她干甚？谁说我要娶她？比她好的多得是。”

我告诉他，有一年夏天，我曾经见过他背着二和尚他娘过河，这事我一直对谁也没有说过。我想的是，反正背也背过了，说了又有什么用，只会引起别的麻烦。

“先别管是谁，有了这笔钱，还怕没人找上门来吗？天仙也会动心。”他的声音又变了。“大姑娘，小媳妇，二婚头的娘们儿，多的是。问题是，我担心她们一齐找上门来，到时候会闹得四邻不安，影响不好。”

“肯定会出现那样的情况。”我说。“你忘了金海林了么，手里有了钱，四五个女人同时找到门上，互相打得头破血流。”

“是的，我担心的正是这个。”一副愁容。“我不想看到那种场面。让她们在咱们院里互相残杀，我于心何忍？”

“于心不忍。”一个萝卜下肚，比刚才好受多了，嘴里甜丝丝的。

“睡吧。”他把那堆钱整理好。“这会儿先别讨论这个。”

夜深了，我们躺下了。李毛仁把背心、裤子什么的都放在一起，显得有条有理，不像以前那么乱扔乱放。文明的钱，能使粗人变细。他躺得笔挺，随时准备一跃而起，穿戴整齐，出门见客。我闭上眼睛了，周围一片漆黑。

“我敢肯定，”他突然翻身坐起来，点亮灯，目光炯炯地看着我。“明天，天不亮的时候，就会有媒人来敲门，你信不信?”

“信。”我迷迷糊糊地说道。“你应该穿上衣裳出去看一下，说不定这会儿外面已经站了一院子的女人了。”

重新躺下的时候，他踢了我一下，看出我是在讽刺他。不过，他是带着满脸的笑容睡着了的。

发表于《花城》一九九五年第三期

编后记

除了另外三部长篇小说以及部分短篇小说由于版权等原因未能收入外，这次编辑出版的作品系列囊括了我目前面世的全部作品，共计有长篇小说六部、中篇小说四十四部、短篇小说三十七部。在各册的编排上，力求和谐。不过，因篇幅字数的差异，有时又确难做到内容与风格上的高度一致甚至相近，如此，同一册之中，有时会有完全不同面目的作品并存。阅读一本风格内容相近的书犹如在一个熟悉宁静的地方漫步，反之，则如同在同一座山上浏览四季；对于阅读者来说，很难说哪一种方式更好。也许，这中间并不存在可比性。此外，部分篇章中偶有另造之词句，我视之为自己之词句，更视之为一个写作者对于语言、对于表达所做之努力或曰贡献。我不喜并厌恶被无数人咀嚼过无数遍的词句及语言，故在与各册编辑商榷后，使它们得以保留。保留它们，也意味着保留了我之所思所想，更是一次与它们生离死别之苦痛的避免。

这套作品系列，贯穿了我迄今为止的写作生涯，从最早到最近。

感谢此系列最早的策划者续小强、孟绍勇二位青年才俊，感谢北岳文艺出版社，感谢北岳文艺出版社众位编辑朋友在此